Paru dans Le Livre de Poche :

A. B. C. CONTRE POIROT
À L'HÔTEL BERTRAM
L'AFFAIRE PROTHEROE
ALLÔ ! HERCULE POIROT
ASSOCIÉS CONTRE LE CRIME
LE BAL DE LA VICTOIRE
BLACK COFFEE
CARTES SUR TABLE
LE CHAT ET LES PIGEONS
LE CHEVAL À BASCULE
LE CHEVAL PÂLE
CHRISTMAS PUDDING
CINQ HEURES VINGT-CINQ
CINQ PETITS COCHONS
LE CLUB DU MARDI CONTINUE
LE COUTEAU SUR LA NUQUE
LE CRIME DE L'ORIENT-EXPRESS
LE CRIME D'HALLOWEEN
LE CRIME DU GOLF
LE CRIME EST NOTRE AFFAIRE
LA DERNIÈRE ÉNIGME
DESTINATION INCONNUE
DIX BRÈVES RENCONTRES
DIX PETITS NÈGRES
DRAME EN TROIS ACTES
LES ENQUÊTES D'HERCULE POIROT
LE FLAMBEAU
LE FLUX ET LE REFLUX
L'HEURE ZÉRO
L'HOMME AU COMPLET MARRON
LES INDISCRÉTIONS D'HERCULE POIROT
JE NE SUIS PAS COUPABLE
JEUX DE GLACES
LA MAISON BISCORNUE
LA MAISON DU PÉRIL
LE MAJOR PARLAIT TROP
MARPLE, POIROT, PYNE ET LES AUTRES
LE MEURTRE DE ROGER ACKROYD
MEURTRE EN MÉSOPOTAMIE
LE MIROIR SE BRISA
MISS MARPLE AU CLUB DU MARDI
MON PETIT DOIGT M'A DIT
LA MORT DANS LES NUAGES

LA MORT N'EST PAS UNE FIN
MORT SUR LE NIL
MR BROWN
MR PARKER PYNE
MR QUINN EN VOYAGE
MRS MCGINTY EST MORTE
LE MYSTÈRE DE LISTERDALE
LA MYSTÉRIEUSE AFFAIRE DE STYLES
LE MYSTÉRIEUX MR QUINN
N. OU M. ?
NÉMÉSIS
LE NOËL D'HERCULE POIROT
LA NUIT QUI NE FINIT PAS
PASSAGER POUR FRANCFORT
LES PENDULES
PENSION VANILOS
LA PLUME EMPOISONNÉE
POIROT JOUE LE JEU
POIROT QUITTE LA SCÈNE...
POIROT RÉSOUT TROIS ÉNIGMES
POURQUOI PAS EVANS ?
LES QUATRE
RENDEZ-VOUS À BAGDAD
RENDEZ-VOUS AVEC LA MORT
LE SECRET DE CHIMNEYS
LES SEPT CADRANS
TANT QUE BRILLERA LE JOUR
TÉMOIN À CHARGE
TÉMOIN INDÉSIRABLE
TÉMOIN MUET
LE TRAIN BLEU
LE TRAIN DE 16 H 50
LES TRAVAUX D'HERCULE
TROIS SOURIS...
LA TROISIÈME FILLE
UN CADAVRE DANS LA BIBLIOTHÈQUE
UN MEURTRE EST-IL FACILE ?
UN MEURTRE SERA COMMIS LE...
UN, DEUX, TROIS...
UNE AUTOBIOGRAPHIE
UNE MÉMOIRE D'ÉLÉPHANT
UNE POIGNÉE DE SEIGLE
LES VACANCES D'HERCULE POIROT
LE VALLON

AGATHA CHRISTIE

Meurtre au champagne

TRADUIT DE L'ANGLAIS PAR JANINE VASSAS

LIBRAIRIE DES CHAMPS-ÉLYSÉES

Titre original :

SPARKLING CYANIDE

© 1944, by The Curtis Publishing Company.
© 1945, by Agatha Christie Mallowan.
© 1947, Librairie des Champs-Élysées.
© 2002, Agatha Christie Limited, a Chorion company. All rights reserved.
© 1995, Librairie des Champs-Élysées, pour cette traduction.
ISBN : 978-2-253-01769-1 – 1re publication – LGF

Première Partie

ROSEMARY

« *Que ne donnerais-je pour n'avoir plus ces images devant les yeux !* »

Ils étaient six à ne pouvoir oublier Rosemary Barton, morte depuis un an déjà...

1

Iris Marle

Iris Marle pensait à sa sœur, Rosemary.

Pendant près d'une année, elle s'était évertuée à chasser Rosemary de ses préoccupations. Elle avait obstinément refusé de se souvenir.

C'était trop douloureux... trop horrible !

Ce visage bleui, cyanosé, ces doigts crispés en un geste convulsif...

Quel contraste entre cette vision macabre et l'image qu'offrait Rosemary, si belle, si enjouée la veille encore... C'est vrai qu'*enjouée* n'était peut-être pas le qualificatif adéquat. Elle relevait d'une mauvaise grippe, elle était affaiblie, déprimée. Ç'avait été souligné lors de l'enquête. Iris elle-même avait insisté là-dessus. C'était l'élément qui permettait de comprendre le suicide, non ?

Une fois l'enquête achevée, Iris s'était mise en quatre pour se sortir tout ça de la tête. À quoi bon le garder en mémoire ? Tout oublier ! Oublier jusqu'à l'existence de cette tragédie.

Seulement maintenant, elle s'en rendait bien compte, il fallait qu'elle se souvienne. Il fallait qu'elle se replonge dans le passé... qu'elle se rappelle le plus infime détail, le plus anodin en apparence...

L'ahurissante conversation de la nuit dernière avec George exigeait qu'elle fouille les recoins de sa mémoire.

Ç'avait été si inattendu, si terrifiant... Minute ! Est-ce que ç'avait été si inattendu que ça ? Est-ce qu'il n'y avait pas eu des tas de signes avant-coureurs ? L'air de plus en plus absorbé de George, ses « absences », son comportement déroutant, sa... eh bien, oui, sa *bizarrerie*, il n'y avait pas d'autre mot ! Tout ça pour en arriver à ce moment de la nuit dernière où il lui avait demandé de le rejoindre dans son cabinet de travail et où il avait sorti les lettres du tiroir de son bureau.

La situation étant ce qu'elle était, Iris ne pouvait plus tergiverser. Elle devait penser à Rosemary — elle devait *se souvenir !*

Rosemary... sa sœur.

Avec stupeur, elle prit soudain conscience que c'était la première fois de sa vie qu'elle pensait à Rosemary. Qu'elle pensait à elle objectivement, en tant que *personne*.

Elle avait toujours accepté l'existence de Rosemary sans se poser de questions. On ne se pose pas de questions sur sa mère, son père, sa sœur ou sa tante. Ils existent, sans plus. Ils font partie du décor.

On ne les considère pas comme des *individus*. On ne se demande même pas *qui* ils sont.

Quel genre de fille avait été Rosemary ?

Ça pouvait se révéler extrêmement important. Bien des choses pouvaient en dépendre. Iris reporta ses pensées vers le passé. Rosemary et elle, enfants...

Rosemary, qui avait été son aînée de six ans.

Des bribes du passé lui revenaient — images fugitives, scènes brèves. Elle, petite fille, déjeunant d'une tartine trempée dans du lait, et Rosemary, se donnant de grands airs avec ses nattes, en train de « faire ses devoirs » à une table.

Un été au bord de la mer, Iris jalouse de Rosemary parce que c'était une « grande » et qu'elle savait nager !

Rosemary partant pour le pensionnat et revenant à la maison pour les vacances. Puis elle, Iris, pensionnaire à son tour alors que Rosemary parfaisait son « éducation » à Paris. Rosemary, écolière, gauche, toute en jambes et en bras. Et enfin Rosemary « débutante » de retour de Paris, intimidante par son étrange et nouvelle élégance, sa voix aux inflexions douces, sa grâce, sa silhouette déliée, sa chevelure châtain tirant sur l'acajou et ses grands yeux bleus frangés de cils noirs. Une créature à la troublante beauté... une adulte... évoluant dans un autre univers !

À partir de ce moment-là, les deux sœurs s'étaient très peu côtoyées, et l'écart d'âge qui les séparait s'était davantage creusé.

Iris continuait de fréquenter le pensionnat, Rosemary se laissait emporter dans le tourbillon de la « saison mondaine ». Même lorsqu'Iris était revenue à la maison, cet écart ne s'était pas comblé. La vie de Rosemary s'écoulait en grasses matinées, raouts en compagnie d'autres débutantes, bals quasiment tous les soirs. Iris, elle, restait dans la salle d'études avec Mademoiselle, se promenait dans le parc, dînait à 9 heures et se couchait à 10. Les relations entre les deux sœurs se réduisaient à de brefs échanges tels que :

— Sois chou, Iris, téléphone pour m'appeler un taxi, je vais être atrocement en retard.

Ou bien :

— J'ai horreur de ta nouvelle robe, Rosemary. Ces fanfreluches, ça te va comme des bretelles à un lapin !

Ensuite, Rosemary s'était fiancée à George Barton. Effervescence, shopping, monceaux de paquets, robes longues des demoiselles d'honneur.

Le mariage. Remontant la nef derrière Rosemary, Iris avait entendu les chuchotements :

« Quelle époustouflante mariée elle fait... »

Pourquoi Rosemary avait-elle épousé George ? Même à l'époque, Iris en était restée sans voix. Ils étaient légion, les garçons séduisants pendus au téléphone et qui se bousculaient pour sortir Rosemary.

Pourquoi avait-elle jeté son dévolu sur George Barton, de quinze ans son aîné ? Affable, gentil comme tout, certes, mais tellement terne et bonnet de nuit.

George était riche, mais il ne s'agissait pas de ça. Rosemary avait de l'argent, beaucoup d'argent.

L'argent de l'Oncle Paul...

Fouillant scrupuleusement dans sa mémoire, Iris s'efforçait d'établir une distinction entre ce qu'elle savait à présent et ce qu'elle savait alors. L'Oncle Paul, par exemple ?

Ce n'était pas vraiment leur oncle, ça, elle l'avait toujours su. Sans qu'on le lui ait jamais dit, elle connaissait les faits. Paul Bennett avait été amoureux de leur mère. Celle-ci lui en avait préféré un autre, moins riche. Paul Bennett avait essuyé sa défaite avec un esprit chevaleresque. Il était resté l'ami de la famille et avait adopté une attitude d'adoration platonique. Il était devenu « l'Oncle Paul » et le parrain de Rosemary, premier enfant du couple. À sa mort, on découvrit qu'il avait légué la totalité de sa fortune à sa filleule, alors âgée de treize ans.

Outre sa beauté, Rosemary était donc un beau parti. Et elle avait épousé l'aimable et terne George Barton.

Pourquoi ? À l'époque, Iris s'était posé la question. Elle se la posait encore. Elle ne croyait pas que Rosemary ait jamais été amoureuse de George. Pourtant elle avait semblé très heureuse avec lui et elle avait éprouvé à son égard de l'affection — oui, une affection sincère. Iris avait eu l'occasion de le vérifier, car un an après le mariage de sa sœur, leur mère, la si ravissante et délicate Viola Marle, était morte, et Iris, devenue une jeune fille de dix-sept ans, s'en était allée vivre chez Rosemary Barton et son époux.

Une jeune fille de dix-sept ans. Iris médita sur l'image qu'elle se faisait d'elle-même. À quoi ressemblait-elle ? Quels étaient ses sentiments, ses pensées, sa vision de la vie ?

Elle en arriva à la conclusion que la jeune Iris Marle ne s'était pas montrée spécialement précoce :

l'imagination n'était pas son fort, et elle acceptait les choses telles qu'elles se présentaient. Avait-elle souffert, par exemple, du fait que sa mère préférait Rosemary ? Bah ! elle estimait que non. Elle avait accepté de bonne grâce que sa sœur soit la favorite. Rosemary était déjà « lancée » — et il était naturel que sa mère, dans la mesure où sa santé fragile le lui permettait, s'occupe de sa fille aînée. Rien que d'assez normal. Le tour d'Iris viendrait un jour. Viola Marle s'était comportée en mère quelque peu lointaine, essentiellement préoccupée de sa personne, se déchargeant de ses enfants sur des nurses, des gouvernantes, des pensionnats, mais invariablement adorable avec elles lors des rares moments qu'elle leur consacrait. Hector Marle était mort alors qu'Iris avait cinq ans. Qu'il ait bu plus que de raison, elle l'avait su de manière si subtile qu'elle n'avait pas la moindre idée de la façon dont elle l'avait appris.

À dix-sept ans, Iris Marle acceptait la vie comme elle venait. Elle avait donc pleuré, comme il se doit, sa mère défunte, avait pris le deuil et s'était installée chez sa sœur et le mari de celle-ci dans leur hôtel particulier d'Elvaston Square.

L'existence n'était pas toujours folichonne, dans cette maison. Iris ne devait pas faire son entrée dans le monde avant un an. En attendant, elle avait pris des cours de français et d'allemand et fréquenté une école d'enseignement ménager. Parfois, quand elle n'avait pas grand-chose à faire ou personne à qui parler, elle se tournait vers George qui se montrait toujours affectueux et fraternel. À ce jour, son attitude était demeurée inchangée.

Et Rosemary ? Iris la voyait rarement. Rosemary sortait beaucoup. Couturiers, cocktails, bridges...

Que *savait*-elle véritablement de Rosemary, à tout bien considérer ? De ses goûts, de ses espoirs, de ses appréhensions ? C'est ahurissant de se rendre compte à quel point on peut mal connaître une personne avec laquelle on a vécu sous le même toit ! Il n'y avait que très peu, voire aucune intimité entre les deux sœurs.

Mais il fallait à présent qu'elle réfléchisse. Il fallait qu'elle se souvienne. Cela pouvait s'avérer capital.

Ce qu'il y a de sûr, c'est que Rosemary avait *semblé* plutôt heureuse...

Jusqu'à ce fameux jour, une semaine avant le drame.

Ce jour-là, Iris ne l'oublierait jamais. Chaque détail, chaque mot se détachait avec la limpidité du cristal. La table d'acajou à la sombre patine, la chaise repoussée en arrière, l'écriture hâtive, si caractéristique...

Iris ferma les yeux pour revivre la scène...

Son irruption dans la chambre de sa sœur, son arrêt brutal.

Le spectacle qui s'était offert à elle l'avait stupéfiée : Rosemary, assise à son secrétaire, la tête enfouie dans ses bras repliés. Rosemary, secouée de sanglots et versant toutes les larmes de son corps. Elle ne l'avait jamais vue pleurer et cette explosion de chagrin l'avait épouvantée.

Bien sûr, Rosemary relevait d'une mauvaise grippe. Elle n'était rétablie que depuis quelques jours. Or, tout le monde sait que la grippe, ça vous déprime *énormément*. Mais enfin, tout de même...

— Voyons, Rosemary, qu'est-ce qui t'arrive ? s'était écriée Iris d'une petite voix de gamine terrorisée.

Rosemary s'était redressée, avait rejeté ses cheveux en arrière et découvert ainsi un visage méconnaissable. Puis elle s'était efforcée de se maîtriser.

— Ce n'est rien... rien du tout ! avait-elle décrété d'un ton précipité. Pourquoi est-ce que tu me regardes comme ça ?

Sur quoi elle s'était levée et, passant sous le nez de sa sœur, était sortie en courant.

Éberluée, inquiète, Iris avait fait quelques pas dans la pièce. Irrésistiblement attirée par une feuille de papier abandonnée sur le secrétaire, elle y avait alors entrevu son propre prénom, tracé de la main de sa sœur. Est-ce que Rosemary était en train de lui écrire ?

Elle était allée se pencher sur la feuille bleue noircie de la grosse écriture empâtée si particulière, encore plus grosse et empâtée que de coutume du fait de la fièvre et de l'agitation de celle qui avait tenu la plume.

Iris chérie,
Puisque mon argent te revient de toute façon, il n'y a aucune raison que je fasse un testament. J'aimerais pourtant m'assurer que quelques-uns de mes objets personnels iront bien à certaines personnes.
À George, les bijoux qu'il m'a offerts, ainsi que le petit coffret d'émail que nous avons acheté ensemble pour nos fiançailles.
À Gloria King, mon étui à cigarettes en platine.
À Maisie, mon cheval en porcelaine de Chine qu'elle a toujours admir...

La lettre se terminait là, par une large zébrure, alors que Rosemary avait jeté son stylo et cédé à l'irrépressible envie de pleurer.

Iris était restée pétrifiée devant le secrétaire.

Qu'est-ce que ça pouvait bien signifier ? Rosemary n'allait pourtant pas *mourir*, non ? Qu'elle ait été très éprouvée par cette grippe, d'accord, mais à présent elle était rétablie. D'ailleurs on ne meurt pas de la grippe — si, ça arrive, mais ça n'avait pas été le cas pour Rosemary. Elle était guérie, juste un peu affaiblie et déprimée.

Le regard d'Iris était revenu à la lettre et, cette fois, une phrase lui avait sauté aux yeux :

« ... *mon argent te revient de toute façon...* »

Jusqu'alors, elle n'avait rien su du testament de Paul Bennett. Elle avait appris, tout enfant, que Rosemary avait hérité de la fortune de l'Oncle Paul, que Rosemary était riche alors qu'elle-même était relativement sans le sou. Mais jusqu'à cet instant, elle ne s'était jamais demandé ce qu'il adviendrait de cet argent si sa sœur venait à disparaître.

Si on l'avait interrogée, elle aurait répondu qu'il irait à George, en sa qualité de conjoint, puis elle se serait empressée d'ajouter combien il lui semblait absurde d'envisager la mort de Rosemary avant celle de George !

Seulement voilà, c'était écrit noir sur blanc de la main même de Rosemary : à la mort de cette dernière, l'argent lui reviendrait à elle, Iris. Mais est-ce que ça n'était pas illégal ? Mari et femme héritent l'un de l'autre, bien sûr, mais une *sœur*, ça n'hérite pas. À moins, bien entendu, que Paul Bennett n'en ait décidé autrement. Oui, ça devait être ça. L'Oncle Paul avait spécifié que son argent reviendrait à Iris au cas où Rosemary viendrait à disparaître. Ce qui rendait la situation moins *injuste*.

Injuste ? Ce mot, qui venait de frapper l'esprit d'Iris, l'avait fait tressaillir. Avait-elle considéré comme *injuste* le fait que Rosemary soit *l'unique héritière* de l'Oncle Paul ? Elle avait admis qu'en son for intérieur elle avait dû éprouver ce sentiment : oui, c'était *injuste*. Elles étaient sœurs, Rosemary et elle. Toutes deux enfants d'une même mère. Alors pourquoi l'Oncle Paul avait-il fait de Rosemary sa légataire universelle ?

Rosemary avait toujours tout !

Les sorties, les toilettes, les amoureux transis et un mari qui l'adulait.

L'unique désagrément dont elle ait jamais souffert, c'était une grippe. Et encore ladite grippe n'avait pas dépassé la semaine !

Debout près du secrétaire, Iris avait hésité. Ce feuillet, Rosemary aurait-elle souhaité qu'il reste là, au vu et au su des domestiques ?

Après avoir balancé un instant, Iris avait plié la lettre en deux et l'avait glissée dans un des tiroirs du bureau.

C'est là qu'elle avait été retrouvée, après la tragique

soirée d'anniversaire, et fournie comme preuve supplémentaire — si tant est qu'une preuve ait été nécessaire — que Rosemary, déprimée et dans un état d'abattement consécutif à la maladie, avait déjà pu, à ce moment-là, envisager le suicide.

Dépression nerveuse consécutive à une forte grippe. C'était là le mobile avancé à l'enquête, mobile que le témoignage d'Iris avait contribué à étayer. Bien faible mobile, il est vrai, mais le seul envisagé, et par conséquent le seul retenu. La grippe avait été particulièrement virulente cette année-là.

Pas plus Iris que George Barton n'avaient été capables, à l'époque, d'invoquer une autre raison.

À présent, en se remémorant l'incident du grenier, Iris s'étonnait d'avoir pu être aussi aveugle.

Tout avait dû se passer sous ses yeux. Or, elle n'avait rien vu, rien remarqué !

Son esprit s'attarda un court instant sur la date fatale de l'anniversaire. Inutile de penser à ça ! Se défaire de cette vision d'horreur, oublier l'enquête et le visage de George parcouru de tics, ses yeux injectés de sang... En venir directement à l'incident de la malle dans le grenier.

*

Ça s'était passé six mois environ après la mort de Rosemary.

Iris avait continué de vivre à Elvaston Square. Après les obsèques, le notaire de la famille Marle, digne vieillard au crâne chauve et au regard étrangement pénétrant, s'était entretenu avec Iris. Il lui avait exposé, en des termes d'une clarté remarquable, qu'en vertu du testament de Paul Bennett, Rosemary avait hérité de ses biens à charge de les transmettre, après son décès, à ses enfants. Au cas où elle viendrait à mourir sans descendance, la totalité de ses biens iraient à Iris. Il s'agissait, expliqua le notaire, d'une fortune considérable dont la jeune fille aurait l'absolue jouissance dès qu'elle aurait atteint l'âge de vingt et un ans ou qu'elle convolerait en justes noces.

En attendant, restait à régler la question cruciale de son domicile. Mr George Barton, qui souhaitait que sa jeune belle-sœur continue à vivre sous son toit, avait émis la proposition suivante : une tante maternelle, Mrs Drake, qui se trouvait dans une situation financière critique du fait des sollicitations incessantes de son fils — la brebis galeuse de la famille Marle —, s'établirait chez eux et servirait de chaperon à Iris. Iris approuvait-elle cet arrangement ?

Elle avait accepté avec empressement, soulagée de ne pas avoir à former de nouveaux projets. De tante Lucilla, créature d'un certain âge, elle se rappelait les traits un tantinet bonasses, le caractère docile, sans grande volonté propre.

Ainsi la question était-elle réglée. George Barton, qui éprouvait un plaisir touchant à voir la jeune sœur de sa femme auprès de lui, la traitait avec une tendresse toute fraternelle. Mrs Drake, à défaut d'être de compagnie réellement exaltante, se pliait aux quatre volontés d'Iris. La maisonnée s'était organisée autour de cette ordonnance qui convenait à chacun.

Six mois plus tard, Iris avait fait une découverte dans le grenier.

Les mansardes d'Elvaston Square servaient de débarras où l'on entreposait toute sorte de bric-à-brac : meubles dépareillés, objets disparates et quantité de malles et de valises.

Iris y était montée un jour après avoir mis sa chambre sens dessus dessous, à la recherche d'un vieux pull-over rouge qu'elle affectionnait. George l'avait suppliée de ne pas porter le deuil de Rosemary, celle-ci, affirmait-il, ayant toujours été contre cet usage. Iris, sachant qu'il disait vrai, s'était rangée à son avis et continuait de porter ses vêtements habituels, à la grande désapprobation de Lucilla Drake, vieux jeu et qui tenait à voir respecter ce qu'elle nommait « les convenances ». N'arborait-elle pas, pour sa part, un crêpe de deuil en souvenir d'un époux décédé quelque vingt ans plus tôt ?

Iris se rappelait que dans ces malles du grenier s'entassaient des vêtements dont on ne voulait plus. Elle s'était mise en quête de son pull-over, et était effectivement tombée sur des affaires à elle : un manteau gris et une jupe assortie, quelques paires de bas, une tenue de ski et deux anciens costumes de bain.

C'est alors qu'elle avait découvert une vieille robe de chambre qui avait appartenu à Rosemary et qui avait par hasard échappé à la distribution de ses vêtements après sa mort. C'était une robe de chambre de coupe masculine, en soie mouchetée, aux amples poches.

Iris l'avait prise, notant qu'elle était en parfait état. Puis elle l'avait soigneusement pliée et remise dans la malle. Alors qu'elle la replaçait, quelque chose avait craqueté sous ses doigts dans l'une des poches. Elle y avait plongé la main et en avait ressorti un morceau de papier chiffonné. C'était l'écriture de Rosemary. Elle l'avait défroissé et parcouru :

Tu ne peux pas penser ce que tu dis, Léopard chéri... Tu ne peux pas. Tu ne peux pas. Nous nous aimons ! Nous ne faisons qu'un ! Tu le sais aussi bien que moi ! Nous ne pouvons nous dire adieu et vivre désormais chacun de notre côté comme si de rien n'était. Tu sais que c'est impossible, mon amour — rigoureusement impossible. Je suis à toi et tu es à moi — pour toujours. Je ne suis pas du genre conventionnel, je me fiche du qu'en-dira-t-on. Pour moi, l'amour importe plus que tout au monde. Nous fuirons ensemble et nous serons heureux — je te rendrai heureux. Tu m'as dit un jour que, sans moi, ta vie ne serait qu'un désert glacé, t'en souviens-tu, mon Léopard adoré ? Et voilà que tu m'écris, froidement, qu'il vaut mieux nous séparer, que c'est plus raisonnable dans mon propre intérêt. Mon propre intérêt ? Mais je suis incapable de vivre sans toi ! J'ai de la peine pour George — il s'est montré si bon, mais il comprendra. Il acceptera de me rendre ma liberté. À quoi bon vivre ensemble si l'amour n'est plus là ? Dieu nous a destinés l'un à l'autre, mon adoré — de cela, je suis certaine. Nous allons être merveilleusement heureux, seulement il va nous falloir faire preuve de courage. Je parlerai à George moi-même, je tiens à me montrer loyale envers lui. Mais je ne lui avouerai rien avant le jour de mon anniversaire.

J'ai conscience de faire ce qui convient, mon Léopard bien-aimé, et je ne peux vivre sans toi — j'en suis incapable, incapable, INCAPABLE.

Comme je suis stupide de t'écrire une si longue lettre. Trois lignes auraient suffi. Un simple : « Je t'aime. Je ne te laisserai jamais me quitter. » Oh ! mon amour...

Le texte s'interrompait là.

Iris était demeurée immobile, le regard rivé sur la feuille de papier.

Comme elle connaissait mal sa propre sœur !

Ainsi donc, Rosemary avait eu un amant, lui avait adressé des messages enflammés, avait même envisagé de s'enfuir avec lui.

Que s'était-il passé ? En fin de compte, Rosemary n'avait jamais posté cette lettre ! En avait-elle envoyé une autre à la place ? Qu'avait-il été décidé, en définitive, entre Rosemary et cet inconnu ?

(« Léopard » ! Les amoureux ont de ces lubies. Grotesque ! Je t'en ficherais, des « Léopard » !)

Qui était cet individu ? Était-il aussi amoureux de Rosemary qu'elle l'était de lui ? Sans aucun doute. Elle était si incroyablement ravissante. Pourtant, d'après la lettre, il avait jugé préférable d'« en finir ». Cela suggérait... quoi, au juste ? Une manière de ménager les susceptibilités ? Il avait manifestement décrété qu'il jugeait cette rupture nécessaire... pour son bien à elle. D'accord, mais est-ce que ce n'est pas là le genre de discours que les hommes tiennent pour sauver les apparences ? Est-ce que ça ne signifiait pas plutôt que ce type, quel qu'il soit, en avait assez. Peut-être que cette liaison n'avait été pour lui qu'une passade ? Peut-être qu'il ne l'avait jamais aimée ? Sans trop savoir pourquoi, Iris avait le sentiment confus que l'inconnu était fermement décidé à rompre.

Pourtant Rosemary en avait jugé autrement. Rosemary avait décidé de se raccrocher. Rosemary aussi avait pris une décision ferme et définitive.

Iris avait frissonné.

Et elle, Iris, qui n'avait rien su de tout ça ! Rien soupçonné. Elle avait tenu pour acquis que sa sœur était heureuse, comblée, et que George et elle formaient une sorte de couple idéal. Aveugle ! Fallait-il qu'elle ait été aveugle pour ignorer à ce point la réalité !

Mais cet homme, au fait, qui était-ce ?

Iris avait fait un retour dans le passé, s'était obligée à réfléchir, à se souvenir. Une nuée d'admirateurs gravitaient autour de Rosemary, la sortaient, lui téléphonaient. Aucun ne se détachait du lot. Pourtant il fallait bien qu'*il* existe — les autres n'étaient là que pour donner le change, servir à dissimuler le seul, l'unique qui comptait. Iris avait froncé les sourcils, perplexe, et s'était appliquée à démêler les images du passé.

Deux noms se détachaient. Ça ne pouvait être, oui, ça ne pouvait être que l'un ou l'autre... Stephen Farraday ? Ça *devait* être lui. Qu'est-ce que Rosemary avait bien pu lui trouver ? Un garçon guindé, imbu de lui-même — et plus très jeune, après tout. Bien sûr, il passait pour brillant. Pour un politicien d'avenir que l'on donnait comme sous-secrétaire d'État très bientôt et qui bénéficiait des appuis et de l'influence des Kidderminster avec lesquels il était lié. Un futur Premier ministre ! Était-ce ça qui avait séduit Rosemary ? Parce que ce n'était quand même pas l'homme en soi — de nature froide et introvertie — qui lui avait inspiré cette passion dévorante ? Mais, après tout, on prétendait bien que sa femme

19

était éperdument amoureuse de lui, qu'elle avait bravé les foudres de sa toute puissante famille pour l'épouser, lui, un moins que rien qui n'avait pour lui que ses ambitions politiques. Puisqu'une femme nourrissait une telle passion à son égard, il n'y avait aucune raison pour qu'il n'en inspire pas à une autre. Oui, ça ne pouvait être que Stephen Farraday.

Parce que, si ce n'était pas Stephen Farraday, alors c'était forcément Anthony Browne.

Or, Iris refusait que ce soit Anthony Browne.

D'accord, il avait été en adoration devant Rosemary, prosterné à ses pieds, son beau visage brun empreint d'une sorte de désespoir risible. Mais cette dévotion était trop manifeste, trop affichée pour être réellement sincère.

Étrange, la façon dont il s'était volatilisé, à la mort de Rosemary. On ne l'avait plus revu depuis.

Bah ! à vrai dire, ça n'était pas si étrange que ça — c'était un garçon qui voyageait énormément. Il parlait Argentine, Canada, Ouganda, États-Unis. Iris le soupçonnait d'être américain, voire canadien, bien qu'il n'ait aucun accent. Non, il n'y avait rien d'étrange à ce qu'on ne l'ait plus revu.

C'était Rosemary avec qui il était lié. Il n'y avait aucune raison pour qu'il continue de fréquenter les proches de celle-ci. Il avait été l'ami de Rosemary. Mais pas l'amant de Rosemary. Cette idée lui aurait fait mal, atrocement mal...

Elle avait abaissé son regard sur la lettre qu'elle tenait encore à la main. Elle l'avait chiffonnée. Il fallait absolument s'en débarrasser, la brûler.

Une sorte d'instinct l'avait arrêtée net.

Un jour, elle pourrait avoir à produire ce document...

Elle avait défroissé le papier et était descendue l'enfermer dans son coffret à bijoux.

On pouvait avoir, un jour, à démontrer pourquoi Rosemary avait mis un terme à sa vie.

*

« Et après ça, qu'est-ce que je vous sers ? »

Ce bout de phrase ridicule s'immisça soudain dans l'esprit d'Iris et lui arracha un semblant de sourire. Cette interrogation de boutiquier racoleur traduisait à la lettre le cours logique de ses propres pensées.

N'était-ce pas précisément ce qu'elle s'efforçait de faire en fouillant dans le passé ? Elle en avait terminé avec l'étonnante trouvaille du grenier. Et après ça... « qu'est-ce que je vous sers ? » Sur quoi allait-elle focaliser ses investigations ?

Sur le comportement de plus en plus déroutant de George, bien entendu. Ça remontait déjà à loin. D'infimes détails, qui l'avaient perturbée à l'époque, s'éclairaient enfin à la lumière du singulier entretien de la veille au soir. Des remarques, des actes sans lien apparent s'ordonnaient d'eux-mêmes.

Et puis il y avait la réapparition d'Anthony Browne... Oui, c'était sans doute ça la prochaine séquence à envisager si on tenait compte du fait que cette réapparition était survenue une semaine à peine après la découverte de la lettre.

Iris était incapable de se remémorer au juste ses sensations.

Rosemary était morte en novembre. Au mois de mai, sous l'aile protectrice de Lucilla Drake, Iris avait fait ses débuts dans le monde. Elle avait fréquenté raouts, thés et bals sans s'y amuser vraiment. Ces frivolités la laissaient blasée et insatisfaite. À la fin juin, au cours d'un bal ennuyeux à périr, elle avait entendu une voix s'élever derrière elle :

— Je n'ai pas rêvé, c'est bien Iris Marle, non ?

Elle s'était retournée, le rouge aux joues, et son regard s'était arrêté sur le visage hâlé d'Anthony... de Tony.

Tony et son expression perpétuellement gouailleuse.

— Vous ne vous souvenez sans doute pas de moi, avait-il dit, mais...

Elle l'avait aussitôt coupé :
— Bien sûr que si, voyons !
— Sensationnel ! J'avais peur que vous m'ayez oublié. Ça fait si longtemps qu'on ne s'est vus.
— Je sais. Depuis la soirée d'anniversaire de Ro...
Elle avait laissé sa phrase inachevée. Le sang s'était retiré de ses joues devenues livides. Ses lèvres tremblaient. Ses yeux étaient élargis par la détresse.
— Pardonnez-moi, avait débité Anthony Browne d'une traite. Quelle brute je fais de vous rappeler ce souvenir.
Iris avait dégluti avec peine :
— Ce n'est rien.
(Pas depuis la soirée d'anniversaire de Rosemary. Pas depuis la soirée de son suicide. Il ne fallait plus qu'elle y pense. Elle se refusait d'y penser !)
Anthony Browne avait réitéré ses excuses :
— Je suis absolument navré. Je vous supplie de ne pas m'en vouloir. Si nous dansions ?
Elle avait hoché la tête en signe d'assentiment. Bien qu'elle ait déjà promis la valse qui venait de commencer, elle s'était élancée sur le parquet dans les bras d'Anthony. Elle avait alors aperçu son cavalier en titre, grand dadais rougissant dont le cou maigre flottait dans un col trop large et qui la cherchait des yeux. Le genre d'escogriffe dont les « débutantes » doivent s'accommoder, avait-elle songé avec dédain. Rien à voir avec un homme tel que l'ami de Rosemary.
Une angoisse subite l'avait étreinte. *L'ami de Rosemary.* Cette lettre. Aurait-elle pu être adressée à l'homme dans les bras duquel elle dansait ? La grâce quelque peu féline avec laquelle il évoluait n'était pas sans évoquer le surnom de « Léopard ». Est-ce que Rosemary et lui n'avaient pas été...
Iris s'était enquise d'un ton dur :
— Où étiez-vous passé, pendant tout ce temps ?
Il l'avait insensiblement écartée pour mieux la dévisager. Son expression était grave. Il y avait une certaine froideur dans sa voix :

— Je voyageais. Pour affaires.
— Je vois, avait-elle acquiescé.
Puis, sans qu'elle ait pu se contrôler :
— Et pourquoi être revenu ?
Il avait esquissé un sourire et lancé sur un ton détaché :
— Qui sait... peut-être pour vous revoir, Iris Marle.

Et soudain, l'attirant à lui, il l'avait entraînée au beau milieu de la piste dans un tourbillon fou, chef-d'œuvre de précision et de virtuosité. Mais alors qu'elle s'abandonnait à cette sensation de plaisir pur, Iris avait eu la surprise de se sentir envahie par un sentiment de crainte.

Depuis lors, Anthony avait fait partie intégrante de sa vie. Ils se rencontraient au minimum une fois par semaine.

Elle le retrouvait à Hyde Park, au bal, ou comme voisin de table aux dîners.

Elvaston Square restait le seul endroit où il se refusait à mettre les pieds. Mais il déployait une telle ingéniosité à esquiver et à décliner les invitations qu'Iris avait été un certain temps avant de le découvrir. Lorsqu'elle avait fini par s'en rendre compte, elle n'avait pas manqué de s'interroger. Était-ce parce que Rosemary et lui...

Puis à sa stupéfaction, George, d'ordinaire si accommodant et discret, l'avait questionnée :
— Qui est cet Anthony Browne avec lequel on te voit sans cesse ? Que sais-tu de lui ?

Elle lui avait jeté un regard ébahi :
— Ce que je sais de lui ? Eh bien... que c'était un ami de Rosemary !

Les traits de George s'étaient crispés, il avait cligné des paupières.
— Oui, bien sûr, de Rosemary, avait-il articulé avec peine.
— Pardon ! s'était écriée Iris d'une petite voix désolée. Je n'aurais pas dû évoquer...

George Barton l'avait détrompée d'un signe de tête avant de poursuivre sur un ton radouci :

— Si, au contraire. Je ne veux pas qu'on l'oublie. Jamais. Après tout, avait-il ajouté avec gêne en détournant les yeux, c'est son prénom qui veut ça. Rosemary — Romarin, symbole du souvenir. N'oublie jamais ta sœur, Iris.

— Jamais, avait acquiescé la jeune fille dans un souffle.

— Pour en revenir à Anthony Browne, avait aussitôt enchaîné George, Rosemary l'aimait bien, si je ne m'abuse. Et pourtant elle ne savait pas grand-chose de lui. Vois-tu, Iris, tu dois te montrer prudente. Tu es un très beau parti.

Elle avait été saisie d'une flambée de colère :

— Tony... Anthony est très riche. La preuve : quand il est à Londres, il descend au *Claridge*.

George Barton avait souri :

— Hôtel éminemment respectable... et indubitablement coûteux. Malgré tout, ma chérie, personne ne sait qui est ce garçon.

— C'est un Américain.

— Peut-être. Dans ce cas, il est surprenant que son ambassade ne le chapeaute pas davantage. Et on ne le voit pas souvent à la maison, non ?

— C'est vrai. Mais je comprends pourquoi, maintenant : vous ne pouvez pas le sentir.

George avait secoué la tête :

— On dirait que j'ai tapé dans le mille. Pourtant je voulais tout simplement te mettre en garde. Je vais en toucher un mot à Lucilla.

— Lucilla ! avait répété Iris sur un ton dédaigneux.

George s'en était ému :

— Ça ne va pas entre vous ? Est-ce que Lucilla veille bien à ce que tu te distraies autant que tu le mérites ? Je veux parler des sorties et de tout ça...

— Mais oui, mais oui, elle s'y échine comme un bœuf.

— Dans le cas contraire, n'hésite pas à m'en parler, mon petit. Nous la remplacerions par quelqu'un de plus jeune et de plus à la page. Je tiens à ce que tu t'amuses.

— Mais je m'amuse, George. Je vous assure que je m'amuse.

— Alors, c'est parfait. Je ne suis pas très fort sur le chapitre des divertissements — je ne l'ai jamais été. Mais surtout arrange-toi pour avoir tout ce que tu désires, Iris. Il n'est pas question de lésiner.

C'était là tout George, généreux et maladroit.

Fidèle à sa promesse, ou à sa menace, il eut une petite conversation avec Mrs Drake au sujet d'Anthony Browne. Mais le Hasard fit que le moment était mal venu pour capter l'attention de la vieille dame.

Elle venait en effet de recevoir un câble de sa fripouille de fils, qu'elle chérissait comme la prunelle de ses yeux et qui ne savait que trop bien faire vibrer la corde maternelle pour lui extorquer de l'argent.

Envoyez 200 livres. Désespéré. Question de vie ou de mort. Victor.

Lucilla était en larmes :

— Victor est l'honnêteté même. Il connaît la maigreur de mes ressources et s'il fait appel à moi, c'est qu'il est sans le sou. Je vis dans la terreur qu'il ne se tire une balle dans la tête.

— Pas lui, avait affirmé George, laconique.

— Vous ne le connaissez pas. Moi, je suis sa mère et je sais ce qu'il vaut. Jamais je ne me pardonnerais de lui refuser quoi que ce soit. Je pourrais vendre quelques-uns de mes titres.

George avait poussé un soupir résigné :

— Écoutez, Lucilla, je vais envoyer un câble à l'un de mes correspondants au Brésil. Nous saurons exactement dans quel pétrin Victor s'est encore fourré. Mais si j'ai un conseil à vous donner, ma chère, c'est de laisser votre fils mijoter dans son jus. Tant qu'il n'en aura pas bavé, il ne fera jamais rien de bon.

— Vous êtes impitoyable, George. Ce pauvre enfant n'a cessé de jouer de malchance.

George s'était gardé d'exprimer son opinion. À quoi bon raisonner avec les femmes ?

— Je vais charger Ruth de s'occuper de l'affaire, s'était-il borné à dire. Nous devrions avoir des nouvelles pas plus tard que demain.

Lucilla s'en était trouvée quelque peu réconfortée. Les deux cents livres ramenées à cinquante, la généreuse mère avait insisté pour que cette somme soit expédiée sur-le-champ.

Iris n'ignorait pas que George acquitterait la totalité du montant — même s'il avait assuré à Lucilla que c'était sur ses propres économies qu'il effectuerait un prélèvement. Iris avait fait part à George de l'admiration qu'il lui inspirait.

— Toute famille a sa brebis galeuse, lui avait-il aussitôt répondu avec une belle simplicité, son bon à rien qui a besoin d'être entretenu. Jusqu'à la mort de Victor, l'un d'entre nous devra casquer pour lui.

— Mais pourquoi faut-il que ce soit vous ? Victor ne fait pas partie de *votre* famille.

— La famille de Rosemary est *ma* famille.

— Vous êtes un amour, George. Mais est-ce que ce ne serait pas plutôt à moi d'aider Victor ? Vous ne cessez de me répéter que je roule sur l'or.

Il avait fait la grimace :

— Impossible tant que tu ne seras pas majeure, jeune fille. Et si tu as tant soit peu de jugeote, mieux vaudra t'abstenir. Laisse-moi te donner un conseil, ma petite Iris : lorsqu'un type envoie un câble en menaçant de se supprimer si on ne lui expédie pas deux cent livres par retour du courrier, dis-toi bien que vingt suffiront... dix même ! Si on ne peut empêcher une mère de cracher au bassinet, on peut tout au moins limiter les dégâts. Je suis certain que Victor Drake ne mettra jamais ses menaces à exécution ! Ce n'est pas son genre ! Ceux qui parlent de se supprimer ne le font jamais !

Jamais ? Iris songeait à Rosemary. Une nouvelle fois elle repoussa cette pensée obsédante. George n'avait pas fait allusion à Rosemary, mais à un vaurien sans scrupules qui se la coulait douce à Rio de Janeiro.

Iris avait tiré bénéfice de la situation en ce sens que les soucis maternels de Lucilla l'avaient empêchée de contrôler les sorties de sa jeune nièce avec Anthony Browne.

« Et à présent, ma petite dame, qu'est-ce que je vous sers ? » Le changement de comportement de George, Iris ne pouvait éluder ce fait plus longtemps. Comment et quand est-ce que ça avait débuté ? Et à quoi est-ce qu'il fallait l'attribuer ?

Iris avait beau se reporter en arrière, elle ne parvenait pas à préciser l'origine de cette métamorphose. Depuis la mort de sa femme, George se montrait absent et distrait. Il sombrait dans des accès de sombre mélancolie. Il avait l'air vieilli, accablé. Ce qui était assez normal pour un veuf. Mais à quel moment précis ses absences avaient-elles pris un tour alarmant ?

C'était, se dit Iris, à la suite de leur accrochage à propos d'Anthony Browne qu'elle avait noté le regard vide, empreint de stupeur, que son beau-frère posait fréquemment sur elle. Par la suite, il avait pris l'habitude de quitter son bureau de bonne heure pour rentrer s'isoler dans son cabinet de travail. Là, il ne semblait pas se livrer à la moindre activité. Un jour, Iris avait fait irruption dans la pièce et l'avait surpris, assis à sa table, les yeux perdus dans le vague. À l'entrée de la jeune fille, il avait levé sur elle un regard flou, hébété. Il avait tout de l'individu qui vient de subir un grave traumatisme et pourtant, quand elle l'avait interrogé sur ce qui n'allait pas, il s'était contenté d'un bref : « Rien. »

Au fil des jours, il avait paru de plus en plus accablé par le souci. Personne n'y avait vraiment prêté attention. Pas même Iris. George invoquait toujours « les affaires » en explication à ses tracas.

Puis, par intervalles et sans motif valable, il s'était mis à poser des questions déroutantes. C'est alors qu'Iris s'était avisée de qualifier ses manières de réellement « bizarres ».

— Dis-moi, Iris, Rosemary te parlait beaucoup ? Elle se confiait à toi ?

Iris l'avait considéré avec stupéfaction :

— Bien entendu, George. C'est arrivé parfois. Mais... à quel sujet ?

— Oh, elle... ses amis... sa vie en général. Est-ce qu'il lui est jamais arrivé de te dire si elle était heureuse ou malheureuse. Ce genre de choses, quoi.

Iris avait compris où il voulait en venir. Il avait probablement eu vent de la liaison malheureuse de Rosemary.

— Rosemary n'était pas très bavarde, lui avait-elle répondu d'une voix posée. Elle était toujours tellement prise... vous savez bien.

— Et toi, tu n'étais qu'une gamine, bien sûr. Je sais. Malgré tout, je me suis dit qu'elle aurait pu te parler.

Il lui avait jeté un regard inquisiteur — le regard du chien qui mendie un os.

Elle n'avait pas voulu le peiner. Et puis, après tout, Rosemary ne lui avait *jamais* rien confié. Elle avait secoué la tête.

George avait poussé un soupir.

— Bah ! ça n'a aucune importance, avait-il laissé tomber.

Quelques jours plus tard, tout à fait inopinément, il s'était enquis de l'identité des meilleures amies de Rosemary.

Iris avait réfléchi un instant avant de les citer :

— Gloria King. Mrs Atwell... Maisie Atwell. Jane Raymond.

— Elles étaient très liées avec ta sœur ?

— Je n'en ai aucune idée.

— Tu crois qu'elle aurait pu faire des confidences à l'une d'elles ?

— Je n'en sais trop rien... Quel genre de confidences ?

À peine avait-elle posé cette question qu'Iris l'avait

regrettée. George lui avait répondu en l'interrogeant à son tour :

— Est-ce que Rosemary t'a jamais avoué qu'elle avait peur de quelqu'un ?

— Peur, Rosemary ?

— J'essaie de découvrir si elle ne s'était pas fait des ennemis.

— Vous voulez dire des rivales ?

— Non. De vrais ennemis. Il n'y avait personne, à ta connaissance, qui... qui aurait eu des raisons de lui en vouloir ?

Le regard scrutateur d'Iris avait paru le désarçonner.

— Ça semble ridicule, je sais, s'était-il mis à grommeler, écarlate. Mélo, même. Une simple idée qui m'a traversé l'esprit.

Deux jours plus tard, il s'était renseigné sur les Farraday. Les fréquentait-elle assidûment ?

Iris avait affiché sa perplexité :

— Je ne suis au courant de rien, George.

— Elle t'a parlé d'eux ?

— Non. Pas que je sache.

— Ils étaient très liés ?

— Rosemary s'intéressait à la politique.

— C'est vrai. Mais seulement après sa rencontre avec les Farraday en Suisse. Auparavant, elle s'en fichait comme d'une guigne !

— Je crois que c'est Stephen Farraday qui l'a initiée à la politique. Il lui passait des articles à lire.

— Et Sandra Farraday, elle réagissait comment ?

— Elle réagissait à quoi ?

— Au fait que son mari donnait des articles à lire à Rosemary.

Iris s'était sentie envahie par la gêne :

— Je n'en sais rien.

George avait poursuivi son raisonnement :

— Sandra Farraday. Une nature réservée. Froide comme un glaçon. Pourtant, on prétend qu'elle est folle de son mari. Le genre qui tolère mal que son époux ait une amitié féminine.

29

— Peut-être.

— Comment Rosemary et la femme de Farraday s'entendaient-elles ?

— Elles ne s'entendaient pas vraiment, avait avoué Iris avec réticence. Rosemary se moquait souvent de Sandra. Elle disait d'elle qu'elle était bourrée de politique comme un cheval à bascule est bourré de son. C'est vrai que cette femme a quelque chose de chevalin, au fond. Elle ajoutait : « Percez-la avec une épingle et vous allez la voir se vider comme une outre. »

George avait émis un grognement réprobateur.

— Tu m'as l'air de passer pas mal de temps en compagnie d'Anthony Browne ? avait-il commenté, changeant de sujet.

— Pas mal, avait reconnu Iris d'un ton détaché.

Cette fois, George n'avait pas réitéré sa mise en garde. Il avait, au contraire, pris un air intrigué :

— Il paraît qu'il a roulé sa bosse ? Il a dû mener une vie passionnante. Est-ce qu'il t'a raconté ?

— Pas vraiment. Mais c'est vrai, qu'il a beaucoup voyagé.

— Voyages d'affaires, je suppose.

— Je suppose.

— Quel type d'affaires ?

— Aucune idée.

— En rappport avec les ventes d'armes, c'est ça ?

— Il ne m'a jamais fait de confidences.

— Bon, eh bien, inutile de lui répéter mon petit interrogatoire. Pure curiosité de ma part. L'automne dernier, il s'est beaucoup affiché avec Dewsbury, le président de l'United Arms Ltd... Rosemary voyait assez souvent Anthony Browne, n'est-ce pas ?

— Oui... oui, c'est exact.

— Mais elle ne le connaissait pas depuis longtemps — c'était une simple fréquentation ? Il la faisait beaucoup danser, non ?

— Si.

— Ça m'avait étonné, tu sais, qu'elle ait insisté

pour l'inviter à son anniversaire. Je ne m'étais pas rendu compte qu'ils étaient intimes à ce point.

Iris n'avait pu que murmurer :

— C'est un merveilleux danseur...

— Oui, oui, je n'en doute pas.

Bien malgré elle, le tableau de la fête d'anniversaire s'imposa à l'esprit de la jeune fille.

Le restaurant du *Luxembourg*, la table ronde, les lumières tamisées, les bouquets de fleurs dans les vases. L'orchestre qui distillait un rythme obsédant. Les sept personnes attablées : elle, Iris, Anthony Browne, Rosemary, Ruth Lessing, George et, à la droite de George, Stephen Farraday et sa femme, lady Alexandra Farraday, avec ses cheveux plats, ses narines légèrement dilatées, sa voix sonore et arrogante. Ç'avait été une soirée si gaie... non ?

Et, au beau milieu de la fête, Rosemary... *Non, non, il valait mieux ne pas y penser*. Mieux valait évoquer l'image de Tony, son voisin de table. Tony dont elle venait seulement de faire la connaissance. Auparavant, il n'avait été pour elle qu'un simple nom, une ombre fugitive entrevue dans un vestibule, une vague silhouette qui escortait Rosemary au bas des marches du perron.

Tony...

La nouvelle intervention de George avait fait redescendre Iris sur terre :

— Bizarre comme il s'est volatilisé. Tu as idée de l'endroit où il avait disparu ?

Elle avait émis une réponse vague :

— Oh, à Ceylan, ou peut-être aux Indes.

— Il n'y a pas fait allusion, cette nuit-là...

— Pourquoi l'aurait-il fait ? l'avait coupé Iris. Et vous tenez vraiment à parler de cette nuit-là, George ?

Le visage de George était devenu apoplectique.

— Non, non, bien sûr que non. Pardon, ma pauvre petite ! s'était-il récrié.

Puis, enchaînant sur un tout autre ton :

— À propos, tu pourrais inviter Browne à dîner un de ces soirs. Je serais heureux de le revoir.

Iris était aux anges. George revenait à de meilleurs sentiments. L'invitation avait été dûment transmise et acceptée, mais au tout dernier moment, Anthony s'était décommandé, ses affaires l'appelant dans le Nord.

*

Un beau jour de la fin juillet, George avait stupéfié Lucilla et Iris en leur annonçant qu'il venait d'acheter une propriété à la campagne.

— Vous avez acheté une *maison* ? s'était récriée Iris, incrédule. Mais je croyais que nous devions louer à Goring pour l'été !

— C'est beaucoup plus agréable d'être chez soi, non ? Nous pourrons y aller en week-end tout au long de l'année.

— Où se trouve-t-elle ? Au bord de la Tamise ?

— Pas exactement. En fait, pas du tout. À Marlingham, dans le Sussex. Ça s'appelle : « Little Priors », *Le Petit Prieuré*. Six hectares, paraît-il — et une bâtisse fin XVIIIe.

— Ne me dites pas que vous l'avez achetée sans la visiter ?

— Si. Une affaire à ne pas manquer. On venait juste de la mettre en vente. J'ai sauté sur l'occasion.

— J'imagine qu'elle aura besoin d'être retapée et entièrement aménagée, avait fait observer Mrs Drake avec aigreur.

George s'était hâté de la rassurer :

— Vous n'avez aucun souci à vous faire. Ruth se chargera de tout.

Les deux femmes avaient entendu prononcer le nom de Ruth Lessing, l'incomparable secrétaire de George, dans un silence recueilli. Ruth était une sorte d'institution et faisait pour ainsi dire partie de la famille. Élégante dans ses stricts vêtements noirs et blancs, elle était l'incarnation du tact et de l'efficacité combinés.

De son vivant, Rosemary avait l'habitude de dire : « Laissons Ruth s'en occuper. Elle fait des merveilles. Oui, laissons ça à Ruth. »

Rien ne résistait au savoir-faire de Ruth Lessing. Souriante et affable, quoique réservée, elle triomphait de tous les obstacles et régentait à merveille le bureau de George ainsi que — prétendait-on — George lui-même. D'ailleurs ce dernier lui portait une réelle affection et faisait appel à son jugement en maintes occasions. À cette secrétaire modèle, on ne connaissait ni besoins ni désirs.

Néanmoins, une fois n'est pas coutume, Lucilla Drake avait manifesté sa désapprobation.

— Mon cher George, avait-elle déclaré, je ne mets pas en cause les compétences de Ruth, mais voyez-vous, les femmes aiment à choisir elles-mêmes la décoration de leur intérieur ! Iris aurait dû être consultée. Ne parlons pas de moi, je ne compte pas. Mais je le déplore pour Iris.

George avait affiché un air coupable :

— Moi qui voulais vous faire une surprise !

— Quel enfant, vous êtes, George ! avait souri Lucilla, vaincue.

Iris était intervenue à son tour :

— Je me fiche de la décoration. Je parie que Ruth aura fait des merveilles. Elle a tellement de goût. Ce que j'aimerais savoir, c'est ce que nous allons faire là-bas. J'espère qu'il y a un court de tennis !

— Oui. Et un golf à deux pas avec des greens immenses. La maison se trouve à moins de dix kilomètres du bord de mer. Par-dessus le marché, nous aurons des voisins. Il vaut toujours mieux s'installer dans un coin où on connaît déjà du monde.

— Quels voisins ? avait questionné Iris d'une voix coupante.

George avait détourné les yeux avant d'avouer :

— Les Farraday. Ils habitent à un kilomètre et quelque, de l'autre côté du parc.

Iris avait considéré son beau-frère avec effarement. Dans un éclair, elle venait de mesurer que toute la diligence que George avait déployée pour acquérir et aménager cette maison de campagne avait eu pour unique objet de resserrer les liens avec le couple Farraday. Devenus proches voisins, ils seraient contraints de rester en excellents termes ou de se brouiller. Ils n'avaient pas d'autre choix.

Mais dans quel but ? Pourquoi George en revenait-il toujours aux Farraday ? Pourquoi cette dépense inconsidérée ? À quel obscur dessein avait-il obéi ?

George soupçonnait-il Rosemary et Stephen d'avoir été plus que de simples relations mondaines ? Se serait-il agi d'une manifestation de sa jalousie rétrospective ? Cette pensée était trop hasardeuse pour être fondée.

Qu'attendait George des Farraday ? Était-ce vers eux que convergeaient toutes les étranges questions dont il n'avait cessé de bombarder Iris ? Est-ce qu'il n'était pas en train de devenir de plus en plus bizarre, depuis quelque temps ?

Ce curieux regard embrumé, le soir, que Lucilla mettait sur le compte de quelques verres de porto excédentaires. C'était bien d'elle, ça !

Non, George était bel et bien devenu bizarre, un point c'est tout. Il était en proie à des moments d'exaltation alternant avec de longues périodes de complète apathie durant lesquelles il sombrait dans un état proche de l'hébétude.

La majeure partie du mois d'août s'était passée à la campagne, à Little Priors. Quelle baraque atroce ! Iris l'avait en horreur, elle lui donnait froid dans le dos. C'était pourtant une demeure élégante, meublée et décorée avec le meilleur goût (Ruth Lessing ne commettait jamais la moindre faute !). Cependant, elle était curieusement *vide*. Sans âme. Ils l'*occupaient*. Comme des soldats, en temps de guerre, occupent un avant-poste.

Ce qui la rendait sinistre, c'était ce semblant de vie estivale. Les invités du week-end, les parties de tennis, les dîners sans cérémonie en compagnie des Farraday. Sandra Farraday s'était montrée charmante à leur égard et les avait traités en voisins qui étaient déjà des amis. Elle les avait présentés à la ronde, avait conseillé George et Iris sur l'achat de chevaux, manifesté à Lucilla toute la déférence due à une femme de son âge.

Et, derrière le masque de son pâle et souriant visage, nul n'avait pu deviner le fond de ses pensées. Une femme-sphinx.

Stephen, ils l'avaient nettement moins côtoyé. Il était très occupé, souvent absent en raison de ses activités politiques. Pour Iris, il ne faisait pas le moindre doute qu'il évitait soigneusement Little Priors.

Août et septembre s'étaient écoulés. Décision avait été prise de regagner la maison de Londres dès le mois d'octobre.

Iris avait poussé un soupir de soulagement. Une fois rendu à son cadre habituel, peut-être George redeviendrait-il lui-même.

Et voilà que la dernière nuit, Iris avait été tirée de son sommeil par un coup discret frappé à sa porte. Elle avait donné la lumière et jeté un coup d'œil sur la pendule. 1 heure à peine. Elle était montée se coucher à 10 heures passées et avait le sentiment qu'il était beaucoup plus tard.

Elle avait enfilé une robe de chambre et s'était dirigée vers la porte, ce qui lui semblait plus approprié que de s'écrier tout bonnement : « Entrez ! »

George se tenait sur le seuil. Ses vêtements, ceux même qu'il avait portés la veille au soir, attestaient qu'il ne s'était pas couché. Il respirait de manière saccadée et son visage, à force d'être congestionné, avait quasiment viré au bleu.

— Suis-moi dans mon cabinet de travail, Iris, avait-il dit. Il faut que je te parle. Il faut que je parle à quelqu'un...

Intriguée, encore tout ensommeillée, Iris avait obtempéré.

Une fois en bas, George avait fermé la porte et fait asseoir sa belle-sœur à son bureau, en face de lui. Il avait alors pris une cigarette dans le coffret avant de le faire glisser en direction d'Iris, et sa main tremblante avait dû s'y reprendre à plusieurs fois avant de réussir à l'allumer.

— Qu'est-ce qu'il y a qui ne va pas, George ? s'était-elle inquiétée.

Il faisait peur à voir.

— Je suis à bout, avait-il ahané, tel un homme qui vient d'effectuer une longue course. Je ne peux pas garder ça pour moi plus longtemps... Il faut que tu me dises ce que tu en penses... si c'est vrai... si c'est *possible*...

— Mais de quoi parlez-vous, George ?

— Tu as forcément remarqué quelque chose, vu quelque chose. Elle a bien dû *dire* quelque chose. Il doit bien y avoir une *raison*...

Elle l'avait dévisagé sans comprendre.

— Tu ne vois pas à quoi je fais allusion, avait-il dit en s'épongeant le front. Je m'en rends bien compte. N'aie pas l'air tellement épouvanté, mon petit. Il faut que tu m'aides. Il faut que tu fasses appel à tous tes souvenirs, aux meilleurs comme aux pires. Allons, allons, je sais que tout ça doit te paraître incohérent, mais tu vas comprendre tout de suite... aussitôt que je t'aurai montré ces lettres.

Il avait sorti deux feuilles de papier d'un tiroir du bureau. Deux feuilles d'un bleu pâle et innocent, noircies d'une petite écriture singeant des caractères d'imprimerie :

— Lis ça.

Iris avait déchiffré le premier feuillet. Le texte en était clair tout autant que laconique :

« VOUS CROYEZ QUE VOTRE FEMME S'EST SUICIDÉE. C'EST FAUX. ELLE A ÉTÉ TUÉE. »

Le second disait :

« VOTRE FEMME, ROSEMARY, NE S'EST PAS SUICIDÉE. ELLE A ÉTÉ ASSASSINÉE. »

Tandis qu'Iris fixait les mots en silence, George lui avait confié :

— Je les ai reçues il y a trois mois environ. J'ai d'abord cru à une plaisanterie — une ignoble plaisanterie macabre. Et puis je me suis mis à réfléchir. Qu'est-ce qui aurait bien pu pousser Rosemary au suicide ?

— *Dépression nerveuse consécutive à une forte grippe*, avait débité Iris d'une voix monocorde, comme une leçon apprise par cœur.

— Oui, mais si on réfléchit deux secondes, des tas de gens attrapent la grippe et sont un peu à plat après coup... alors quoi ?

Iris avait repris avec effort :

— Elle était peut-être... peut-être malheureuse ?

— Oui, c'est bien possible, avait admis George sans émoi particulier. Mais ça ne lui aurait pas ressemblé de se supprimer sous prétexte qu'elle était malheureuse. Autant je l'aurais crue capable de menacer de le faire, autant je la vois mal aller jusqu'au bout.

— C'est pourtant bien comme ça que ça a *dû* se passer, George. Quelle autre explication ? Enfin, quoi, on a retrouvé le poison dans son sac.

— Je sais. Tout se tient. Mais depuis que j'ai reçu ça, avait-il dit en frappant les lettres du bout de son index, j'ai tourné et retourné les choses dans mon crâne. Et plus j'y réfléchis, plus je suis persuadé qu'il y a du louche dans tout ça. C'est la raison pour laquelle je t'ai harcelée de questions... pour savoir si Rosemary ne s'était pas fait d'ennemis. Si elle ne t'avait pas confié qu'elle avait peur de quelqu'un. Quel que soit son assassin, il devait bien avoir une *raison*...

— George, vous êtes fou à lier !

— Il y a des moments où je crois que je le suis. D'autres où je suis convaincu d'être sur la bonne piste. Mais il faut que je *sache*. Que je *trouve*. Et, toi, tu dois m'aider, Iris. Il le faut. Tu dois *réfléchir*. Te rappeler. C'est ça... te *rappeler*. Ressasser et ressasser sans cesse les moindres événements de cette soirée. Parce que tu comprends bien, mon petit, que si Rosemary a été tuée, *ce ne peut être que par quelqu'un qui était à notre table ce soir-là*. Tu es bien d'accord, n'est-ce pas ?

Oui, il avait bien fallu qu'elle en convienne. Elle ne pouvait repousser l'évocation de cette scène plus longtemps. Il fallait qu'elle se souvienne, qu'elle se souvienne du plus infime détail. La musique, les lumière éteintes, le numéro de cabaret, les lumières de nouveau et Rosemary écroulée sur la table, le visage bleu et révulsé.

Iris frémit de la tête aux pieds. Elle avait peur, maintenant. Effroyablement peur...

Il lui fallait rentrer en elle, retourner en arrière... se souvenir.

Rosemary... Romarin...

Du romarin, c'est pour le souvenir.

Tout était désormais possible. Tout... sauf l'Oubli.

2

RUTH LESSING

Au cours d'une accalmie dans sa journée bien remplie, Ruth Lessing évoquait Rosemary Barton, la femme de son patron.

Oui, elle l'avait détestée. Mais à quel point, elle l'ignorait jusqu'à cette matinée de novembre où elle avait fait la connaissance de Victor Drake.

Cette rencontre avec Victor avait été déterminante, elle avait déclenché tout le processus. Avant ça, Ruth avait refoulé ses pensées et ses sentiments personnels au plus profond de son inconscient.

Elle était, corps et âme, dévouée à George Barton. Elle l'avait toujours été. Dès l'embauche — elle avait vingt-trois ans à l'époque —, cette jeune femme pondérée tout autant qu'efficace avait compris qu'il avait besoin d'être pris en main. Et elle l'avait pris en main. Elle lui avait ainsi épargné soucis, pertes de temps et d'argent. Elle avait trié ses amis sur le volet et l'avait incité à choisir les loisirs qui convenaient à son âge et à sa condition. Elle l'avait dissuadé de se lancer dans des entreprises hasardeuses et encouragé, au contraire, à prendre des risques calculés. Pas une seule fois au cours de leur étroite collaboration, George ne l'avait soupçonnée d'être autre chose qu'une subalterne soumise et zélée sur laquelle il exerçait ses pleins pouvoirs. Le physique de la jeune femme le charmait : l'éclat de sa chevelure noire à la coiffure soignée, ses élégants tailleurs coupés sur mesure et ses corsages empesés, les minuscules perles fines qui ornaient ses oreilles délicatement ourlées, son visage à la carnation diaphane discrètement poudré et le rose infiniment doux de son rouge à lèvres.

Selon lui, Ruth était la perfection incarnée.

Il appréciait ses manières détachées et impersonnelles, son absence totale de sentimentalisme ou de familiarité. En conséquence, il lui confiait ses affaires privées qu'elle écoutait d'une oreille complaisante avant de lui dispenser ses avis judicieux.

Ce n'était néanmoins pas elle qui avait arrangé son mariage, qu'elle désapprouvait. Elle avait pourtant fini par l'admettre et, déchargeant la future Mrs Marle de mille et une corvées, avait déployé tout son zèle pour les préparatifs de la cérémonie.

Pendant la période qui avait immédiatement suivi les épousailles, Ruth n'avait plus guère reçu de confidences de son patron. Elle s'était rabattue sur les problèmes du bureau. Et George s'en était largement remis à elle.

Elle faisait preuve d'une telle efficacité que Rosemary n'avait pas tardé à découvrir en elle une auxilliaire indispensable, et ce dans les domaines les plus variés. Miss Lessing se montrait, en outre, d'une humeur et d'une courtoisie toujours égales.

George, Rosemary et Iris, tous, l'appelaient par son prénom et l'invitaient fréquemment à déjeuner à Elvaston Square. Aujourd'hui, à vingt-neuf ans, elle était exactement la même que six ans plus tôt.

Bien que George ne lui ait jamais fait la moindre confidence sur sa vie conjugale, Ruth avait une conscience subtile du plus infime changement de tonalité dans la vie affective de George. Elle avait su quand à l'euphorie première de sa vie matrimoniale avait succédé une félicité totale, et elle avait aussitôt daté le moment où ce bonheur avait cédé la place à un sentiment autrement mitigé. Grâce à son esprit d'initiative, le manque d'attention certain dont avait alors fait preuve son patron n'avait pas eu de suites fâcheuses.

Quelque distrait qu'il ait pu être à l'époque, Ruth Lessing avait cependant toujours feint de l'ignorer. Ce dont il lui avait infiniment su gré.

C'est par un matin de novembre qu'il lui avait parlé de Victor Drake :

— Vous voulez bien faire un sale boulot à ma place, Ruth ?

Elle lui avait décoché un regard inquisiteur. Toute réponse de sa part était superflue. L'acceptation allait de soi.

— Chaque famille a sa brebis galeuse, avait-il ajouté.

Elle avait opiné de la tête en signe de compréhension.

— Il s'agit d'un cousin de ma femme, un petit salopard de la pire espèce. Il a pratiquement ruiné sa mère — créature naïve et sentimentale qui a déjà vendu les trois quarts de ce qu'elle possédait pour voler au secours de son rejeton. Déjà à Oxford, il avait imité une signature sur un chèque — l'affaire avait été étouffée, et ce sale gosse envoyé bourlinguer de par le monde. Mais, où qu'il aille, il n'a jamais rien fait de bon.

Ruth avait écouté d'une oreille distraite. Elle connaissait cette engeance. Ils se lancent dans la culture des oranges, enchaînent avec l'élevage industriel des poulets, se retrouvent dans celui des moutons en Australie et échouent en Nouvelle-Zélande dans une affaire de viande congelée. Des types qui ne font rien de bon, qui ne tiennent pas en place et dilapident invariablement l'argent investi à leur profit. Ils ne l'avaient jamais beaucoup intéressée. Elle préférait ceux qui réussissent.

— Il vient de débarquer à Londres et j'ai découvert qu'il harcèle ma femme, avait poursuivi George. Elle ne l'a pas revu depuis qu'elle a fini ses études, n'empêche que ce vaurien lui a écrit pour lui demander de l'argent. Je ne veux pas de ça. Je lui ai fixé rendez-vous à midi à son hôtel. J'aimerais que vous y alliez à ma place. Je me refuse à entrer en contact avec cet escroc. Je l'ai évité jusqu'ici, ce n'est pas aujourd'hui que je vais céder et j'interdis qu'il revoit Rosemary. Je suis persuadé que le problème peut être réglé comme une simple transaction commerciale à condition d'être traitée par un tiers.

— Oui, c'est toujours la meilleure solution. Quel est l'arrangement prévu ?

— Cent livres en liquide et sa traversée pour Buenos Aires. La somme devant lui être remise à bord.

Ruth avait souri :

— Parfait. Vous voulez être sûr qu'il embarquera !

— Je vois que nous nous comprenons.

— Le cas est assez classique, avait-elle commenté avec flegme.

— Oui, comme tant d'autres. Vous... vous êtes certaine que ça ne vous ennuie pas ?

— Bien sûr que non, avait-elle assuré avec un petit rire. Rassurez-vous, je suis tout à fait capable de me débrouiller.

— Il n'est rien dont vous ne soyez capable.

— Et pour ce qui est de retenir son passage ? Comment s'appelle-t-il, au fait ?

— Victor Drake. Et voici son billet. J'ai téléphoné

hier soir à la compagnie de navigation. Il embarque demain à Tilbury à bord du *San Cristobal*.

Ruth avait jeté un rapide coup d'œil au billet pour s'assurer que tout était en ordre avant de le glisser dans son sac à main :

— Parfait. Je m'en charge. À midi. L'adresse ?

— Hôtel *Ruppert*, près de Russel Square.

Elle l'avait notée dans son calepin.

— Ma chère Ruth, je me demande ce que je deviendrais sans vous.

Il avait posé une main affectueuse sur l'épaule de la jeune femme ; c'était la première fois qu'il s'autorisait un geste aussi familier :

— Vous êtes mon bras droit, mon alter ego.

Elle avait rougi de plaisir.

— Les compliments ne sont pas mon fort, avait continué George. J'ai toujours dû vous donner l'impression que je considérais votre concours comme allant de soi... mais détrompez-vous. Vous ne saurez jamais à quel point j'ai besoin de vous et vous fais confiance en tout. *En tout !* Vous êtes la fille la plus charmante, la plus précieuse, la plus efficace du monde !

— À me faire de telles déclarations, vous allez me pourrir ! avait dit Ruth en pouffant afin de dissimuler sa joie et son embarras.

— Je ne fais qu'exprimer le fond de ma pensée. Vous êtes l'élément clé de la firme, Ruth. Sans vous, la vie serait inconcevable.

Ruth avait rayonné. Elle rayonnait encore en atteignant le *Ruppert*.

Elle n'appréhendait aucunement la mission qui lui avait été confiée. Elle se savait tout à fait à même de venir à bout des situations les plus délicates. Les histoires de gens qui n'ont jamais eu de chance ne l'émouvaient pas le moins du monde. Elle s'apprêtait à traiter le cas Victor Drake comme une simple tâche de routine.

Il était absolument tel qu'elle se l'était représenté, un peu plus séduisant, peut-être. Elle ne s'était pas trompée dans son jugement. Une fripouille. Un esprit froid et calculateur de la pire espèce, qui dissimulait sa véritable nature sous des dehors affables. Elle avait en revanche été déconcertée par ce don qu'il possédait de sonder les âmes et sa faculté de se jouer des émotions d'autrui. En virtuose. Sans doute avait-elle, aussi, sous-estimé ses propres défenses, sa capacité de résister au charme viril. Car du charme, il n'en manquait pas !

Il l'avait accueillie avec un air d'étonnement ravi :

— L'émissaire de George ? Mais je crois rêver ! Pour une surprise, c'est une surprise !

Adoptant son ton le plus froid, elle avait exposé les termes du contrat proposé par George Barton auquel Victor s'était empressé d'agréer avec la meilleure grâce du monde :

— Cent livres ? Pas mal du tout ! Pauvre vieux George ! Je me serais contenté de soixante — mais n'allez pas lui répéter ça ! Ses conditions je les connais par cœur : ne plus embêter la ravissante cousine Rosemary... ne pas débaucher l'innocente cousine Iris... ficher la paix à l'honorable cousin George ! Je souscris à tout ! Au fait, qui va m'embarquer sur le *San Cristobal* ? Vous, ma chère miss Lessing ? Divin !

Son nez s'était plissé, ses yeux noirs avaient étincelé de sympathie. Visage mince et teint basané, il évoquait un torero. C'était d'un romanesque ! Il plaisait aux femmes et le savait !

— Ça fait un bout de temps que vous travaillez pour Barton, pas vrai, miss Lessing ?

— Six ans.

— Et sans vous, il ne saurait pas où donner de la tête ! Oh, que non, je suis au courant. Et je sais tout de vous, miss Lessing.

— Comment ça ? avait interrogé Ruth, sur la défensive.

Victor avait souri :

— Rosemary me l'a dit.

— Rosemary ? Mais...

— Ne vous bilez pas, avait-il coupé. Je lui ficherai la paix. Il faut dire qu'elle a été plutôt gentille avec moi... très chouette, même. Je l'ai tapée de cent livres, en fait.

— Vous...

Ruth s'était interrompue et Victor était parti d'un grand rire. Son rire était communicatif et elle s'était surprise à rire elle aussi.

— Ça n'est pas bien de votre part, Mr Drake.

— Je suis un parasite accompli. Ma technique est bien rodée. Madame mère, par exemple, casque chaque fois que je lui envoie un télégramme suggérant que je suis au bord du suicide.

— Vous devriez avoir honte.

— Mais j'ai honte ! Je suis une canaille, miss Lessing. Et ce que j'aimerais, c'est que *vous* sachiez quelle canaille je fais !

— Pourquoi ? s'était-elle enquise, intriguée.

— Je n'en sais rien. Vous n'êtes pas comme les autres. Avec vous, impossible de faire mon cinéma habituel. Ces yeux limpides que vous avez... ça ne marcherait pas. Non, le coup du « plus à plaindre qu'à blâmer » ne vous arracherait pas un soupir. Vous êtes imperméable à la pitié.

Les traits de la jeune femme s'étaient durcis :

— La pitié ? Je la méprise.

— Vous êtes un cœur de pierre ? Vous avez l'âme et le corps blindés ?

Elle s'était rebiffée :

— Les faibles ne m'inspirent aucune sympathie !

— Qui a dit que j'étais un faible ? Vous vous fourrerez le doigt dans l'œil, très chère. Une canaille, ça oui. Mais j'ai des arguments pour ma défense.

La lèvre de la jeune femme s'était retroussée en une moue dédaigneuse. La sempiternelle excuse !

— Vraiment ?

— Je sais jouir de la vie. Oui, parfaitement. Je sais divinement jouir de la vie. La vie, j'en connais un bon bout, Ruth. J'ai tâté à tous les métiers : acteur, magasinier, garçon de café, homme de peine, porteur, accessoiriste dans un cirque ! J'ai été mousse sur un cargo. Et même candidat à la présidence de la République dans un état d'Amérique du Sud — je me suis retrouvé en taule. Il n'y a que deux choses que je n'ai jamais faites dans toute mon existence : une honnête journée de boulot et payer quoi que ce soit.

Il l'avait narguée, hilare. Elle savait qu'elle aurait dû réagir. Mais la force de Victor Drake était celle de l'immoralité. Cet homme avait le chic pour présenter le vice sous son aspect le plus plaisant. Et il l'avait sondée de son regard étrangement pénétrant.

— Pas la peine de faire la dégoûtée, Ruth ! Vous n'êtes pas le parangon de vertu que vous imaginez. Votre idole, c'est le succès. Vous êtes du genre à finir par épouser le patron. C'est ce que vous auriez dû faire avec George. Il n'aurait jamais dû se marier avec cette gourde de Rosemary. C'est *vous* qu'il aurait dû choisir. Il aurait été bougrement mieux inspiré !

— Vous devenez insultant.

— Rosemary est une andouille et l'a toujours été. Jolie comme un cœur et bête comme une oie. Le genre de femme pour qui on a le coup de foudre mais à laquelle on ne s'attache pas. Vous... vous êtes différente. Bon Dieu, si un type tombait amoureux de vous, il ne vous lâcherait plus jamais.

Il avait fait vibrer la corde sensible. Elle s'était récriée dans un brusque élan de sincérité :

— *Si* !... Mais il ne tomberait jamais amoureux de moi !

— George pas amoureux de vous ? Ne vous racontez pas de salades, Ruth. Qu'il arrive quelque chose à Rosemary et George vous épouse dans la foulée.

(Eh oui, c'est comme ça que tout avait commencé.)

Victor avait ajouté, sans la quitter des yeux :

— Et vous le savez aussi bien que moi.

(La main de George sur la sienne, sa voix chaude et affectueuse... Oui, c'était probablement vrai... Il se tournait toujours vers elle, il dépendait d'elle.)

Victor avait poursuivi gentiment :

— Vous devriez avoir davantage confiance en vous, mon chou. Vous pourriez mener George par le bout du nez. Rosemary n'est qu'une pauvre imbécile qui n'a rien dans le crâne !

« C'est vrai, avait songé Ruth. Sans Rosemary, il me serait facile d'inciter George à me demander en mariage. Je serais parfaite pour lui. Je saurais m'occuper de lui. »

Une colère aveugle s'était répandue en elle, un débordement de ressentiment passionné. Victor Drake l'avait observée, visiblement émoustillé. Il n'aimait rien tant que fourrer des idées dans la tête des gens. Ou, dans ce cas particulier, que révéler celles qui y germaient déjà...

Oui, c'était comme ça que tout avait commencé ; par une rencontre fortuite avec un inconnu qui s'apprêtait à partir pour le bout du monde. La Ruth qui était revenue au bureau n'était pas tout à fait la même que celle qui en était partie — encore que personne n'aurait pu noter le moindre changement dans son comportement ni dans ses manières.

À peine était-elle de retour dans l'après-midi que le téléphone avait sonné. C'était Rosemary.

— Mr Barton est sorti déjeuner, expliqua-t-elle. En quoi puis-je vous être utile ?

— Oh ! Ruth, vous feriez ça pour moi ? Ce vieux barbon de colonel Race a envoyé un télégramme pour se décommander à mon dîner d'anniversaire. Demandez à George qui il compte inviter à sa place. Il nous faut absolument un homme. Nous sommes déjà quatre femmes : Iris, Sandra Farraday et... qui diable est la quatrième ? Impossible de m'en souvenir.

— C'est moi la quatrième. Vous avez eu la gentillesse de m'inviter.

— Oh, bien sûr. Ça m'était complètement sorti de la tête !

Le rire de Rosemary avait teinté, léger et cristallin. Elle ne pouvait voir la soudaine rougeur qui avait envahi le visage de Ruth Lessing ni ses mâchoires qui s'étaient crispées.

Cette invitation à la célébration de l'anniversaire de Rosemary n'était rien d'autre qu'une faveur, une concession faite à George !

« Mais oui, on va l'inviter, ta Ruth Lessing ! Après tout, elle n'attend que ça, sans compter qu'elle sait toujours se montrer utile. Et puis elle est tout ce qu'il y a de présentable. »

À cet instant précis, Ruth avait su qu'elle haïssait Rosemary Barton.

Qu'elle la haïssait pour sa richesse et sa beauté, mais aussi pour son manque absolu de tact et d'esprit. Pas de travail de bureau ingrat et routinier pour Rosemary — tout lui était servi sur un plateau d'argent. Des amants à la pelle, un époux à ses pieds... pas besoin de travailler, d'économiser...

Une beauté frivole, arrogante, condescendante, haïssable.

« J'aimerais que tu sois morte », avait soufflé Ruth Lessing dans le récepteur du téléphone redevenu muet.

Ses propres mots l'avaient surprise. Ça ne lui ressemblait pas. Elle qui s'était toujours montrée si posée, si maîtresse d'elle-même, elle ne se connaissait pas cette passion, cette véhémence.

Elle s'était interrogée :

« Mais qu'est-ce qui m'arrive ? »

Sa haine pour Rosemary Barton datait de cet après-midi-là.

Aujourd'hui, un an plus tard, cette haine n'avait pas faibli.

Un jour, peut-être, elle serait en mesure de lui pardonner. Mais ce jour-là, ce n'était pas encore demain la veille.

Elle se reporta en arrière sur ces journées de novembre.

Les yeux rivés sur le téléphone — sentant son cœur s'emplir de haine...

Transmettant à George, de sa voix aimable et maîtrisée, le message de Rosemary. Lui suggérant qu'elle-même n'y aille pas afin que les convives restent en nombre pair. Lequel George avait jugé cette solution *inacceptable* !

Annonçant, le lendemain matin, que le *San Cristobal* avait levé l'ancre. Le soulagement de George, sa gratitude :

— Alors il s'est embarqué pour de bon ?

— Oui. Je lui ai remis l'argent juste avant qu'on n'amène la passerelle.

Elle avait marqué une hésitation avant de préciser :

— Il m'a fait de grands gestes d'adieu pendant que le paquebot s'écartait du quai et m'a crié : « Embrassez le cousin George de ma part et dites-lui que ce soir, je vais trinquer à sa santé ! »

— Quel culot ! s'était offusqué George.

Puis, sa curiosité l'emportant, il s'était enquis :

— Quelle impression vous a-t-il faite, Ruth ?

D'une voix volontairement neutre, elle avait répondu :

— Bah... un peu ce à quoi je m'attendais. Un faible.

Et George n'avait rien vu, rien remarqué ! Elle s'était retenue de lui jeter à la tête : « Pourquoi m'avez-vous envoyée auprès de lui ? Vous ne saviez pas le mal qu'il pourrait me faire ? Vous ne vous rendez pas compte que, depuis hier, je ne suis plus la même ? Vous ne voyez pas que je suis devenue *dangereuse* ? Qui sait ce dont je suis capable à présent ? »

Au lieu de quoi, elle avait débité de sa voix la plus posée :

— À propos et cette lettre pour São Paulo...

Elle était redevenue la secrétaire efficace et capable.

Encore cinq jours.

L'anniversaire de Rosemary.

Une journée sans histoire au bureau... une séance chez le coiffeur... une robe noire toute neuve, une subtile touche de fard. Un visage que lui avait renvoyé son miroir et qui n'était plus tout à fait le sien. Un visage amer, blafard, résolu.

C'était vrai, ce qu'avait dit Victor Drake. Elle était imperméable à la pitié.

Plus tard dans la soirée, tandis qu'elle fixait à travers la table la face bleuie et convulsée de Rosemary, elle n'avait toujours pas ressenti la moindre pitié.

Aujourd'hui, onze mois plus tard, en évoquant Rosemary Barton, elle se sentit prise d'une frayeur subite...

3

ANTHONY BROWNE

Sourcils froncés, Anthony Browne regardait dans le vide tout en songeant à Rosemary Barton.

Quel imbécile il avait été de la serrer de près ! Même si dans un cas pareil un homme était après tout excusable ! C'est qu'elle était bougrement agréable à regarder. Ce soir-là, au *Dorchester*, il n'avait eu d'yeux que pour elle. Belle comme une odalisque, et probablement tout aussi futée !

Il s'était toqué d'elle. Il avait dépensé des trésors d'énergie pour dénicher quelqu'un par qui se faire présenter. Erreur d'autant plus impardonnable qu'il aurait dû s'en tenir à ses strictes occupations professionnelles. Après tout, ce n'était pas pour son plaisir qu'il se la coulait douce au *Claridge* !

Mais, en toute honnêteté, la beauté de Rosemary Barton excusait une entorse momentanée au devoir. À quoi bon se faire aujourd'hui des reproches et se demander comment il avait pu être aussi bête ? Heureusement, il n'y avait pas grand-chose à regretter. À peine lui avait-il adressé la parole que le charme s'était quelque peu estompé. Les choses étaient revenues à leur juste proportion. Plus question d'amour, ni même d'engouement. Faire un peu la noce ensemble, ça s'était résumé à ça.

Bref, il s'était donné du bon temps. Et il en était allé de même pour Rosemary. Elle dansait à ravir et, dès qu'ils arrivaient quelque part, les hommes n'avaient d'yeux que pour elle. On se serait senti flatté à moins. Tout allait bien tant qu'elle n'ouvrait pas la bouche. Il remerciait sa bonne étoile de ne pas avoir été marié avec elle. Une fois accoutumé à la perfection de son visage et de son corps, que lui serait-il resté ? Elle n'était même pas capable d'écouter avec un minimum d'intelligence. C'était le type même de la créature qui doit s'attendre à ce qu'on lui dise tous les matins au petit déjeuner qu'elle est irrésistible et qu'on est passionnément amoureux d'elle !

Non, c'était quand même un peu facile de voir les choses comme ça maintenant.

Il en avait bel et bien été amoureux, non ?

Il était aux petits soins avec elle. Il lui téléphonait, il la sortait, il l'emmenait danser, il l'embrassait sur la banquette arrière des taxis. Il s'était comporté en amoureux transi jusqu'à ce jour effroyable où il avait cru sentir le sol se dérober sous ses pas.

Le portrait de la jeune femme restait gravé dans sa mémoire : la mèche de cheveux auburn retombée sur l'oreille, l'éclat de son regard bleu intense qui filtrait à travers les cils baissés, la moue de ses lèvres cramoisies.

— Anthony Browne. Quel joli nom !
Il avait répondu sur un ton badin :
— Éminemment connu et des plus respectables. Un chambellan d'Henry VIII s'appelait Anthony Browne.
— Un de vos ancêtres, j'imagine ?
— Je n'en jurerais pas.
— C'est plus prudent !
Il avait haussé les sourcils :
— Je descends de la branche coloniale.

— La coloniale ou l'italienne ?

— Ah ! s'était-il exclamé en riant. Mon teint olivâtre ! Non, ma mère était espagnole.

— Ça explique tout...

— Ça explique quoi ?

— Bien des choses, Mr Anthony Browne.

— Décidément, mon nom semble vous enchanter !

— Je vous ai déjà dit qu'il me plaisait.

Et puis, comme un éclair dans le bleu du ciel :

— Plus que Tony Morelli.

Il lui avait fallu un moment avant d'en croire ses oreilles ! C'était inimaginable ! À en rester pantois !

Il l'avait empoignée par le bras. Stupéfaite par la brutalité de sa prise, elle avait tenté de se débattre :

— Vous me faites mal !

— Où êtes-vous allée dénicher ce nom ? avait-il interrogé d'une voix où perçait la menace.

Elle avait pouffé, ravie de son effet. L'incroyable petite sotte !

— De qui le tenez-vous ?

— De quelqu'un qui vous a reconnu.

— Qui était-ce ? Je ne plaisante pas, Rosemary. Il faut que je le sache.

Elle lui avait jeté un regard en coulisse :

— Un cousin à moi peu recommandable : Victor Drake.

— Je n'ai jamais rencontré quelqu'un qui porte ce nom-là.

— J'imagine qu'il en portait un autre à l'époque où vous le fréquentiez. Par égard pour la famille.

— Je vois, avait marmonné Anthony. C'était... en prison ?

— Oui. Je sermonnais Victor, l'autre jour, et je lui disais qu'il était la honte de la famille. Ça ne lui faisait bien entendu ni chaud ni froid. Il a ricané : « Tu n'es pas toujours aussi regardante, ma poule. Je t'ai vu danser l'autre soir avec un ex-compagnon taulard — le plus assidu de tes petits copains, à vrai dire. Il se fait appeler Anthony Browne, d'après ce que je me suis laissé dire, mais pour les coups fourrés, c'est Tony Morelli. »

— Il faut absolument que je renoue avec cet ami de jeunesse, avait lancé Anthony sur un ton léger. Entre ex-gibiers de potence, on doit garder le contact.

Rosemary avait secoué la tête

— Trop tard. On l'a expédié en Amérique du Sud. Il a pris la mer hier.

— Je vois, avait dit Anthony avec un soupir d'aise. Ainsi, vous êtes la seule à connaître mon coupable secret ?

Elle avait acquiescé :

— Et je ne vendrai pas la mèche.

— Ça vaudra mieux pour vous !

La voix soudain grave, il avait ajouté :

— Écoutez-moi bien, Rosemary, c'est sérieux. Vous n'avez pas envie qu'on vous retouche le portrait, non ? Je connais des types prêts à défigurer une belle gosse sans broncher. Sans compter qu'on peut aussi se faire descendre. Ça n'arrive pas que dans les films ou les romans policiers. Ça arrive aussi dans la vie.

— Vous me menacez, Tony ?

— Je vous mets en garde.

Tiendrait-elle compte de l'avertissement ? Comprenait-elle que c'était tout sauf de la blague ? La fichue gourde. Rien dans sa jolie tête. Comment s'imaginer qu'elle allait la boucler ? N'empêche, il fallait lui enfoncer cette idée dans le crâne :

— Oubliez le nom de Tony Morelli, c'est bien compris ?

— Mais pour moi ça n'a aucune importance, Tony. Je suis large d'esprit. Fréquenter un criminel, vous ne pouvez pas savoir ce que ça m'émoustille. Il ne faut surtout pas vous sentir gêné.

L'imbécile congénitale ! Il l'avait jaugée d'un regard lucide. Et il s'était demandé comment il avait pu s'imaginer être amoureux d'elle, lui qui n'avait jamais pu souffrir les sottes — fussent-elles jolies.

— Oubliez Tony Morelli, lui avait-il conseillé sèchement. Je ne plaisante pas. Ne prononcez plus jamais ce nom !

Il faudrait qu'il disparaisse. C'était la seule solution. Pas moyen de compter sur le silence de cette fille. Elle se mettrait à jacasser à la première occasion.

Elle lui avait souri — de son sourire enjôleur qui désormais le laissait de marbre :

— Ne faites pas le méchant. Emmenez-moi plutôt danser chez les Jarrow la semaine prochaine.

— Je ne serai pas là. Je quitte Londres.

— Pas avant ma soirée d'anniversaire. Vous ne pouvez pas me laisser tomber. Je compte sur vous. Ne dites pas non. J'ai été malade comme un chien à cause de cette saleté de grippe et je me sens encore affreusement faible. On ne doit pas me contrarier. Vous ne pouvez pas ne pas venir.

Il aurait pu s'en tenir à sa décision. Il aurait pu l'envoyer paître et tourner les talons.

Mais voilà que, par la porte ouverte, il avait entrevu Iris qui descendait l'escalier. Iris, toute droite et menue, avec son minois pâle, ses cheveux noirs et ses yeux gris. Iris qui, loin d'être aussi belle que Rosemary, possédait une personnalité fascinante à laquelle Rosemary n'atteindrait jamais.

À cet instant précis, il s'était maudit d'avoir succombé — si peu que ce fût — aux charmes faciles de Rosemary. Il s'était senti dans la peau de Roméo, quand celui-ci évoque le souvenir de Rosalinde après avoir découvert Juliette.

Anthony Browne avait aussitôt changé son fusil d'épaule.

En un éclair, il avait échafaudé un nouveau plan d'action.

4

STEPHEN FARRADAY

Stephen Farraday pensait à Rosemary. Il pensait à elle avec cette stupeur incrédule que son image ne manquait jamais d'éveiller en lui. D'habitude, à peine la voyait-il naître dans son esprit qu'il s'empressait de l'en chasser — mais il arrivait que, le hantant dans la mort comme elle l'avait harcelé dans la vie, elle refusât de se laisser ainsi arbitrairement congédier.

Sa première réaction était toujours la même : un frisson dans le dos au souvenir de la scène du restaurant. Et pourtant, cette scène-là, à quoi bon y revenir désormais ? Ses pensées remontèrent plus avant, au temps où Rosemary était vivante, où elle lui souriait, où sa poitrine se soulevait, où elle le regardait dans le blanc des yeux...

Quel imbécile... quel incroyable imbécile il avait été !

Après tout ce temps, il en demeurait encore surpris, ahuri. Comment tout cela avait-il pu se produire ? Il n'y comprenait rien. C'était comme si sa vie avait été divisée en deux parties : l'une, la plus longue, une sage et méthodique ascension ; l'autre, une brève et inexplicable période d'aberration. Manifestement, les deux parties ne coïncidaient pas.

Malgré son intelligence et sa vivacité d'esprit, Stephen ne poussait pas l'introspection jusqu'à déceler qu'elles ne s'accordaient en réalité que trop bien.

Il lui arrivait parfois de porter sur son passé un regard lucide et froid, mais sans jamais omettre de se jeter quelques fleurs. Tout jeune, il avait décidé de réussir dans la vie et, malgré de sérieuses difficultés et de gros handicaps, il avait bel et bien réussi.

Il avait toujours éprouvé un penchant pour les vérités à l'emporte-pièce. Il croyait en la Volonté. Ce qu'on veut, on le peut !

Cette Volonté, le jeune Stephen Farraday s'était

acharné à la forger. Il savait ne pouvoir compter que sur ses propres forces. Chétif gamin de sept ans, au front trop grand et au menton volontaire, il s'était juré de s'élever — de s'élever très haut. Ses parents, il l'avait compris, ne lui seraient d'aucun recours. Sa mère s'était mariée en dessous de sa condition et ne s'en consolait pas. Son père, petit entrepreneur rusé, sournois et pingre, souffrait d'être méprisé par sa femme et par son fils... Sa mère, un peu ailleurs, sans but dans l'existence et sujette à de constantes variations d'humeur, était restée un mystère pour Stephen jusqu'au jour où il l'avait découverte, écroulée sur un coin de table, une bouteille d'eau de Cologne vide échappée de sa main. Pas un instant l'idée ne l'avait jusque-là effleuré que les lubies maternelles étaient à mettre sur le compte de l'alcoolisme. Elle ne buvait ni bière ni alcool, et il n'avait jamais soupçonné que sa passion pour l'eau de Cologne ait pu s'expliquer autrement que par ses allusions à d'hypothétiques maux de tête.

Il s'était rendu compte à ce moment-là du peu d'affection qu'il éprouvait pour ses parents. Et il était assez lucide pour sentir que la réciproque était vraie. Petit pour son âge, timide et peu remuant, il avait tendance à bégayer. « Chochotte », ainsi le surnommait son père. Un garçon secret et qu'on n'entendait pas. Son père l'aurait préféré plus déluré, voire bagarreur : « J'étais toujours en train de chahuter, moi, quand j'avais ton âge. » Parfois, quand son regard se posait sur son fils, il se souvenait avec gêne qu'il était de condition inférieure à celle de sa femme. Stephen tenait de son côté à elle.

Sans hâte, avec une détermination croissante, Stephen avait planifié son existence. Il réussirait. Comme preuve de sa ténacité, il avait commencé par venir à bout de son bégaiement. Il s'était exercé à parler avec lenteur, en marquant un temps entre chaque mot. Bientôt, ses efforts avaient été couronnés de succès. Son bégaiement avait cessé. À l'école, il travaillait d'arrache-pied. Il entendait avoir un bon niveau d'instruction. L'éducation est facteur de réussite. Ses maîtres n'avaient pas tardé à le remarquer et à l'encourager. Il avait obtenu une bourse. Les autorités scolaires étaient allées jusqu'à rencontrer ses parents : le gamin avait de l'avenir. Mr Farraday, qui faisait son beurre en construisant à la chaîne des bicoques du style cages à lapins, s'était laissé convaincre d'investir dans l'éducation de son fils.

À vingt-deux ans, Stephen était sorti d'Oxford au rang des meilleurs, avec une réputation d'orateur plein de mordant et des dons incontestables de pamphlétaire. Il s'y était également forgé des relations utiles. Ce qui l'attirait ? La carrière politique. Il avait appris à surmonter sa timidité naturelle et à se tenir dans le monde. Modeste, affable, il possédait un brio qui faisait dire de lui : « Ce garçon ira loin. » Libéral par inclination, Stephen ne s'en était pas moins rendu compte que, dans l'immédiat tout au moins, le Parti Libéral était moribond. Il était donc allé grossir les rangs des Travaillistes. Son nom avait été cité comme celui d'un politicien « en pleine ascension ». Le Parti Travailliste n'avait cependant pas comblé son attente. Il l'avait trouvé moins ouvert aux idées neuves, plus empêtré dans les traditions que son grand et tout puissant rival. Les Conservateurs, d'autre part, étaient à l'affût de talents prometteurs.

Stephen Farraday leur avait plu d'emblée : il répondait très précisément au type qu'ils recherchaient. Lancé à l'assaut d'un bastion travailliste réputé imprenable, il l'avait emporté — oh ! à une très faible majorité, mais majorité quand même. Et c'était avec un sentiment de triomphe qu'il était venu siéger à la Chambre des Communes. La carrière qu'il s'était choisie démarrait enfin. Il pouvait désormais donner libre cours à ses talents et à son ambition conjugués. Il se savait l'envergure d'un homme d'État — et d'un bon homme d'État. Il avait le don de manipuler les foules, il savait quand les flatter et quand leur résister. Un jour — il s'en était fait le serment —, il serait ministre.

Néanmoins, une fois épuisée la joie de siéger aux Communes, il avait connu la plus amère des désillusions. Si le rude combat qu'il avait dû livrer pour triompher aux élections l'avait placé sous les feux de la rampe, il lui avait fallu sitôt après retomber dans l'anonymat et, rentré dans le rang, se soumettre sans broncher à l'autorité des leaders du Parti. Dans ce milieu, il n'était pas facile de sortir de l'ombre. La jeunesse y était considérée comme suspecte. On y exigeait plus que de la compétence : il y fallait des appuis.

On ne pouvait ignorer certaines influences, certaines familles. Il fallait être parrainé.

Il avait alors envisagé le mariage. Jusque-là, le sujet l'avait fort peu préoccupé. Il entrevoyait plus ou moins clairement l'image d'une jolie créature avec qui marcher main dans la main, partager sa vie et ses ambitions ; qui lui donnerait des enfants et sur qui il pourrait se décharger de ses pensées et de ses doutes. Une femme qui aurait une sensibilité pareille à la sienne, qui brûlerait de le voir arriver et s'enorgueillirait de ses succès.

Et puis il s'était rendu un jour à une grande réception chez les Kidderminster. Le clan Kidderminster était le plus puissant d'Angleterre. Il avait fourni des générations de politiciens. La haute silhouette aristocratique de lord Kidderminster était connue de tous. Le profil chevalin de lady Kidderminster ne l'était pas moins, qu'il s'agisse de tribunes politiques ou d'associations de bienfaisance aux quatre coins de l'Angleterre. Le couple avait cinq filles, dont trois étaient de vraies beautés, intelligentes de surcroît, ainsi qu'un fils étudiant à Eton.

Les Kidderminster mettaient un point d'honneur à encourager les jeunes du Parti. C'est pourquoi ils avaient convié Stephen Farraday à leur soirée.

N'y connaissant pas grand monde, il était resté vingt bonnes minutes, seul, debout dans l'embrasure d'une fenêtre. La foule amassée autour du buffet s'éclaircissant pour gagner les pièces voisines, Stephen avait alors repéré une grande bringue toute de noir vêtue, seule elle aussi et qui semblait plutôt désorientée.

Stephen était physionomiste. Il avait, le matin même, ramassé sur une banquette du métro un magazine abandonné par une voyageuse et l'avait parcouru d'un œil amusé. À la rubrique mondaine figurait une photographie assez floue de lady Alexandra Hayle, troisième fille du comte de Kidderminster, accompagnée de la légende : « ... immuablement timide et réservée — elle n'adore guère que les animaux —, lady Alexandra vient de suivre un cours d'enseignement ménager selon le vœu de lady Kidderminster qui estime que ses filles doivent tout connaître des problèmes domestiques. »

C'était bien lady Alexandra Hayle qui était plantée là et, grâce à son hypersensibilité de timide, Stephen avait pu juger qu'elle était aussi timide que lui.

Alexandra, la seule des filles Kidderminster qui ne soit pas une beauté, souffrait depuis sa plus tendre enfance d'un complexe d'infériorité. Bien qu'elle ait reçu la même éducation que ses sœurs, elle n'avait, au grand désappointement de sa mère, jamais atteint à leur aisance : « Sandra devrait faire un effort... c'est absurde de se montrer aussi gauche et aussi empruntée. »

Si Stephen ignorait tout des critiques maternelles, il avait en revanche fort bien mesuré à quel point elle était peu à l'aise et malheureuse. Et soudain une certitude s'était imposée à lui. C'était sa chance ! « Saisis-la, imbécile ! Saisis-la ! C'est le moment ou jamais ! »

Traversant le salon, il l'avait rejointe devant l'imposant buffet. Puis il avait pris un petit four. Enfin, il s'était tourné vers elle et, d'un ton laborieux, mal assuré (là, il ne jouait pas, il était nerveux pour de bon), il avait demandé :

— Pardonnez-moi, ça ne vous ennuie pas que je vous adresse la parole ? Je ne connais pas grand monde et je vois que vous êtes dans le même cas. Ne me snobez pas. En fait, je suis affreusement ti-ti-timide (son bégaiement de jadis avait réapparu au moment opportun) et je-je crois que vous êtes ti-ti-timide aussi, non ?

Alexandra avait rougi, ouvert la bouche, mais s'était montrée incapable, comme il s'y était attendu, de trouver la réplique qui convenait. Prononcer des mots aussi simples que : « Je suis la fille de la maison » était au-dessus de ses forces. Au lieu de quoi elle avait admis :

— En fait, je... je suis timide. Je l'ai toujours été.

Stephen s'était hâté d'enchaîner :

— C'est un handicap atroce. Je me demande si on peut jamais le surmonter. J'ai parfois l'impression d'avoir la langue collée au palais.

— Moi aussi.

Il avait poursuivi la conversation — parlant de façon précipitée, bégayant de temps à autre — ce qui lui donnait un air juvénile et infiniment séduisant. Cette façon de faire, partie intégrante de sa nature quelques années auparavant, avait été, pour la circonstance, consciencieusement étudiée et mise en pratique. Il se voulait jeune, naïf, désarmant.

Il n'avait pas tardé à orienter la conversation sur le théâtre et à mentionner une pièce à l'affiche qui avait suscité un vif intérêt. Sandra l'avait vue. Ils en avaient débattu. Il s'agissait d'une pièce socialement engagée et ils s'étaient bientôt retrouvés au cœur d'une discussion sur les thèmes dont elle traitait.

Stephen ne souhaitait pas en faire trop. À la vue de lady Kidderminster qui entrait dans la pièce et cherchait sa fille du regard, il avait pris congé. Il n'entrait pas dans ses plans d'être présenté sur-le-champ.

— J'ai été ravi de bavarder avec vous, avait-il murmuré à Alexandra. Avant de vous rencontrer, j'avais trouvé ce cirque insupportable. Merci infiniment.

Il avait quitté la demeure des Kidderminster dans un état voisin de l'euphorie. Il avait su saisir sa chance ! Il ne lui restait qu'à asseoir les fondements de son entreprise.

Les jours suivants, il avait hanté le voisinage de Kidderminster House. Une fois, il avait aperçu Sandra qui sortait accompagnée de l'une de ses sœurs. Une autre fois, elle avait quitté la maison seule, mais d'un pas pressé. Pas question de l'aborder, elle avait visiblement rendez-vous. Une semaine environ après la réception, sa patience s'était enfin vue récompensée. Sandra était sortie un matin, tenant en laisse un petit terrier écossais, et s'était dirigée à pas comptés vers Hyde Park.

Cinq minutes plus tard, un jeune homme arrivant à grandes enjambées en sens inverse s'était arrêté net et planté devant elle :

— Ça, pour une chance ! s'était-il exclamé. Moi qui me demandais si je vous reverrais jamais.

Son ton trahissait une telle joie qu'elle avait senti le rouge lui monter aux joues.

Il avait flatté le chien :

— Qu'il est mignon ! Comment s'appelle-t-il ?
— MacTavish.
— On ne peut plus écossais.

Ils avaient « causé chiens » pendant un moment. Puis Stephen avait articulé avec une pointe de gêne :

— Je ne vous ai même pas dit mon nom, l'autre jour. Je m'appelle Farraday. Stephen Farraday. Je suis un obscur député.

Il avait jeté un regard inquisiteur sur la jeune fille et vu son visage rougir à nouveau :

— Je suis Alexandra Hayle.

Stupeur, confusion, consternation, « comment ai-je pu ne pas... ?» Il avait réagi en virtuose. On l'aurait cru revenu au temps de la compagnie d'art dramatique d'Oxford :

— Oh ! vous... vous êtes lady Alexandra Hayle ? Vous... Bonté divine, comment ai-je pu ne pas vous reconnaître ? Vous avez dû me prendre pour le dernier des derniers, l'autre soir !

La répartie de la jeune fille était inévitable. Tant

par éducation que par gentillesse naturelle, elle était tenue de faire tout ce qui était en son pouvoir pour le mettre à l'aise, le rassurer :

— J'aurais dû vous le dire tout de suite.

— J'aurais dû le savoir. Ce que je dois vous paraître pignouf !

— Comment pouviez-vous deviner ? Et quelle importance, après tout ? Je vous en conjure, n'ayez pas l'air si penaud, Mr Farraday. Accompagnez-moi jusqu'à la Serpentine. Regardez, MacTavish tire sur sa laisse.

Après cette entrevue, il l'avait rencontrée plusieurs fois dans Hyde Park. Il lui avait fait part de ses ambitions. Ils avaient discuté politique. Il l'avait trouvée intelligente, au fait de tout, éminemment bienveillante. Elle raisonnait juste et se montrait sans parti pris. Ils étaient devenus les meilleurs amis du monde.

Un nouveau pas avait été franchi lorsqu'il s'était vu convié à un dîner à Kidderminster House, suivi d'un bal. Un invité s'était décommandé au tout dernier moment. Et lady Kidderminster s'était creusé la tête pour lui trouver un remplaçant jusqu'à ce que Sandra suggère tranquillement :

— Pourquoi pas Stephen Farraday ?

— Stephen Farraday ?

— Oui, il était à notre dernière réception, et je l'ai rencontré une ou deux fois depuis.

Consulté, lord Kidderminster avait donné son accord — il était pour l'encouragement des jeunes espoirs de la politique :

— Un garçon brillant — extrêmement brillant. J'ignore tout de sa famille, mais un de ces quatre, il se fera un nom.

Stephen s'était tiré de l'épreuve avec succès.

— Un garçon qu'il peut être utile d'avoir sous la main, avait décrété lady Kidderminster dans un élan d'inconsciente arrogance.

Deux mois plus tard, Stephen avait tenté son va-tout. Ils étaient assis au bord de la Serpentine et

MacTavish somnolait, menton posé sur le pied de Sandra.

— Sandra, vous savez... vous devez savoir que je vous aime. Je veux vous épouser. Je ne vous parlerais pas comme ça si je ne pensais pas me faire un jour un nom. Mais ça, j'en suis sûr. Vous n'aurez pas à avoir honte de votre choix. Je vous le jure.

— Mais je n'en ai pas honte ! s'était-elle récriée.

— Vous m'aimez donc ?

— Vous en doutiez ?

— Je l'espérais sans trop y croire. Est-ce que vous savez que je suis tombé amoureux de vous dès l'instant où je vous ai aperçue à l'autre bout du salon et où j'ai pris mon courage à deux mains pour aller vous adresser la parole ? Je n'avais jamais été aussi terrifié de ma vie.

— Je crois que je suis tombée amoureuse de vous à ce moment-là, moi aussi...

Ça n'était cependant pas allé tout seul. Lorsque Sandra avait tranquillement exprimé son intention d'épouser Stephen Farraday, sa famille avait poussé les hauts cris. Qui était ce Stephen Farraday ? Que savait-on sur son compte ?

À lord Kidderminster, Stephen n'avait rien caché de ses origines ni de sa famille. Il était même allé jusqu'à laisser entendre que mieux valait, pour le plein succès de ses ambitions, que ses parents soient tous deux décédés.

À son épouse, lord Kidderminster avait confié :

— Hum ! ç'aurait pu être pire.

Il connaissait suffisamment sa fille pour savoir que sa mine réservée dissimulait une volonté de fer. Si elle voulait son Roméo, elle se débrouillerait pour l'avoir. Il ne l'avait jamais vu capituler !

— Ce garçon a une carrière devant lui, avait poursuivi lord Kidderminster. S'il est épaulé, il ira loin. Dieu sait que nous avons besoin de sang nouveau. Et puis, tout compte fait, ça a l'air d'un type bien.

Lady Kidderminster avait cédé à contrecœur. Ce n'était pas du tout le genre d'alliance qu'elle avait espéré pour sa fille. Encore que Sandra soit la plus difficile à caser. Susan était une vraie beauté. Esther, l'intelligence personnifiée. Quant à Diana, la plus racée des trois, elle avait épousé le jeune duc de Harwich — le plus beau parti de la saison. Sandra était la plus ingrate — et d'une timidité maladive — alors si ce garçon avait de l'avenir comme tous semblaient le croire...

Elle avait capitulé en précisant toutefois :

— Bien entendu, il faudra jouer de toute notre *influence*.

Aussi, Alexandra Catherine Hayle s'était-elle unie à Stephen Leonard Farraday pour le meilleur et pour le pire, en satin blanc et dentelles de Bruxelles, avec six demoiselles d'honneur, deux pages miniatures et tout ce qui accompagne d'ordinaire un mariage mondain. Le couple avait passé sa lune de miel en Italie et, dès son retour, s'était installé dans une charmante maisonnette de Westminster. Peu de temps après, la marraine de Sandra était morte en lui léguant à la campagne un délicieux manoir Queen Anne. Tout se passait merveilleusement bien pour les nouveaux mariés.

Stephen s'était replongé dans la vie parlementaire avec une ardeur nouvelle, Sandra faisait tout ce qui était en son pouvoir pour le soutenir et l'encourager, adoptant corps et âme les ambitions de son mari. Parfois, Stephen s'extasiait sur les prodigalités du Destin ! Son alliance avec le clan tout-puissant des Kidderminster ne lui assurerait-il pas une ascencion fulgurante ? Son talent et son esprit brillant ne feraient que consolider la position que la Fortune lui avait fournie. Il avait une absolue confiance en ses qualités et était prêt à travailler d'arrache-pied pour le bien de la Nation.

Souvent, en regardant sa femme en face de lui, il se sentait comblé ; elle était l'associée dont il avait toujours rêvé. Il aimait les lignes nettes de son visage et de sa nuque, le regard franc de ses yeux noisette sous l'arc élevé des sourcils, son front blanc et dégagé et l'arrogance discrète de son nez aquilin. Il la comparait à un pur-sang — c'était un être si parfait en toutes circonstances, si profondément bien élevé, d'une nature si fière. Elle était pour lui la compagne idéale, leurs esprits pensaient de concert et aboutissaient aux mêmes conclusions. Oui, se disait Stephen Farraday, le petit garçon triste n'avait pas si mal réussi. Sa vie prenait le tour qu'il avait souhaité. Il avait à peine dépassé la trentaine que, déjà, le succès se trouvait à portée de sa main.

C'était dans cet état d'esprit jubilatoire qu'il était parti avec sa femme passer une quinzaine de jours à Saint-Moritz et que, balayant d'un œil distrait le hall de leur hôtel, il avait aperçu Rosemary Barton.

Ce qui s'était passé en lui à ce moment-là devait lui demeurer à jamais incompréhensible. Par une sorte d'ironie du sort, les mots susurrés à une autre avaient soudain pris tout leur sens. Une inconnue entrevue dans un hall d'hôtel l'avait foudroyé sur pied. L'avait fait tomber profondément, éperdument, follement amoureux. Avait fait naître en lui une de ces passions impétueuses et désespérées de jeune puceau telle qu'il aurait dû en vivre bien longtemps auparavant et oublier depuis belle lurette.

Il avait toujours été convaincu de n'être pas du genre passionné. Une ou deux aventures éphémères, quelques flirts — c'était, aussi loin qu'il se souvienne, tout ce que « l'amour » avait représenté pour lui. Les plaisirs de la chair ne lui avaient jamais rien dit. Il s'était toujours jugé au-dessus de ça.

Lui eût-on demandé s'il aimait sa femme qu'il aurait répondu : « Évidemment » — tout en sachant fort bien qu'il n'aurait jamais songé à l'épouser si elle avait été, mettons, la fille d'un propriétaire terrien désargenté. Il lui portait un attachement sincère assorti d'une vive admiration et lui était reconnaissant de ce que sa haute position lui avait apporté.

Qu'il puisse souffrir les affres de la passion ni plus ni moins qu'un jeune blanc-bec avait été pour lui une révélation. Il n'était plus capable de penser à rien qu'à Rosemary. À son beau visage radieux, à la chaude nuance acajou de sa chevelure, aux courbes enchanteresses de son corps voluptueux. Il n'en dormait plus — n'en mangeait plus. Ils allaient skier ensemble. Il dansait avec elle. Et tandis qu'alors il la serrait contre lui, il sentait qu'il la désirait plus que tout au monde. Ainsi donc cette souffrance, cette longue et douloureuse agonie — c'était ça, l'amour ?

Du fond de son désarroi, il avait béni la Nature de l'avoir gratifié d'un maintien imperturbable. Personne ne devait deviner, personne ne devait savoir ce qu'il ressentait — à l'exception de Rosemary elle-même, bien entendu.

Les Barton avaient quitté Saint-Moritz une semaine avant les Farraday. Prétextant alors que la station n'était pas très gaie, Stephen avait demandé à Sandra s'ils ne pourraient pas écourter leur séjour et rentrer à Londres. Elle avait acquiescé de bonne grâce. Quinze jours après avoir retrouvé Londres, Stephen devenait l'amant de Rosemary.

Ç'avait été le prélude à une curieuse période, marquée par un bonheur insensé et une fièvre de tous les instants ; une période irréelle. Combien de temps avait-elle duré ? Six mois. Six mois durant lesquels Stephen s'était astreint à la routine quotidienne : bureau, visites de sa circonscription, interpellations à la Chambre, discours à tous les meetings, discussions politiques avec Sandra — le tout avec une seule pensée en tête : Rosemary.

Leurs rendez-vous secrets dans leur nid d'amour, la beauté de sa maîtresse, ses serments passionnés, ses étreintes ardentes. Il avait vécu un rêve. Un rêve fou de passion sensuelle.

Et puis, le rêve fini, il avait connu un réveil brutal.

Ça s'était passé brusquement.

L'impression qu'il en avait retirée ? Celle qu'on éprouve lorsque, au sortir d'un tunnel, on débouche en pleine lumière.

Amoureux transi la veille, il était redevenu, le lendemain même, le Stephen Farraday lucide qui se disait qu'il vaudrait peut-être mieux espacer ses rencontres avec Rosemary. Bon sang, ils avaient pris des risques insensés. Si Sandra venait à se douter... Il avait coulé un regard en direction de sa femme, assise à la table du petit déjeuner. Dieu merci, elle ne soupçonnait rien. Elle ne se doutait de rien. Pourtant, les prétextes invoqués ces derniers temps pour justifier ses absences ne valaient pas tripette. Bien des femmes auraient flairé du louche. Par bonheur, Sandra n'était pas du genre suspicieux.

Il avait poussé un soupir de soulagement. Pas de doute, Rosemary et lui avaient joué avec le feu ! Miraculeux que son époux ne se soit aperçu de rien. C'était un pauvre type, naïf et aveugle... et de surcroît beaucoup plus âgé qu'elle.

Ce qu'elle pouvait être adorable...

Et, tout soudain, il s'était mis à penser terrain de golf en bordure de mer. Douce brise soufflant sur les dunes de sable, poids du sac alourdi par les clubs, drive impeccable, coup net à partir du tee, petit coup coché. Et puis des hommes. Des hommes en knickerbockers et qui fumaient la pipe. Et surtout pas de femmes. Pas de femmes autorisées sur les links !

De but en blanc, il avait dit à Sandra :

— Si nous allions à Fairhaven ?

Elle avait levé un regard surpris :

— Ça te ferait plaisir ? Tu peux t'absenter ?

— Oui. Une petite semaine. Je meurs d'envie de jouer au golf. J'ai un besoin fou de me détendre.

— Nous pourrions partir demain si tu en as envie. Il suffit pour ça que je décommande les Astley et que j'annule mon meeting de jeudi. Mais ça ne règle pas le problème des Lovat.

— Oh, décommandons-les eux aussi. On trouvera bien un prétexte.

Repos sur la terrasse en compagnie de Sandra et des chiens, promenades dans le jardin ceint de vieilles murailles, parties de golf à Sandley Heath, balades à la ferme au soir tombant avec MacTavish qui trottinait sur leurs talons... Le séjour à Fairhaven s'était révélé idyllique.

Il avait éprouvé la sensation du malade qui entre en convalescence.

Il avait froncé les sourcils le jour où il avait reconnu l'écriture de Rosemary sur une lettre. Il lui avait bien dit de ne pas écrire. C'était trop risqué. Non que Sandra l'ait jamais questionné sur la provenance de son courrier, mais on ne se montre jamais trop prudent. Et on ne pouvait d'ailleurs pas toujours se fier à la discrétion des domestiques.

Il avait déchiré l'enveloppe d'un geste rageur, non sans avoir au préalable emporté la lettre dans son bureau. Des pages. Il y en avait des pages.

Au fur et à mesure qu'il les lisait, l'envoûtement passé avait progressivement repris ses droits. Elle l'adorait, elle ne l'avait jamais autant aimé, cinq jours de séparation, c'était cinq jours insupportables. En allait-il de même pour lui ? Le Léopard se languissait-il de son Éthiopienne ?

Avec un pauvre sourire, il avait soupiré. Encore cette plaisanterie ridicule qui avait pour origine une robe de chambre d'homme tachetée qu'elle avait admirée et qu'il lui avait offerte. Le léopard étant réputé changer de taches, il lui avait dit : « Mais toi, mon amour, ne t'avise surtout pas de changer de peau. » Depuis lors, elle l'avait surnommé « Léopard » tandis qu'il la baptisait « Beauté noire ».

Bougrement niais, au fond. Oui, bougrement niais. C'était plutôt gentil de sa part de lui avoir écrit des pages et des pages. Mais il aurait quand même mieux valu qu'elle s'abstienne. Bon sang, il fallait qu'ils se montrent *prudents* ! Sandra n'était pas femme à tolérer ce genre d'écart. Si elle venait à se douter... Rien n'était plus dangereux que d'écrire des lettres. Ça, il l'avait bien dit à Rosemary. Pourquoi ne pouvait-elle pas attendre qu'il soit de retour dans la capitale ? Encore deux ou trois jours, ce n'était pas la mer à boire, non ?

Il y avait eu une deuxième lettre sur la table du

petit déjeuner, le lendemain matin. Stephen avait juré intérieurement. Il avait cru voir le regard de Sandra s'y attarder quelques secondes. Mais elle n'avait pas soufflé mot. Dieu merci, elle n'était pas du genre à poser des questions sur la correspondance de son mari.

Sitôt le petit déjeuner avalé, il s'était rendu en voiture au bourg le plus proche. Pas question de téléphoner depuis le village. C'était Rosemary qui avait décroché :

— Allô... C'est toi, Rosemary ? Je t'en conjure, ne m'écris plus.

— Stephen, mon chéri, comme c'est bon d'entendre ta voix !

— Sois prudente, personne ne peut nous surprendre ?

— Bien sûr que non. Oh, mon amour, tu me manques tellement ! Est-ce que je te manque aussi ?

— Évidemment. Mais il ne faut plus que tu m'écrives. C'est beaucoup trop risqué.

— Tu as aimé ma lettre ? Est-ce qu'elle t'a fait comprendre à quel point j'ai besoin de toi ? Mon amour, je veux passer ma vie dans tes bras. Tu ressens la même chose ?

— Oui... mais pas au téléphone.

— Toi et toutes tes précautions... ça me fait bien rire. Après tout, quelle importance ?

— C'est à toi que je pense, Rosemary. Je m'en voudrais que tu aies des ennuis à cause de moi.

— Je me fiche de ce qui peut m'arriver. Tu le sais très bien.

— Mais moi, je ne m'en fiche pas, ma chérie.

— Tu rentres quand ?

— Mardi.

— Alors rendez-vous à l'appartement mercredi.

— Oui... euh, oui.

— Mon chéri, attendre... toujours attendre, ça finit par me rendre folle. Tu ne pourrais pas trouver un prétexte pour rentrer aujourd'hui, tout de suite ?

Oh, Stephen, fais ça pour moi ! Dis que tu as une réunion politique, ou un truc idiot du même genre !

— Ça me paraît hors de question.

— Je ne te manque pas moitié autant que tu me manques.

— Ne dis pas de bêtises ! Bien sûr, que tu me manques.

En reposant le récepteur, il s'était senti vidé. Pourquoi les femmes se montraient-elles toujours aussi imprudentes ? Désormais, Rosemary et lui devraient faire preuve de raison. Il faudrait qu'ils se voient moins souvent.

De retour à Londres, les difficultés n'avaient pas tardé à surgir. Son calendrier était chargé — très chargé. Impossible pour lui de consacrer beaucoup de temps à sa maîtresse. Et le problème était d'autant plus aigu qu'elle semblait rigoureusement incapable de comprendre la situation. Il avait beau la lui expliquer, elle ne l'écoutait même pas :

— Il n'y en a que pour ta maudite politique ! Comme si ça comptait !

— Mais ça *compte* !

Elle était inconsciente. Elle s'en fichait. Elle ne s'intéressait ni à son travail, ni à ses ambitions, ni à sa carrière. Tout ce qu'elle voulait, c'était l'entendre répéter à n'en plus finir qu'il l'aimait : « Autant qu'avant, tu es sûr ? Dis-moi encore que tu m'aimes *vraiment* ! »

Comme si, depuis le temps, elle n'aurait pas pu tenir ça pour acquit ! Ravissante, elle l'était — absolument ravissante. L'ennui, c'est qu'il était rigoureusement impossible de lui *parler*.

Leur tort, ç'avait été de se voir trop souvent. Une liaison ne peut s'éterniser dans le paroxysme. Il leur fallait se voir moins souvent — prendre un peu de recul.

Ça, elle l'avait mal digéré — extrêmement mal. Et elle n'avait cessé depuis lors de lui faire des scènes :

— Tu ne m'aimes plus comme avant !

Il lui avait alors fallu la rassurer, lui jurer qu'il

l'aimait toujours autant. Sur quoi elle s'était mise à lui ressortir toutes les déclarations qu'il avait pu lui faire :

— Tu te souviens du jour où tu m'as dit que ce serait merveilleux de mourir ensemble ? De s'endormir à jamais dans les bras l'un de l'autre ? Tu te souviens du jour où tu m'as dit que nous devrions prendre une caravane et nous enfoncer dans le désert ? Rien que nous deux, avec les étoiles et les chameaux... et comme ce serait bon d'oublier tout ce qui n'était pas nous ?

Ce qu'on peut débiter comme insanités, quand on est amoureux ! Sur le moment, dire tout ça ne lui avait pas paru grotesque, mais se l'entendre ressasser à froid ! Pourquoi les femmes ne peuvent-elles pas tirer un trait sur le passé ? Les hommes détestent s'entendre continuellement rappeler qu'ils se sont conduits comme de parfaits imbéciles.

Il lui arrivait de formuler des exigences insensées. Ne pouvait-il se rendre sur la Côte d'Azur où elle le rejoindrait ? Ou encore en Sicile, ou bien en Corse — dans un de ces endroits où on ne risque pas de tomber sur des gens qu'on connaît ? Stephen avait grommelé que de tels endroits n'existaient pas sur cette terre. Où qu'on aille, on finit toujours par tomber sur quelque vieux camarade de collège qu'on a perdu de vue depuis des lustres.

La réplique de Rosemary l'avait alors épouvanté :

— Mais, après tout, aucune importance, non ?

Il avait soudain eu froid dans le dos :

— Qu'est-ce que tu entends par là ?

Elle lui avait souri, de ce sourire enchanteur qui la veille encore lui chavirait le cœur, lui taraudait les sens, et qui à présent ne parvenait plus qu'à l'excéder :

— Léopard chéri, je me suis souvent dit que nous avions tort de nous cacher. Ça ne nous mènera jamais à rien. Partons ensemble ! Aimons-nous au grand jour. Je vais demander le divorce à George et toi à ta femme, et comme ça nous pourrons nous marier.

Rien que ça ! Le désastre ! La ruine ! Et elle ne s'en rendait même pas compte !

— Jamais je ne te laisserai faire une chose pareille.

— Mais, mon chéri, tout m'est égal. Je suis au-dessus des préjugés.

« Moi, pas, avait-il songé à part lui. Moi, absolument pas. »

— Pour moi, l'amour est ce qu'il y a de plus important au monde. Je me fiche de ce que les gens peuvent bien penser.

— Moi pas. Un tel scandale verrait la fin de ma carrière.

— Encore une fois, quelle importance ? Tu as d'autres cordes à ton arc !

— Ne dis pas de bêtises.

— Et d'ailleurs, qu'est-ce qui t'oblige à travailler ? J'ai de l'argent, tu sais. De l'argent bien à moi, je veux dire, pas celui de George. Nous pourrions parcourir le monde, visiter des pays merveilleux, loin des sentiers battus — des pays, qui sait, où personne n'a jamais mis le pied. Ou bien encore partir pour une île au beau milieu du Pacifique. Imagine un peu le soleil brûlant, la mer d'azur, les récifs de coraux !

Il imaginait. Une île des mers du sud ! Et puis quoi, encore ? Pour qui le prenait-elle — un rat de plage ?

Il l'avait regardée d'un œil enfin dessillé. Une créature de rêve avec une cervelle de moineau ! Il s'était conduit comme un fou... bon pour l'asile. Mais il venait de recouvrer son bon sens. Et il allait se sortir de ce guêpier. S'il n'y prenait pas garde, Rosemary risquait de saccager son existence.

Il avait alors prononcé les mots que des millions d'hommes avaient prononcés avant lui. Il lui avait écrit qu'il leur fallait rompre. Par égard pour elle, car il se refusait à faire son malheur. Elle semblait ne toujours pas comprendre que... etc... etc.

Tout était fini, c'était ça qu'il fallait lui faire entrer dans la tête.

Mais c'était précisément ce qu'elle se refusait à admettre. Ça n'irait pas comme sur des roulettes. Elle était éperdument amoureuse, elle ne l'avait jamais autant aimé, elle ne pourrait vivre sans lui ! Il n'y avait pas d'autre issue que la franchise ; elle ferait des aveux complets à son mari, et Stephen à sa femme ! Il se souvenait du froid mortel qui l'avait envahi alors qu'il tenait la lettre qu'elle lui avait adressée en réponse. La gourde ! La fichue gourde qui se raccrochait ! Elle irait jacasser, elle raconterait tout à George Barton, qui demanderait le divorce et le citerait comme complice en adultère. Et Sandra demanderait à son tour le divorce. Ça ne faisait pas l'ombre d'un doute. Un jour, évoquant l'une de ses amies, n'avait-elle pas dit : « Quand elle s'est aperçue qu'il la trompait, quelle autre issue avait-elle que le divorce ? » Réaction typique de Sandra. Elle était fière. Jamais elle n'accepterait le partage.

Et, sitôt privé du soutien Kidderminster, il serait blackboulé. Même si les esprits étaient plus tolérants que par le passé, comment survivre à un tel scandale ? Adieu rêves et ambitions ! Carrière brisée, existence fichue — tout ça à cause de cette toquade ridicule pour une femme sans cervelle. Un adolescent qui jette sa gourme, voilà l'image qu'il avait de lui-même. Un adolescent qui jette sa gourme à retardement.

Tout ce sur quoi il avait misé, il allait le perdre. Quel fiasco ! Quelle honte !

Il allait perdre Sandra...

Et soudain, il avait eu la stupeur de constater que c'était là le sacrifice qui lui coûterait le plus. *Il allait perdre Sandra*. Sandra au front blanc et altier. Sandra au lumineux regard noisette. Sandra, sa chère compagne et amie, son arrogante, sa fière, sa loyale Sandra. Non, il ne pourrait se résoudre à perdre Sandra — cette pensée lui était intolérable. Tout mais pas ça !

La sueur avait perlé sur son front moite.

Il n'y a pas à tortiller, il fallait qu'il se sorte de ce bourbier.

Il n'y a pas à tortiller, il lui fallait faire entendre raison à Rosemary...

Mais y parviendrait-il ? Rosemary et la raison ne faisaient pas bon ménage. Et s'il lui avouait qu'en fin de compte, c'était sa femme qu'il aimait ? Non. Elle n'en croirait tout bonnement pas un mot. Elle était si bête. Crâne de piaf, possessive, crampon. Et elle l'aimait toujours — c'était ça, le chiendent.

Une vague de rage impuissante l'avait soulevé. Comment diable parviendrait-il à la faire tenir tranquille ? À lui clore le bec ? Il y faudrait rien moins qu'une sacrée rasade de bouillon d'onze heures, avait-il amèrement songé.

Une guêpe bourdonnait non loin. Il l'avait regardée d'un œil distrait. Entrée dans un pot de confiture, elle tentait de se désengluer.

« Elle s'est laissé piéger par la douceur, avait-il songé. Comme moi par la beauté. Et elle n'arrive plus à s'en dépêtrer, la malheureuse bestiole. »

Mais lui, Stephen Farraday, trouverait vaille que vaille le moyen de s'en dépêtrer. Le temps, il lui fallait gagner du temps.

Rosemary était alitée avec une grippe. Il avait très officiellement pris de ses nouvelles et lui avait fait livrer un bouquet de fleurs. La semaine suivante, Sandra et lui devaient dîner avec les Barton — on fêterait l'anniversaire de Rosemary. Jusque-là, il pouvait dormir sur ses deux oreilles :

— Je n'entreprendrai rien avant que cette date ne soit passée, lui avait-elle précisé. Ce serait trop cruel pour George. Il en fait un tel plat. Il est si gentil. Après mon anniversaire, nous arriverons à une entente.

Et s'il allait carrément lui dire que tout était fini, qu'il n'était plus amoureux d'elle ? Un frisson de terreur l'avait soudain saisi. Non, pas question ! Elle risquerait d'aller piquer une crise de nerfs dans le giron de George. Elle serait même capable d'aller trouver Sandra. Il l'entendait déjà larmoyer :

— Il dit qu'il ne m'aime plus, mais je *sais* que ça n'est pas vrai. Il essaie de se montrer loyal à votre égard, de vous donner le change, mais je suis sûre que vous êtes de mon avis : lorsque deux êtres s'aiment, une absolue franchise est la *seule* solution. C'est pourquoi je vous conjure de lui rendre sa liberté.

Elle lui assènerait une écœurante tirade de ce style. Et Sandra, la fière et dédaigneuse Sandra, dirait tout simplement :

— Sa liberté ? Mais qu'il la reprenne !

À moins qu'elle ne refuse de la croire — pourquoi diable la croirait-elle ? Oui, mais Rosemary exhiberait les lettres, ces lettres qu'il avait eu la bêtise de lui écrire. Dieu sait ce qu'il y disait. Assez, plus qu'assez, pour convaincre Sandra — qui, *elle*, n'avait jamais reçu de sa part semblables déclarations...

Il fallait qu'il trouve une solution, un moyen de faire taire Rosemary.

« Quel dommage, s'était-il dit non sans aigreur, que nous ne soyons plus au temps des Borgia... »

Une coupe de champagne empoisonné était probablement l'unique moyen de réduire Rosemary au silence.

Oui, il était bel et bien allé jusqu'à songer à ça.

Du cyanure de potassium dans la coupe de Rosemary, du cyanure de potassium dans son sac à main. Dépression nerveuse consécutive à une forte grippe.

Par-dessus la table, le regard de Sandra croisa le sien.

Ça remontait à près d'un an... et il ne parvenait pas à oublier.

5

Alexandra Farraday

Sandra Farraday n'avait pas oublié Rosemary Barton.

Elle était précisément en train de penser à elle — de se la représenter au restaurant cette nuit-là, écroulée en travers de la table.

Elle se remémorait la façon dont elle avait elle-même péniblement ravalé sa salive et comment, en relevant la tête, elle avait croisé le regard de Stephen qui semblait l'épier...

Avait-il lu la vérité dans ses yeux ? Y avait-il décelé la haine ? L'horreur mêlée au triomphe ?

Ça remontait à près d'un an déjà et pourtant c'était pour elle aussi net que si ça s'était passé la veille ! *Rosemary... Romarin... Du romarin, c'est pour le souvenir.* Comme c'était vrai, atrocement vrai ! À quoi sert-il que les gens meurent s'ils continuent à vivre dans votre tête ? C'est ce que faisait Rosemary. Elle lui hantait la mémoire... et qui sait si elle ne hantait pas aussi celle de Stephen ? Elle n'aurait pu le jurer, mais c'était probable.

Le *Luxembourg*... cet endroit odieux avec sa cuisine raffinée, son service impeccable, son cadre luxueux. Cet endroit auquel on n'échappe pas puisque tout le monde se croit obligé de vous y inviter.

Elle aurait voulu oublier, mais tout conspirait, tout concourait à ce qu'elle se souvienne. Jusqu'à Fairhaven, qui n'était plus épargné depuis que George Barton avait emménagé à Little Priors.

Curieux, l'idée qu'il avait eu là. Au fond, George Barton était un individu bizarre. Pas du tout le genre de voisin qu'elle aurait souhaité. Son installation à Little Priors avait gâté le charme paisible de Fairhaven. Jusqu'à l'été dernier, ç'avait été l'endroit idéal pour se reposer, panser ses plaies, un lieu où elle avait été heureuse auprès de Stephen — mais, à bien y réfléchir, avaient-ils jamais été heureux ?

Ses lèvres se pincèrent. Oui, mille fois, oui ! En tout cas, ils auraient pu l'être s'il n'y avait pas eu Rosemary. C'était Rosemary qui avait ébranlé le fragile édifice de confiance et de tendresse mutuelle que tous deux avaient entrepris d'édifier. Quelque chose, une sorte d'instinct l'avait poussée à dissimuler la passion que lui inspirait son époux, qu'elle avait aimé dès l'instant où elle l'avait vu traverser le salon de Kidderminster House pour venir à elle, feignant d'être timide et de ne pas savoir qui elle était.

Car il le *savait*. Elle aurait été incapable de dire à quel moment ce fait s'était imposé à elle comme une évidence, mais... Mais si, mais bien sûr que si ! C'était peu de temps après leur mariage, un jour qu'il se livrait à une brillante démonstration de stratégie politicienne en vue de faire adopter un projet de loi.

Une pensée fugitive lui avait alors traversé l'esprit : « Ça, ça me rappelle quelque chose. Mais quoi ? » Plus tard, elle s'était avisée qu'il s'agissait, en substance, de la tactique dont il avait usé le jour où il avait fait sa connaissance. Elle avait accepté cette révélation sans émoi, comme un fait enfoui au fond de son inconscient et qui venait d'affleurer à la surface.

Le jour même de leurs épousailles, elle avait compris que l'amour qu'elle portait à son mari était loin d'être partagé. Elle le sentait incapable d'aimer. Ce don, elle en avait hérité, elle, pour son malheur. Un sentiment aussi intense et désespéré que celui qu'elle éprouvait n'était pas dans la nature féminine, elle en était consciente ! Pour Stephen, elle aurait volontiers donné sa vie, elle aurait menti, abusé, enduré les pires souffrances ! Au lieu de quoi elle s'était résignée, avait accepté de jouer, avec une fierté soumise, le rôle qu'il attendait d'elle. Il souhaitait sa coopération, sa compréhension, son concours tant sur le plan matériel qu'intellectuel. Ce qu'il recherchait en elle, ce n'était pas tant ses qualités de cœur mais d'esprit, sans omettre les avantages matériels que sa naissance lui avait conférés.

Elle s'était juré de ne jamais l'embarrasser par des débordements de passion dont elle le savait incapable de la payer de retour. En son for intérieur, elle était convaincue qu'il lui était sincèrement attaché et qu'il prenait plaisir à sa compagnie. Elle rêvait à des lendemains radieux, où son fardeau serait soudain devenu plus léger, à un avenir fait de tendresse et d'amitié.

À sa façon, il l'aimait.

Et puis Rosemary avait fait irruption dans leur vie.

Sandra se demandait parfois, avec une crispation douloureuse, comment il avait pu croire qu'elle ne soit pas au courant. Elle l'avait su, dès le tout premier instant, à Saint-Moritz, à la façon dont il avait regardé cette femme.

Et le jour où elle était devenue sa maîtresse, elle l'avait su également.

Jusqu'à son parfum, qu'elle avait identifié...

Sur le visage de Stephen, qu'il croyait impénétrable, dans son regard absent, elle lisait qu'il rêvait à cette créature, cette créature qu'il venait à peine de quitter !

Il lui était impossible, songeait-elle avec lucidité, de soupçonner les tourments qu'elle endurait. Jour après jour, elle avait souffert les tortures de l'enfer avec, pour unique soutien, sa seule croyance en son courage et en sa fierté naturelle. Jamais, au grand jamais, elle ne laisserait entrevoir sa peine à son mari. Elle avait perdu du poids, devenant chaque jour un peu plus diaphane et livide, et sous la chair on voyait presque saillir les os. Se contraindre à s'alimenter, elle en était capable, mais elle ne pouvait se forcer à trouver le sommeil. Des nuits entières, elle restait allongée, les yeux secs, scrutant les ténèbres. Elle méprisait tout recours aux drogues comme autant d'aveux de faiblesse. Elle résisterait. Dévoiler sa souffrance, se plaindre, se révolter — la simple idée lui en faisait horreur.

Une maigre consolation s'était cependant offerte à elle : Stephen n'envisageait pas de la quitter. Que ce soit pour préserver sa carrière et non par attachement, le fait n'en demeurait pas moins. Il ne songeait pas à la quitter.

Un jour, peut-être, il se lasserait de cette toquade...

Que pouvait-il bien lui trouver, à cette fille ? Elle était belle, elle était séduisante — mais ce ne sont pas les jolies femmes qui manquent. Qu'avait Rosemary Barton qui le subjuguait à ce point ?

Si encore elle avait brillé par l'esprit, le charme et le piquant — tout ce qui plaît aux hommes, quoi ! Mais elle n'était pas intelligente... elle était même plutôt gourde et, de surcroît, pas drôle pour deux sous. Sandra se raccrochait à l'espoir que cette liaison ne durerait pas éternellement, que Stephen finirait par s'en fatiguer.

Elle restait convaincue que, pour son époux, sa carrière était la préoccupation dominante. Il était voué à l'accomplissement de grands desseins et il le savait. Il avait le sens politique d'un authentique homme d'État et il adorait l'exercer. C'était là la mission qu'il s'était assignée. Aucun doute, une fois revenu de ses premiers émois, il retrouverait toute sa lucidité.

De son côté, pas un instant Sandra n'avait envisagé de se séparer de lui. Cette idée ne l'avait même pas effleurée. Elle lui appartenait, corps et âme, pour le meilleur comme pour le pire. Il était sa vie, toute sa vie. Et l'amour brûlait en elle avec une force primitive, presque sauvage.

Elle avait, un moment, connu un regain d'espoir. C'était durant un séjour à Fairhaven. Stephen semblait à peu près redevenu lui-même. Elle avait soudain senti se renouer les liens anciens. Il semblait prendre du plaisir à sa compagnie, il tenait compte de son jugement. Pour un temps, il avait échappé à l'emprise de cette femme.

Tout n'était pas irrémédiablement perdu. Il se

reprenait. Si seulement il pouvait se décider à rompre...

Ils avaient regagné Londres et ç'avait été la rechute. Il affichait une mine hagarde, inquiète, souffrante. Il avait d'énormes difficultés à se concentrer sur sa tâche.

Elle avait cru en deviner la raison : Rosemary lui avait demandé de s'enfuir avec elle... Il se préparait à sauter le pas, à rompre avec ce qui lui était le plus cher. Quelle absurdité ! Quelle folie ! Il appartenait à cette catégorie d'hommes pour qui le métier prime tout. Au fond de lui-même, il devait le savoir... Oui, mais Rosemary était si jolie... et si stupide. Stephen ne serait pas le premier à tout abandonner pour une femme, quitte à s'en mordre les doigts par la suite !

Un soir, lors d'un cocktail, Sandra avait surpris un lambeau de phrase :

— ... tout avouer à George... nous décider.

Peu après, Rosemary s'était alitée avec la grippe.

Un faible espoir avait alors germé dans le cœur de Sandra. Et si elle attrapait une pneumonie ? C'est le genre de chose qui peut arriver. Une de ses amies, toute jeune, en était morte, l'hiver dernier. Et si Rosemary venait à mourir...

Elle n'avait même pas essayé de refouler cette pensée — elle n'en avait pas frémi d'horreur. Elle était de nature assez primitive pour se permettre de haïr en toute sérénité.

Et elle haïssait Rosemary Barton. Eût-elle pu la tuer par ses seules pensées qu'elle l'aurait fait sans hésiter.

Seulement les pensées n'ont jamais tué personne.

Les pensées ne suffisent pas...

Comme Rosemary lui avait paru belle, ce soir-là, au *Luxembourg*, alors qu'elle ôtait son étole de renard dans le vestiaire des dames ! Plus mince et plus pâle après sa maladie, il émanait d'elle une sorte de fragilité qui ajoutait à sa beauté une touche éthérée. Debout devant la glace, elle avait retouché son maquillage.

Derrière elle, Sandra contemplait le reflet de leurs images conjointes. Son visage à elle avait la rigidité et la froideur d'une statue de marbre. Il n'exprimait aucun sentiment ; c'était le visage d'une femme qu'on aurait pu croire dure et insensible.

Et soudain Rosemary s'était adressée à elle :

— Oh, Sandra, et moi qui prends toute la glace ! J'en ai pour une minute. Cette grippe m'a anéantie. Je suis à faire peur. Et je me sens encore flapie et migraineuse.

— Vous avez la migraine, ce soir ? lui avait demandé Sandra avec un intérêt courtois.

— Un peu. Vous n'auriez pas de l'aspirine ?

— J'ai un cachet Faivre, avait répondu Sandra en ouvrant le fermoir de son sac.

Elle l'avait offert à Rosemary qui l'avait fourré dans le sien :

— Je l'emporte au cas où...

Cette jeune femme brune, la secrétaire modèle de George Barton, avait assisté à la conversation. S'avançant à son tour vers le miroir, elle s'était repoudré le bout du nez. Une jolie fille. Presque belle. Sandra avait cru deviner qu'elle ne portait pas Rosemary dans son cœur.

Ensuite, les femmes étaient sorties du vestiaire, Sandra en tête, suivie de Rosemary et de miss Lessing — oh, et puis de la petite Iris, la sœur cadette de Rosemary, qui était là, elle aussi. Avec ses yeux gris et sa robe blanche très « jeune fille », elle semblait tout en émoi.

Elles avaient rejoint les hommes dans le vestibule.

Sur quoi le maître d'hôtel s'était précipité pour les conduire à leur table. Et en franchissant l'imposant arc de voûte, rien, absolument rien, ne leur avait laissé entrevoir que l'une d'entre elles ne le repasserait plus vivante...

6

GEORGE BARTON

Rosemary...

George Barton abaissa la main qui tenait son verre tout en contemplant le feu d'un œil vague.

Il avait bu juste assez pour donner dans la délectation morose.

Quelle créature ravissante ç'avait été ! Il en avait toujours été toqué. Elle le savait fort bien, mais il n'aurait jamais imaginé qu'elle puisse faire autrement que de lui rire au nez.

Même quand il s'était décidé à lui demander de l'épouser, ç'avait été sans grande conviction.

Il avait bafouillé, marmonné. Il s'était conduit comme le dernier des imbéciles :

— Vous savez, ma chère, si par hasard un beau jour ça vous chante... vous n'aurez qu'un mot à dire. Je sais que c'est un coup d'épée dans l'eau. Que je ne compterai jamais pour vous. J'ai toujours été un zéro et voilà que je commence en plus à prendre de la brioche. Mais vous connaissez mes sentiments, n'est-ce pas ? Je veux dire... Je suis là. Je sais que je n'ai pas la moindre chance, mais il fallait tout de même que je vous en touche un mot.

Et Rosemary avait éclaté de rire et lui avait planté un baiser sur le sommet du crâne :

— Vous êtes chou comme tout, George, et je me souviendrai de votre généreuse proposition, mais je n'ai aucune intention de me marier pour le moment.

Ce qu'il avait approuvé avec le plus grand sérieux :

— Vous avez bien raison. Prenez tout votre temps, regardez autour de vous. Vous avez l'embarras du choix.

Il n'avait nourri aucun espoir — aucun véritable espoir.

C'est pourquoi il était tombé des nues le jour où

Rosemary lui avait fait part de son intention de devenir sa femme.

Elle ne l'aimait pas, il le savait parfaitement. D'ailleurs, elle avait été claire à ce sujet :

— Vous comprenez, George ? Je voudrais trouver la stabilité, être heureuse, me sentir entourée. Avec vous, je sais que je le serai. J'en ai ma claque d'être amoureuse. Quand ça ne tourne pas mal, ça finit en quenouille. J'ai beaucoup d'affection pour vous, George. Vous êtes gentil, vous êtes drôle et surtout, surtout, vous me trouvez merveilleuse. Que souhaiter de plus ?

Il lui avait répondu avec un rien d'égarement :

— Topons-là. Nous serons heureux comme des rois.

Aussi bizarre que cela puisse paraître, il n'était pas très loin de la vérité. Heureux, ils l'avaient été. Il n'avait jamais manifesté de grandes exigences. Depuis le tout début, il savait qu'il y aurait des accrocs au contrat. Que Rosemary ne se satisferait jamais d'un époux aussi incolore. Elle s'autoriserait des *écarts* ! Il s'était chapitré pour les accepter, ces... écarts. Il ne lui faudrait jamais perdre de vue qu'ils ne dureraient pas et que Rosemary finirait toujours par lui revenir. Ce fait acquis, tout irait pour le mieux.

Car sa femme lui était attachée. D'un attachement constant et durable qui n'avait rien à voir avec ses flirts et ses amours.

Il s'était chapitré pour les accepter. Il s'était persuadé que l'infidélité était inévitable de la part d'une créature aussi impulsive et d'une beauté aussi exceptionnelle que Rosemary. Ce qu'il n'avait pas pris en compte, c'était ses propres réactions.

Les flirts avec tel ou tel freluquet ne l'avaient pas inquiété outre mesure, mais lorsqu'il en était venu à subodorer une liaison sérieuse...

Très tôt, il avait su, il avait perçu un changement en Rosemary. Elle était plus exubérante, encore plus belle, elle rayonnait. Et bientôt, ce qu'il avait pressenti lui avait été confirmé par un fait, un fait implacable.

Un jour qu'il s'était introduit dans le petit boudoir de sa femme, celle-ci avait instinctivement recouvert de la main la lettre qu'elle écrivait. George avait été aussitôt éclairé : elle s'adressait à son amant.

À peine avait-elle eu quitté la pièce qu'il s'était précipité vers la table pour soulever le tampon-buvard. Rosemary avait emporté la lettre avec elle, mais la feuille du buvard conservait l'empreinte de l'encre fraîche. Il avait présenté le tampon devant la glace et déchiffré ces mots écrits d'une écriture hâtive : *Mon amour bien aimé...*

Il avait senti le sang cogner contre ses tempes et avait compris les états d'âme d'Othello. Au diable les sages résolutions ! La nature dictait sa loi. Sa femme, il aurait aimé l'étrangler ! Ce type, il l'aurait volontiers abattu de sang-froid ! Qui était-ce, au fait ? Anthony Browne ? Ou ce blanc-bec de Farraday ? Tous deux faisaient les yeux doux à Rosemary.

Il avait aperçu son image dans la glace. Ses yeux étaient injectés de sang et il semblait à deux doigts de la crise cardiaque.

L'évocation de cette scène lui fit lâcher le verre qu'il tenait toujours à la main. À nouveau, il éprouva cette impression d'étouffement, de sang qui lui battait aux tempes. Aujourd'hui encore...

Au prix d'un effort, il écarta ce souvenir. Il ne fallait plus y penser. C'était du passé. Terminé. Plus jamais il n'endurerait pareil calvaire. Rosemary était morte, elle reposait en paix. Et, lui aussi, il était en paix. Il ne souffrait plus...

Étrange ce que la mort de sa femme signifiait pour lui. La Paix...

Ça, il ne l'avait jamais confié à personne — pas même à Ruth. Une fille bien, Ruth. La tête sur les épaules. Il se demandait ce qu'il deviendrait sans elle. Cette façon qu'elle avait de lui venir en aide, sa compréhension. Et son absence totale d'intérêt pour le sexe. Jamais affolée par les hommes. Pas comme Rosemary...

Rosemary...

Rosemary s'asseyant à la table ronde, au *Luxembourg*. Le visage légèrement amaigri après sa grippe, un peu dolente, mais jolie — oh, si jolie ! Et dire qu'une heure plus tard à peine...

Non, il refusait d'y penser. Pas en ce moment. Son plan. C'était à son plan qu'il lui fallait penser.

Il parlerait d'abord à Race. Il lui montrerait les lettres. Qu'en dirait-il ? Iris, elle, avait été stupéfaite. Elle n'avait manifestement rien soupçonné.

C'était lui qui menait le jeu, à présent. Il était seul maître de la situation.

Le plan. Il était tout tracé. La date. Le lieu.

Le 2 novembre. Le *Jour des Morts*. Ça ajouterait du piquant à la chose. Et le *Luxembourg*, cela allait de soi. Il essaierait d'obtenir la même table.

Et de réunir les mêmes convives : Anthony Browne, Stephen et Sandra Farraday. Sans oublier Ruth, Iris et lui-même. Et puis la touche finale : Race en septième invité — Race qui aurait dû assister au dîner d'anniversaire.

Et une place demeurerait vide.

Ce serait grandiose !

Sublime !

Une réédition du crime.

Non, pas tout à fait une réédition...

Son esprit se reporta vers le passé...

L'anniversaire de Rosemary...

Rosemary écroulée en travers de la table — morte...

Deuxième Partie

LE JOUR DES MORTS

« Voici du romarin, c'est pour le souvenir. »

1

Lucilla Drake babillait. C'était le terme consacré dans la famille pour décrire, avec justesse et précision, le flot intarissable qui s'écoulait des lèvres de la brave femme.

Ce matin-là, une foule de détails l'accaparaient — si nombreux qu'elle avait du mal à se concentrer sur un seul à la fois. Il y avait l'imminence du retour à Londres et les problèmes d'organisation que cela impliquait : domestiques, gestion du ménage, rangements pour l'hiver — mille et un petits riens qui le disputaient à l'inquiétude suscitée par la mauvaise mine d'Iris :

— Vraiment, ma chérie, je me fais beaucoup de souci à ton sujet. Tu as l'air si pâle, si épuisée, on dirait que tu n'as pas fermé l'œil. Est-ce que tu as dormi ? Sinon, nous avons cette bonne potion soporifique du Dr Wylie... ou bien est-ce celle du Dr Gaskell ?... Ce qui me fait penser qu'il va falloir que j'aille *en personne* parler à l'épicier : ou bien les bonnes ont passé des commandes derrière mon dos, ou alors c'est lui qui nous escroque. Des tonnes de savon en paillettes ! Moi qui n'en ai jamais autorisé plus de trois paquets par semaine... Mais peut-être qu'un fortifiant te ferait plus de bien. Du sirop d'Eaton, c'est ce qu'on nous prescrivait quand j'avais ton âge. Et des épinards, bien entendu. Je vais demander à la cuisinière de nous servir des épinards à déjeuner.

Iris était trop lasse et trop habituée aux propos

décousus de Mrs Drake pour chercher à approfondir le lien que celle-ci établissait entre le Dr Gaskell et l'épicier du village. L'eût-elle fait que sa tante lui aurait aussitôt répondu : « Mais parce que l'épicier s'appelle Cranford, ma chérie. » La logique de tante Lucilla était toujours d'une clarté limpide à ses propres yeux.

Ralliant toute son énergie, Iris ne put que répondre :

— Je me sens parfaitement bien, tante Lucilla.

— Tu as les yeux cernés, dit Mrs Drake. Tu en as fait trop.

— Voilà des semaines que je n'ai rien fait.

— Allons donc, tu n'as pas arrêté de jouer au tennis ; c'est très fatigant pour une jeune fille. Et puis je trouve à l'air d'ici quelque chose de débilitant. Nous sommes dans une cuvette. Si seulement George m'avait consultée, *moi*, au lieu de cette fille.

— Quelle fille ?

— Cette miss Lessing dont il fait si grand cas. Parfaite dans un bureau, je n'en disconviens pas. Mais c'est une grosse erreur de l'en avoir sortie. Ça l'incite à s'imaginer qu'elle fait partie de la famille. Et elle n'a guère besoin qu'on l'y incite, si tu veux mon avis.

— Mais voyons, tante Lucilla, Ruth fait *pratiquement* partie de la famille.

Mrs Drake eut une moue dédaigneuse :

— Qu'elle rêve d'y entrer, c'est manifeste. Pauvre George ! Dès qu'il s'agit de femmes, il se conduit comme un enfant de chœur. Mais c'est inadmissible, Iris. George doit être protégé contre lui-même et si j'étais toi, je lui dirais tout net que miss Lessing est peut-être très bien mais que toute idée de mariage reste hors de question.

L'ahurissement sortit un instant Iris de son apathie :

— Il ne me serait jamais venu à l'idée que George puisse épouser Ruth.

— Tu ne vois pas ce qui se passe sous ton nez, mon

enfant. Évidemment, tu ne possèdes pas mon expérience de la vie...

Iris ne put réprimer un sourire. Pour ce qui est du comique involontaire, tante Lucilla se montrait parfois imbattable.

— Cette jeune femme cherche à se faire épouser, insista la digne personne.

— Quelle importance ? demanda Iris.

— Quelle importance ? Mais ça changerait tout !

— Est-ce que ça ne serait pas plutôt une bonne chose ?

Sa tante la fixa, effarée.

— Une bonne chose pour George, je veux dire, reprit Iris. Tu sais, je crois que tu as raison à propos de Ruth. Elle a sûrement de l'affection pour lui. Et elle ferait une épouse épatante ; elle s'occuperait merveilleusement de lui.

Mrs Drake émit un grognement réprobateur. Et une expression proche de l'indignation envahit son visage bonasse :

— Nous nous en occupons merveilleusement nous-mêmes. Que pourrait-il désirer de mieux, je te le demande un peu ? On lui sert d'excellents repas et ses chaussettes sont parfaitement reprisées. Il profite de la présence sous son toit d'une ravissante jeune fille comme toi ; et lorsque tu te marieras un jour, j'espère être encore en mesure de veiller à son confort et à sa santé. Tout aussi bien — sinon mieux — que ne le ferait une jeune femme sortie d'un bureau. Que sait-elle de la tenue d'une maison ? Chiffres et registres comptables, sténo et dactylographie — à quoi tout cela peut-il servir dès lors qu'il s'agit de tenir la maison d'un homme du monde ?

Iris sourit mais évita d'engager la discussion sur ce thème épineux. Elle revoyait Ruth, le casque noir de ses cheveux lisses, son teint clair et sa silhouette si bien mise en valeur par les tailleurs stricts qu'elle affectionnait. Pauvre tante Lucilla, son esprit tout entier axé sur le confort et les questions ménagères ! Elle avait laissé les considérations sentimentales si loin derrière qu'elle avait sans doute oublié leur signification, si tant est, pensa Iris en évoquant l'image de son oncle par alliance, qu'elles aient jamais signifié quelque chose pour elle.

Fille d'un premier lit et demi-sœur d'Hector Marle, Lucilla Drake avait servi de mère à ce frère beaucoup plus jeune qu'elle. En tenant la maison de leur père, elle s'était figée dans un rôle de vieille fille. Elle frisait la quarantaine quand elle avait rencontré le Révérend Caleb Drake, lui-même âgé de cinquante ans passés. Sa vie conjugale avait été brève, deux ans à peine ; puis elle s'était retrouvée veuve avec un fils en bas âge. Cette maternité, tardive et inattendue, avait constitué l'événement majeur de la vie de Lucilla Drake. Son fils s'était révélé une source d'anxiété et de chagrin ainsi qu'une saignée financière chronique, mais en aucun cas une déception. Mrs Drake se refusait à voir d'autre défaut chez son fils Victor qu'une attendrissante faiblesse de caractère. Victor était trop crédule, trop facilement détourné du droit chemin par de mauvais camarades auxquels il faisait confiance. Victor n'avait pas de chance. On trompait Victor. On escroquait Victor. Il était le jouet de filous qui abusaient de sa candeur. L'aimable physionomie bonasse, un peu sotte, se crispait en une expression obstinée lorsqu'on critiquait Victor. Elle connaissait son fils. C'était un brave garçon, débordant d'enthousiasme juvénile, et ses prétendus amis profitaient de lui. Qui mieux qu'elle savait combien il lui répugnait de réclamer de l'argent à sa mère. Mais quand le pauvre petit se trouvait dans une de ces situations inextricables, quelle solution lui restait-il ? Vers qui d'autre aurait-il pu se tourner ?

Tout de même, comme elle l'admettait volontiers, l'invitation de George à venir vivre sous son toit pour s'occuper d'Iris était survenue comme un don du ciel à un moment où elle était acculée à une misère noire. L'année écoulée, elle l'avait vécue dans le bien-être, et il n'aurait pas été conforme à la nature humaine qu'elle envisage sereinement d'être supplantée par une petite prétentieuse, avec ses idées modernes de rendement et d'efficacité et qui de toute façon — elle s'en persuadait sans peine — n'épouserait George que pour son argent. À l'évidence, c'était cela que cette fille guignait ! Un foyer confortable et un mari riche et accommodant. Qu'on n'aille pas raconter à tante Lucilla, à son âge, qu'une jeune femme *aimait* travailler pour gagner sa vie ! Les femmes étaient restées telles qu'elles avaient toujours été : si elles réussissaient à mettre le grappin sur un homme capable de leur procurer une vie aisée, elles estimaient cette solution bien préférable. Cette Ruth Lessing était futée, elle s'était insinuée à un poste de confiance, elle prodiguait à George des conseils sur le mobilier et la décoration, elle cherchait à se rendre indispensable... mais, Dieu merci, il y avait au moins *une* personne qui voyait clair dans son jeu !

Lucilla Drake hocha la tête à plusieurs reprises, déclenchant un train de vibrations qui se propagèrent dans les chairs de son double menton ; elle haussa les sourcils avec un air de souveraine sagesse et abandonna le sujet pour un autre tout aussi passionnant et peut-être encore plus pressant :

— Les couvertures, ma chérie... Je n'arrive pas à prendre une décision au sujet des couvertures. Impossible de me faire préciser si nous ne reviendrons qu'au printemps prochain ou si George compte passer les week-ends ici. Il refuse de me le dire.

— Il n'en sait sans doute rien lui-même.

Iris fit un effort pour se concentrer sur ce point, secondaire à ses yeux :

— S'il fait beau, ça pourrait être amusant de venir ici de temps en temps ; bien que l'idée ne m'emballe pas follement. Enfin, si l'envie nous en prend, nous pourrons toujours y faire un saut.

— Oui ma chérie, mais j'ai besoin de *savoir*. Parce que, comprends-tu, si nous fermons la maison jusqu'à l'année prochaine, les couvertures doivent être rangées dans la naphtaline. Tandis que si nous *venons*, c'est inutile car nous les *utiliserons*, et l'odeur de la naphtaline est *tellement* désagréable.

— Eh bien, n'en mets pas.

— Oui, mais nous avons eu un été si chaud qu'il y a des mites partout. C'est une année à mites, tout le monde le dit. Sans compter les guêpes, bien sûr. Hawkins m'a dit hier qu'il avait détruit trente nids de guêpes — trente ! — rends-toi un peu compte...

Iris se représenta Hawkins, cheminant dans le crépuscule, un bidon de cyanure à la main... *Du cyanure... Rosemary...* Pourquoi tout la ramenait-elle à ça ?

Le mince filet de voix de tante Lucilla s'écoulait, inépuisable. Elle était déjà passée à un nouveau sujet :

— Et ne devrions-nous pas déposer l'argenterie dans un coffre à la banque ? Tous ces cambriolages, me disait l'autre jour lady Alexandra. Il est vrai que nous avons des volets solides... Personnellement, je n'aime pas beaucoup sa manière de se coiffer — cela lui durcit le visage... D'ailleurs, je la crois assez dure. Et nerveuse, aussi. Tout le monde est nerveux, de nos jours. Dans ma jeunesse, on ne savait pas ce que c'était que les nerfs... Ce qui me rappelle que je trouve à George très mauvaise mine depuis quelque temps... il nous couverait une grippe que ça ne m'étonnerait pas. Je me suis demandée une ou deux fois s'il n'était pas fiévreux. Il ne s'agit peut-être que d'un souci professionnel. Mais tu sais, je serais quand même prête à parier que quelque chose le tracasse.

Iris frissonna et Lucilla Drake s'exclama avec un air de triomphe :

— Voilà ! Je te l'avais bien dit que tu avais attrapé froid !

2

— Comme j'aimerais qu'ils ne soient jamais venus ici !

Sandra Farraday avait lancé ces mots avec une amertume tellement inhabituelle que son mari, surpris, se retourna pour la regarder. C'était comme si elle avait formulé tout haut ses propres pensées, des pensées qu'il avait tenté si fort de dissimuler. Ainsi Sandra éprouvait les mêmes sentiments que lui ? Elle estimait, elle aussi, que l'ambiance de Fairhaven avait été gâchée, sa tranquillité compromise, par ces nouveaux voisins qui s'étaient installés à un kilomètre et quelque, de l'autre côté du parc.

— Je ne me doutais pas que tu partageais mes sentiments à leur égard.

Instantanément, c'est du moins ce qu'il lui sembla, elle parut rentrer en elle-même :

— Les voisins prennent une telle importance à la campagne. On ne peut que se montrer grossier ou devenir inséparables. Pas moyen, comme à Londres, d'entretenir des relations superficielles.

— Effectivement, acquiesça Stephen, c'est impossible.

— Et maintenant, nous voilà convoqués pour cet invraisemblable dîner.

Le silence s'établit entre eux. Ils revoyaient la scène du déjeuner. George Barton s'était montré aimable, exubérant même, avec une sorte d'excitation latente dont ils avaient eu tous deux conscience. Barton se conduisait de façon très incongrue, depuis quelque temps. À l'époque qui avait immédiatement précédé la mort de Rosemary, Stephen ne lui avait jamais beaucoup prêté attention. George se fondait alors dans le décor, mari gentiment incolore d'une femme jeune et belle. Stephen n'avait pas ressenti le moindre remords d'avoir trahi George. George était né pour jouer le rôle de mari trompé. Tellement plus âgé, si dépourvu des qualités nécessaires pour retenir une femme séduisante et capricieuse. George lui-même s'était-il fait des illusions ? Stephen estimait que non. George connaissait très bien Rosemary. Il l'aimait et il était conscient de son incapacité à retenir l'intérêt d'une épouse de cette trempe.

Tout de même, George avait dû souffrir...

Pour la première fois, Stephen se demanda ce qu'avait ressenti George lorsque sa femme était morte.

Sandra et lui l'avaient très peu vu dans les mois qui avaient suivi la tragédie. Il était sorti de leur vie jusqu'à sa réapparition à Little Priors comme nouveau voisin et, tout de suite, Stephen l'avait trouvé changé.

Plus alerte, plus positif. Et aussi... oui, incontestablement *bizarre*.

Aujourd'hui même, il s'était comporté de façon déconcertante. Cette invitation lâchée sans prévenir. Un dîner pour le dix-huitième anniversaire d'Iris. Il comptait tellement sur la présence de Stephen et de Sandra. Le couple s'était montré si aimable pendant son séjour ici.

Sandra avait répondu sans hésiter : bien sûr, ce serait charmant. Naturellement Stephen serait très pris après leur retour à Londres et elle-même avait toutes sortes d'obligations ennuyeuses, mais elle espérait tant pouvoir trouver un soir de libre.

— Alors, si nous fixions un jour dès maintenant ?

Ils revoyaient la figure rougeaude de George, son sourire insistant :

— J'ai pensé que peut-être un jour, non pas de la semaine qui vient, mais de la suivante... mercredi ou jeudi ? Jeudi tombe le 2 novembre. Est-ce que ça vous irait ? Mais nous pourrions choisir tout autre soir qui vous conviendrait à tous les deux.

Le genre d'invitation dont il était impossible de se dépêtrer. Il y avait eu là un manque de savoir-vivre évident. Stephen avait vu Iris rougir d'embarras. Sandra s'était montrée parfaite. Elle avait capitulé avec grâce devant l'inéluctable et répondu que le jeudi 2 novembre leur conviendrait à merveille.

Exprimant soudain sa pensée, Stephen remarqua sèchement :

— Rien ne nous oblige à y aller.

Sandra tourna vers lui son visage pensif. Elle semblait peser le pour et le contre :

— Tu crois ?

— Il est facile de trouver une excuse.

— Il ne fera qu'insister pour que nous y allions un autre soir ; il changera la date. Il... il semble accorder énormément de prix à notre présence.

— Je me demande bien pourquoi. C'est l'anniversaire d'Iris et je ne peux pas croire qu'elle tienne tant que ça à notre compagnie.

— Non... non..., fit Sandra, songeuse. Est-ce que tu sais où ce dîner doit avoir lieu ?

— Aucune idée.

— Au *Luxembourg*.

Le choc le laissa sans voix. Il sentit les couleurs refluer de son visage. Puis il se ressaisit et la regarda en face. Était-ce son imagination ou y avait-il une arrière-pensée au fond de ces yeux qui ne cillaient pas ?

— Mais c'est grotesque ! s'exclama-t-il en s'emportant un peu pour tenter de dissimuler son émotion réelle. Le *Luxembourg*, là où... Vouloir raviver ces souvenirs. Ce type est cinglé.

— C'est aussi mon avis, dit Sandra.

— Mais alors, nous devons absolument refuser. Cette... cette affaire a été terriblement déplaisante. Rappelle-toi la publicité... les photos dans les journaux.

— Je n'oublie rien de ce qu'elle a eu de déplaisant, dit Sandra.

— Il n'a pas mesuré à quel point cela nous serait désagréable ?

— Il a une raison, vois-tu, Stephen. Une raison dont il m'a fait part.

— Quelle raison ?

Il lui fut reconnaissant de ne pas regarder dans sa direction lorsqu'elle répondit :

— Il m'a pris à part après le déjeuner. Il tenait à s'expliquer. Il m'a confié qu'Iris ne s'était jamais vraiment remise du choc provoqué par la mort de sa sœur.

— Ça, ce n'est sans doute pas faux, admit-il à contrecœur. Elle a une mine épouvantable. J'ai noté au déjeuner combien elle avait l'air mal en point.

— Je l'ai remarqué aussi — bien qu'elle m'ait paru en grande forme ces derniers temps. Mais je te dis ce que George Barton m'a raconté. Il m'a glissé dans le creux de l'oreille qu'Iris avait tout fait pour éviter le *Luxembourg* depuis le drame.

— Pas étonnant.

— Mais d'après lui, c'est une grosse erreur. Il semble avoir consulté un psychanalyste sur la question — un partisan de ces théories modernes — et son conseil est qu'après tout traumatisme il faut faire face au problème et non pas l'éviter. Il s'agit du même principe selon lequel on fait reprendre l'air à un aviateur immédiatement après un accident.

— Est-ce que le spécialiste recommande un nouveau suicide ?

— Il recommande, répliqua Sandra sans s'émouvoir, que les associations entre le drame et le restaurant soient surmontées. Ce n'est après tout qu'un restaurant. Il a suggéré un dîner normal, dans une ambiance agréable avec, dans la mesure du possible, les mêmes convives que la première fois.

— Charmant pour les convives en question !

— Ça te dérange à ce point, Stephen ?

Une angoisse lui serra brusquement le cœur.

— Bien sûr que non. J'ai tout juste pensé que cette idée était plutôt macabre. Personnellement, cela ne me dérange pas le moins du monde... En fait, c'est pour *toi* que je m'inquiétais. Mais si ça ne te gêne pas...

Elle l'interrompit :

— Cela me gêne. Beaucoup. Mais, de la manière

dont George Barton a présenté les choses, il était très difficile de refuser. Après tout, je suis souvent allée déjeuner ou dîner au *Luxembourg* depuis ; et toi aussi. Nous y sommes sans cesse invités.

— Mais pas dans ce genre de circonstances.

— C'est vrai.

— Comme tu dis, fit-il, il est difficile de se dérober ; et si nous refusons l'invitation, elle sera renouvelée. Mais je ne vois aucune raison pour que tu endures cette épreuve. J'irai et tu pourras te décommander à la dernière minute — migraine, refroidissement, l'excuse classique.

Il la vit relever le menton :

— Ce serait de la lâcheté. Non, Stephen. Si tu y vas, j'irai aussi. Après tout — elle posa une main sur son bras —, si peu que signifie notre mariage, nous devrions au moins partager nos ennuis.

Il la regarda, rendu muet par cette phrase qui lui avait échappé si naturellement, comme si elle exprimait un fait établi dont l'importance s'était émoussée à l'usage et auquel elle s'était depuis longtemps résignée.

Recouvrant ses esprits, il posa la question :

— Pourquoi dis-tu cela ? *Si peu que signifie notre mariage* ?

Elle le fixa sans broncher de ses yeux grands ouverts où se lisait une totale franchise :

— N'est-ce pas la vérité ?

— Non, mille fois non. Notre mariage compte plus que tout pour moi.

Elle sourit :

— C'est sans doute vrai... d'une certaine manière. Nous formons une bonne équipe, Stephen. Nous nous épaulons bien, avec des résultats satisfaisants.

— Ce n'est pas ce que j'ai voulu dire.

Il prit conscience de sa respiration un peu saccadée. Il s'empara de la main de sa femme et la tint pressée entre les siennes :

— Sandra, est-ce que tu ne sais pas que tu représentes tout pour moi ?

Et, brusquement, elle *sut* qu'il disait la vérité. C'était incroyable, inattendu, mais c'était un fait.

L'instant d'après, elle se retrouvait dans ses bras. Il la serrait contre lui, l'embrassait, bégayant des mots incohérents :

— Sandra... Sandra, ma chérie. Je t'aime... J'ai eu si peur de te perdre.

Elle s'entendit demander :

— À cause de Rosemary ?

— Oui.

Il la lâcha, se recula ; la consternation rendait son visage presque risible

— Tu savais... pour Rosemary ?

— Bien sûr, depuis le début.

— Et tu comprends ?

Elle secoua la tête :

— Non. Je ne pense pas pouvoir jamais comprendre. Tu l'aimais ?

— Pas vraiment. C'est toi que j'aime.

Une vague d'amertume la submergea :

— « Depuis la première seconde, en m'apercevant à l'autre extrémité de la pièce » ? Ne me répète pas ce mensonge — car c'était un mensonge !

Il ne fut pas démonté par cette attaque soudaine. Il parut en peser les mots avec soin :

— Oui, c'était un mensonge. Et pourtant, étrangement, ce n'en était pas un. Je commence à croire que c'était vrai. Oh, essaie donc de *comprendre*, Sandra. Tu connais ces gens qui disposent toujours d'un bon et noble motif pour masquer leurs actions les plus viles ? Les gens qui se réclament de la franchise pour excuser leur méchanceté, ceux qui estiment de leur « devoir » de propager les pires ragots ; tous ces hypocrites qui traversent la vie convaincus que chacune de leurs actions les plus basses ont été accomplies dans un esprit de désintéressement ! Essaie de concevoir que, à l'inverse, il existe des gens tellement sceptiques, si peu sûrs d'eux-mêmes qu'ils ne croient qu'en leurs mauvais motifs. Tu étais la femme dont j'avais besoin. Ça, du moins, c'est la vérité. Et je crois sincèrement, lorsque je me reporte en arrière, que dans le cas contraire, je ne t'aurais jamais épousée.

— Tu n'étais pas amoureux de moi, lui reprocha-t-elle, amère.

— Non. Je n'étais jamais tombé amoureux. J'étais un être froid et asexué qui tirait vanité — oui, parfaitement — de sa nature glacée ! Et puis, un jour, je suis quand même tombé amoureux, d'un amour violent et bête d'adolescent ; quelque chose comme un orage d'été, bref, irréel, vite passé.

Il ajouta, citant Macbeth :

— « Une histoire racontée par un idiot, remplie de bruit et de fureur, et qui ne signifie rien. »

Il s'interrompit un instant.

— C'est ici, à Fairhaven, reprit-il, que je me suis réveillé et que j'ai compris la vérité.

— La vérité ?

— Que tout ce qui comptait pour moi, c'était toi et ton amour.

— Si seulement j'avais su...

— Qu'as-tu pensé ?

— J'ai pensé que tu avais décidé de partir avec elle.

— Avec Rosemary ?

Il eut un rire bref :

— Ç'aurait été les travaux forcés à perpétuité !

— Est-ce qu'elle ne voulait pas que tu t'enfuies avec elle ?

— Si.

— Et qu'est-ce qui est arrivé ?

Stephen inspira un grand coup. Ils étaient revenus au point de départ. À nouveau face à face avec cette menace intangible :

— Il est arrivé... le *Luxembourg*.

Ils gardèrent tous deux le silence, évoquant — ils le savaient — la même scène : le visage bleui, cyanosé, d'une femme qui avait été ravissante. Puis, se détachant de l'image de la morte, leurs regards se croisèrent :

— Oublie, Sandra. Pour l'amour de Dieu, oublions tout cela.

— À quoi bon ? On ne nous permettra pas d'oublier.

Il y eut une pause, puis Sandra demanda :

— Qu'allons-nous faire ?

— Ce que tu viens de dire : faire face — ensemble. Nous irons à cet horrible dîner, quel qu'en soit le motif.

— Tu ne crois pas ce qu'a dit George Barton au sujet d'Iris ?

— Non. Toi si ?

— C'est peut-être vrai. Mais même dans ce cas, ce n'est pas la véritable raison.

— C'est quoi, la véritable raison ?

— Je n'en sais rien, Stephen, mais j'ai peur.

— De George Barton ?

— Oui. Je crois qu'il... qu'il sait.

— Qu'il sait quoi ? s'enquit brutalement Stephen.

Elle tourna la tête lentement pour le regarder en face.

— Il ne faut pas que nous ayons peur, murmura-t-elle. Il faut que nous fassions preuve de courage, de tout le courage du monde. Tu vas devenir un homme important, Stephen — un homme dont le monde va avoir besoin — et rien ni personne ne pourra empêcher ça. Je suis ta femme et je t'aime.

— Qu'est-ce que tu crois que cache ce dîner, Sandra ?

— Un piège.

— Et nous y fonçons tête baissée ? demanda-t-il posément.

— Il ne faut pas montrer que nous avons flairé le piège. Nous ne pouvons pas nous le permettre.

— Non, tu as raison.

Brusquement, Sandra rejeta la tête en arrière et éclata de rire :

— Déchaîne-toi donc, Rosemary ! Tu ne gagneras pas la partie.

Il l'agrippa par l'épaule :

— Voyons, calme-toi, Sandra ! Rosemary est morte.

— Ah bon ? Elle me semble parfois, au contraire, bien vivante...

3

Ils étaient à mi-parc lorsque Iris annonça :

— Ça vous ennuierait, George, si je vous laissais rentrer seul ? J'ai besoin d'exercice. J'ai envie de grimper à Friar's Hill et de redescendre en coupant à travers bois. J'ai une horrible migraine qui ne m'a pas quittée de la journée.

— Ma pauvre enfant ! Vas-y. Je ne te propose pas de t'accompagner. J'attends quelqu'un cet après-midi et je ne sais pas à quelle heure il va arriver.

— Bien. On se retrouve pour le thé.

Elle pivota sur ses talons et mit le cap sur la colline que ceinturait une couronne de mélèzes.

Parvenue au sommet, elle s'arrêta pour aspirer un grand bol d'air. C'était une de ces journées un peu moites comme on en voit tant au mois d'octobre. De fines gouttelettes perlaient aux frondaisons et, dans le ciel, un amoncellement de nuages gris et bas annonçait une ondée prochaine. Il n'y avait guère plus d'air en haut de la colline que dans la vallée, mais Iris avait néanmoins la sensation d'y respirer plus librement.

Elle s'assit sur le tronc d'un arbre mort et son regard embrassa le paysage où Little Priors se nichait au sein d'un vallon boisé. Plus loin, sur la gauche, Fairhaven Manor laissait entrevoir ses murs de brique rose.

L'œil sombre et le menton dans les mains, Iris s'absorbait dans sa contemplation.

Le bruissement dans son dos fut aussi léger que la

chute d'une feuille, mais elle tourna la tête juste à temps pour voir surgir d'entre les branches écartées la longue silhouette d'Anthony Browne.

— Tony ! protesta-t-elle, à demi fâchée. Pourquoi faut-il que vous surgissiez toujours comme... comme un traître de vaudeville !

Anthony se laissa tomber à ses pieds. Il sortit son étui à cigarettes, le lui tendit et, comme elle secouait la tête, en prit une et l'alluma. Puis, tout en aspirant la première bouffée, il répondit enfin :

— C'est parce que je suis ce que les journaux appellent un « Homme de l'Ombre ». *J'adore* surgir du néant.

— Comment saviez-vous où j'étais ?

— Une excellente paire de jumelles. J'ai appris que vous déjeuniez chez les Farraday et je vous ai épiée depuis la colline quand vous êtes partie de chez eux.

— Pourquoi ne venez-vous pas à la maison comme n'importe qui ?

— Parce que je ne suis pas *n'importe qui,* se récria Anthony, scandalisé. Je suis tout ce qu'il y a d'extraordinaire.

— C'est assez mon avis.

Il la jaugea d'un coup d'œil rapide puis s'enquit :

— Quelque chose ne va pas ?

— Non, bien sûr que non. C'est plutôt...

Elle s'interrompit.

— C'est plutôt ? la pressa Anthony.

Elle poussa un profond soupir :

— J'en ai assez de moisir ici. Je déteste ce trou perdu. J'ai hâte de rentrer à Londres.

— C'est pour bientôt, non ?

— La semaine prochaine.

— Alors, chez les Farraday, c'étaient les festivités d'adieu ?

— Ce n'étaient pas des festivités. Rien qu'eux et un vieux cousin.

— Vous aimez les Farraday ?

— Je n'en sais rien. Je ne crois pas en raffoler

— et pourtant je ne devrais pas dire ça parce qu'ils ont vraiment été adorables avec nous.

— Et eux, vous croyez qu'ils vous apprécient ?

— Alors, là, non. J'ai plutôt l'impression qu'ils nous détestent.

— Intéressant.

— Vraiment ?

— Pas le fait qu'ils vous « détestent » — si tant est que ce soit exact. Mais votre utilisation du « nous ». Ma question s'adressait à vous, Iris.

— Ah, je vois... Je crois qu'ils m'aiment bien, d'une certaine façon. C'est nous, en tant que famille vivant à deux pas de chez eux, qui les dérangeons. Nous n'avons jamais été très liés avec eux, vous savez. C'étaient plutôt des amis de Rosemary.

— Oui, des amis de Rosemary, comme vous dites, reconnut Anthony. Encore que je n'ai pas l'impression que Sandra Farraday et Rosemary aient jamais débordé d'affection mutuelle, non ?

— Non, admit Iris.

Elle semblait soudain quelque peu sur la défensive. Mais Anthony n'en continua pas moins à fumer benoîtement.

— Vous savez ce qui me frappe chez les Farraday ? reprit-il bientôt.

— Quoi ?

— Le simple fait que... que ce sont *les* Farraday. C'est toujours comme ça que je pense à eux — pas en tant que Stephen et Sandra, deux individus unis par-devant l'État et l'Église Conformiste, mais comme à une entité binaire précise : *les* Farraday. C'est plus rare qu'on ne croit. Ce sont deux êtres qui ont les mêmes buts, le même mode de vie, les mêmes espoirs, les mêmes craintes et des certitudes identiques. Et le curieux de la chose, c'est qu'ils ont des personnalités on ne peut plus dissemblables. Stephen Farraday est, à mon sens, un homme d'une grande largeur d'esprit, ouvert aux opinions d'autrui, mais qui manque terriblement de confiance en lui et qui est assez dépourvu de courage moral. Sandra, à l'inverse, a un esprit étroit et primaire, est capable d'un dévouement sans borne et d'une bravoure qui frise la témérité.

— Il me fait toujours l'effet d'un imbécile prétentieux, dit Iris.

— C'est loin d'être un imbécile. Mais c'est le type même de ces gens qui ont réussi dans la vie : il est malheureux.

— Malheureux ?

— La plupart des gens qui réussissent sont malheureux, insista Anthony. C'est pour ça qu'ils ont réussi : ils ont besoin de se rassurer sur leur compte en réalisant une œuvre susceptible d'épater les populations.

— Vous avez de ces idées, Tony !

— Pour peu que vous réfléchissiez deux secondes, vous vous apercevrez qu'elles sont fondées. Les gens heureux courent à l'échec pour l'excellente raison qu'étant bien dans leur peau, ils se fichent éperdument de réaliser quoi que ce soit. C'est mon cas. Et ils sont généralement plus agréables à vivre — comme moi.

— Vous avez une excellente opinion de vous-même.

— Je me contente d'attirer votre attention sur mes bons côtés, pour le cas où ils vous auraient échappé.

Iris éclata de rire. Elle avait retrouvé sa bonne humeur. Sa tristesse et son appréhension s'étaient envolées. Elle regarda sa montre :

— Venez prendre le thé à la maison et faire ainsi profiter d'autres heureux mortels de votre compagnie exceptionnellement agréable.

Anthony secoua la tête :

— Pas aujourd'hui. Il faut que je rentre.

Iris s'emporta :

— Pourquoi refusez-vous tout le temps de venir à la maison ? Il doit bien y avoir une raison.

Anthony eut un haussement d'épaules :

— Mettons que j'ai horreur de m'imposer. Votre

beau-frère ne me porte pas dans son cœur — il me l'a fait clairement sentir.

— Ne vous souciez pas de George. Si tante Lucilla et moi vous invitons... c'est un amour de vieille dame, elle vous plaira beaucoup.

— Je n'en doute pas, mais je refuse.

— Du temps de Rosemary, vous faisiez moins de manières.

— C'était différent.

Iris sentit son cœur pris dans un étau de glace.

— Qu'est-ce qui vous a incité à venir ici aujourd'hui ? s'enquit-elle. Vous aviez une affaire à traiter dans ce trou ?

— Une affaire d'une importance extrême — à traiter avec vous. Je suis venu pour vous poser une question, Iris.

L'étau se desserra et Iris fut envahie par ce trouble délicieux, cet intense frémissement que les femmes ressentent depuis des temps immémoriaux. Le visage d'Iris prit la même expression vide et perplexe que sa trisaïeule avait probablement adoptée avant de murmurer : « Oh, Mr X, tout cela est si soudain ! »

— Oui ? s'enquit-elle en levant vers lui un visage outrageusement candide.

Il était perdu dans la contemplation de ses traits. Son regard était grave, presque sévère :

— Répondez-moi franchement, Iris. Voici ma question : Avez-vous confiance en moi ?

Ce n'était pas du tout ce à quoi elle s'était attendue. Elle fut déçue. Et il s'en rendit compte :

— Vous ne pensiez pas que c'était ça que j'allais vous demander ? Il s'agit pourtant d'une question cruciale, Iris. La question la plus importante qui soit. Je vais vous la reposer : Vous avez confiance en moi ?

Elle hésita, l'espace d'un instant, puis les yeux baissés, elle murmura :

— Oui.

— Alors je peux vous en poser une deuxième : Voulez-vous me suivre à Londres et m'épouser sans rien dire à personne ?

Elle écarquilla les yeux :

— Mais c'est impossible ! Absolument impossible !

— De m'épouser ?

— Pas dans ces conditions.

— Et pourtant vous m'aimez. Parce que vous m'aimez, non ?

— Oui, je vous aime, Anthony, s'entendit-elle chuchoter.

— Mais vous refusez de me suivre et de m'épouser dans l'église St Elfrida de Bloomsbury, paroisse où je réside depuis plusieurs semaines et où je peux par conséquent obtenir une autorisation de mariage dans les plus brefs délais ?

— Comment pourrais-je faire une chose pareille ? George serait terriblement blessé, quant à tante Lucilla, elle ne me le pardonnerait jamais. Et de toute façon, je ne suis pas majeure. Je n'ai que dix-huit ans.

— Vous n'aurez qu'à tricher sur votre âge. Je n'ai aucune idée de la peine que j'encourrais pour avoir épousé une mineure sans le consentement de son tuteur. Qui est votre tuteur, au fait ?

— George. Et c'est également lui qui gère ma fortune.

— Comme je vous le disais, quelle que soit la peine encourue, on ne pourrait nous démarier et c'est tout ce qui compte.

Iris secoua la tête :

— Je ne peux pas. Ce ne serait pas bien de ma part. Mais au fait, *pourquoi* ? À quoi est-ce que ça rime ?

— C'est pour ça que j'ai commencé par vous demander si vous aviez confiance en moi. Vous n'auriez pas dû chercher plus loin. Disons que c'était la manière la plus facile. Mais enfin tant pis.

— Si seulement George vous connaissait mieux, hasarda-t-elle timidement. Accompagnez-moi à la maison. Il n'y aura que tante Lucilla et lui.

— Vous êtes sûre ? J'avais pourtant l'impression que...

Il s'interrompit. Puis :

— En escaladant la colline, j'ai vu un homme qui remontait votre allée... et le plus drôle, c'est que je suis persuadé de l'avoir déjà rencontré quelque part.

— Bien sûr, où avais-je la tête ? George m'a dit qu'il attendait quelqu'un.

— L'homme que j'ai cru reconnaître s'appelle Race. Le colonel Race.

— Il y a des chances pour qu'il s'agisse de lui. George connaît en effet un colonel Race. Il aurait d'ailleurs dû assister au dîner d'anniversaire de Rosemary...

Elle s'arrêta, la voix brisée. Anthony lui prit la main :

— Ne pensez plus à ça, ma chérie. C'était abominable, je sais.

Elle secoua la tête :

— Je ne peux pas m'en empêcher. Anthony...

— Oui ?

— Est-ce que vous ne vous êtes jamais dit que... est-ce que vous n'avez jamais envisagé...

Elle avait des difficultés à exprimer sa pensée :

— Est-ce que vous n'avez jamais envisagé que... que Rosemary ne s'était peut-être pas suicidée ? Qu'elle pouvait avoir été *assassinée* ?

— Bon sang, Iris, qu'est-ce qui a pu vous fourrer cette idée dans la tête ?

Elle éluda la question et s'entêta :

— Elle ne vous a jamais effleuré, cette idée, Tony ?

— Jamais. Rosemary s'est suicidée.

Iris garda le silence.

— Qui est-ce qui vous a suggéré une chose pareille ?

L'espace d'un instant, elle fut tentée de lui raconter l'invraisemblable histoire de George. Puis elle jugea préférable de s'abstenir.

— C'est une idée, c'est tout, dit-elle lentement.

— Oubliez-la, mon idiote chérie.

Il l'aida à se remettre sur ses pieds et lui déposa un baiser sur la joue :

— Mon idiote chérie, mon petit amour macabre. Oubliez Rosemary. Ne pensez qu'à moi !

4

Tout en tirant sur sa pipe, le colonel Race tentait d'analyser George Barton.

Il l'avait connu adolescent. L'oncle de George était voisin des Race à la campagne. Un écart d'une génération séparait les deux hommes. Race, à soixante ans sonnés, était un homme de belle prestance, à l'allure martiale, au visage buriné, aux cheveux gris coupés en brosse et aux yeux noirs perspicaces.

Les deux hommes n'avaient jamais été particulièrement intimes et cependant Barton restait pour Race le « petit George », l'un des nombreux personnages dont le souvenir vague était lié au temps jadis.

Il se disait à cet instant qu'il n'avait en fait aucune idée de ce que le « petit George » était devenu. Lors des rares occasions où ils s'étaient retrouvés, au cours des dernières années, Race avait noté qu'ils avaient peu de choses en commun. Race était un aventurier du style « bâtisseur d'Empire » et avait vécu la plus grande partie de sa vie à l'étranger. George était le type même du gentleman citadin. Leurs intérêts divergeaient et, quand ils se rencontraient, ils se bornaient à égrener des souvenirs du « bon vieux temps », après quoi la conversation s'éteignait en un silence gêné. Le colonel Race exécrait les bavardages, les conversations à bâtons rompus. Il était le type même de ces personnages monolithiques, solides comme des rocs et volontiers murés dans leur silence si prisé, jadis, de certains romanciers.

Silencieux, il l'était en ce moment où il se demandait pourquoi le « petit George » avait tant insisté pour cette rencontre. Il s'interrogeait également sur la nature du changement subtil qui s'était opéré chez Barton depuis la dernière fois qu'il l'avait vu, un an auparavant. Jusque-là, George Barton l'avait toujours frappé par son côté pesant — il était prudent, pragmatique et dépourvu d'imagination.

Il y avait à présent, se disait-il, quelque chose qui clochait chez ce garçon. Il avait les nerfs à vif. Il avait déjà rallumé son cigare à trois reprises, ce qui ne lui ressemblait pas du tout.

Race ôta sa pipe de sa bouche :

— En bien, mon petit George, qu'est-ce qui ne va pas ?

— Vous avez vu juste, Race, ça ne va pas. Et j'aurais bougrement besoin de vos conseils... et de votre aide.

Le colonel hocha la tête et attendit la suite.

— Il y a un peu moins d'un an, vous deviez venir dîner avec nous... au *Luxembourg*. Mais vous avez été appelé à l'étranger à la dernière minute.

Race hocha la tête :

— En Afrique du Sud.

— Au cours de ce dîner, ma femme est morte.

Mal à l'aise, Race s'agita dans son fauteuil :

— Je sais. J'ai lu ça. Je ne vous en ai pas parlé et ne vous ai pas présenté mes condoléances pour éviter de remuer de pénibles souvenirs. Mais je suis sincèrement peiné pour vous, mon vieux, vous vous en doutez bien.

— Oui, oui, mais la question n'est pas là. Ma femme était censée s'être suicidée.

Race releva les mots clés. Ses sourcils se haussèrent :

— *Était censée* ?

— Lisez ça.

George tendit les deux lettres au colonel. Les sourcils de ce dernier grimpèrent encore d'un bon centimètre :

— Des lettres anonymes ?

— Oui. Et je crois à ce qu'elles disent.

Race secoua lentement la tête :

— C'est un comportement dangereux. Vous n'avez pas idée du nombre de lettres truffées de mensonges que les gens peuvent écrire chaque fois que la presse accorde de la publicité à un événement quelconque.

— Je sais. Mais celles-ci n'ont pas été écrites à l'époque — elles ne l'ont été que six mois plus tard.

Race hocha la tête :

— Ça change les données du problème. De qui croyez-vous qu'elles émanent ?

— Je n'en sais rien. Et je m'en moque. La seule chose, c'est que je suis persuadé que ce qu'elles disent est vrai. Ma femme a été assassinée.

Race posa sa pipe et se cala dans son fauteuil :

— Qu'est-ce qui vous fait croire ça ? Vous avez eu des soupçons, à l'époque ? La police en a eu ?

— J'étais bouleversé, anéanti. J'ai accepté les conclusions de l'enquête. Ma femme avait eu la grippe, elle n'était pas dans son assiette. La thèse du suicide allait de soi. Le poison était dans son sac, figurez-vous.

— C'était quoi ?

— Du cyanure.

— Ça me revient. Elle l'a absorbé dans son champagne.

— Oui. Sur le moment, ça paraissait cousu de fil blanc.

— Il lui était arrivé de menacer de se suicider ?

— Non, jamais. Rosemary adorait la vie.

Race hocha encore une fois la tête. Il n'avait rencontré la femme de George qu'une fois. Il l'avait jugée aussi ravissante que stupide — mais à coup sûr peu encline à la neurasthénie.

— Quid du rapport médical sur son état psychique, etc. etc. ?

— Le médecin de Rosemary, homme d'un certain âge qui suit les Marle depuis leur enfance, effectuait une croisière. C'est son remplaçant, un tout jeune homme, qui a soigné Rosemary quand elle a eu la grippe. Tout ce qu'il a dit, je m'en souviens, c'est que ce type de grippe était susceptible d'entraîner une dépression aiguë.

George marqua une pause avant de pousuivre :

— Ce n'est que bien après avoir reçu ces lettres que je me suis entretenu avec le médecin de Rosemary. Je n'ai évidemment pas soufflé mot des lettres — nous avons seulement discuté de ce qui s'était passé. Il m'a fait part de son étonnement. Il ne se serait jamais attendu à une chose pareille. D'après lui, Rosemary n'avait rien d'une candidate au suicide. Ce qui prouvait, a-t-il conclu, qu'un médecin avait beau s'imaginer tout savoir de son patient, ce dernier pouvait avoir un comportement tout à fait atypique.

De nouveau, George marqua une pause avant de reprendre :

— C'est après lui avoir parlé que je me suis rendu compte à quel point la thèse du suicide de Rosemary me paraissait, à moi, peu convaincante. Après tout, je la connaissais bien. Elle était capable de violents accès de désespoir. Elle pouvait être bouleversée pour des riens et même foncer tête baissée dans des actions inconsidérées, mais je ne l'ai jamais connue dans l'état d'esprit de qui « veut en finir ».

— Outre sa dépression, aurait-elle pu avoir un motif de se donner la mort ? hasarda Race non sans embarras. Avait-elle, mettons, une raison d'être malheureuse ?

— Je... non... elle était peut-être assez nerveuse.

Évitant de regarder son ami, Race poursuivit :

— Elle avait le goût du drame ? Je ne l'ai vue qu'une fois, rappelez-vous. Parce qu'il y a des gens qui... euh... éprouvent une sorte de jubilation à vous faire le coup de la tentative de suicide — habituellement après une scène. Leur motivation, assez puérile, est du genre : « Ils n'ont pas fini de s'en mordre les doigts ! »

— Rosemary et moi ne nous étions pas fait de scène.

— Bien. Je dois d'ailleurs avouer que le choix du poison exclut cette éventualité. On ne joue pas impunément avec l'acide cyanhydrique, ce n'est un secret pour personne !

— De plus, renchérit George, en admettant que Rosemary ait bel et bien envisagé d'en finir, elle ne s'y serait sûrement pas prise de cette manière-là. Douloureuse et... et inesthétique. Une absorption massive de somnifères paraîtrait plus vraisemblable.

— Je vous l'accorde. A-t-on déterminé la façon dont elle s'était procuré cet acide cyanhydrique ?

— Absolument pas. Mais elle avait fait un séjour à la campagne chez des amis et ils avaient détruit un nid de guêpes. On a estimé qu'elle avait pu se procurer une poignée de cristaux de cyanure à cette occasion-là.

— Oui, ce n'est pas le genre de choses qu'il est difficile de se procurer. La plupart des jardiniers en ont en stock.

Race médita quelques instants, puis :

— Résumons la situation. Il n'y a pas de preuve formelle que votre femme ait eu des tendances suicidaires ni qu'elle ait organisé un suicide. Ce qui a été démontré ne l'a été que par la négative. Mais d'un autre côté, il n'a pas été clairement prouvé qu'il y ait eu meurtre, sans quoi la police n'aurait pas manqué de le découvrir. Ils n'ont pas les yeux dans leur poche, vous savez.

— La simple idée de meurtre aurait paru insensée.

— Mais elle ne vous a pas paru insensée six mois plus tard ?

— Je crois que je n'ai cessé d'éprouver une certaine insatisfaction, murmura lentement George. J'ai dû me préparer inconsciemment à cette idée, ce qui fait que lorsque j'ai vu ça écrit noir sur blanc, je ne l'ai pas une seconde mis en doute.

— Normal, acquiesça Race. Eh bien, allons de l'avant. Qui soupçonnez-vous ?

George se pencha en avant, le visage parcouru de tics :

— C'est ce qu'il y a de terrible. Si Rosemary a été tuée, c'est forcément l'un des invités qui se trouvaient à notre table, l'un de nos amis, qui a fait le coup. Personne d'autre ne s'est approché de nous.

— Les serveurs ? Qui versait à boire ?

— Charles, le maître d'hôtel du *Luxembourg*. Vous connaissez Charles ?

Race fit signe que oui. Tout le monde connaissait Charles. Et il semblait exclu qu'il ait pu délibérément empoisonner un client.

— Quant au garçon qui nous servait, c'était Giuseppe. Tout le monde sait qui c'est. Il y a des années que je le connais. C'est toujours lui qui me sert. Un petit bout d'homme jovial en diable.

— Alors venons-en aux convives. Qui y avait-il ?

— Stephen Farraday, de la Chambre des Communes. Sa femme, lady Alexandra Farraday. Ma secrétaire, Ruth Lessing. Un dénommé Anthony Browne. Iris, la sœur de Rosemary, et moi-même. Nous étions sept au total. Nous aurions été huit si vous aviez été là. Quand vous nous avez fait faux bond, nous avons vainement cherché quelqu'un qui soit digne de vous remplacer au pied levé.

— Je vois. Eh bien, Barton, qui croyez-vous qui a fait le coup ?

George se récria :

— Je ne sais pas ! Je vous ai déjà dit que je ne savais pas ! Si j'avais la plus petite idée...

— D'accord, d'accord. Je me disais simplement que vous auriez peut-être des soupçons. Bon, ça ne devrait pas être sorcier. Comment étiez-vous placés — en commençant par vous ?

— J'avais Sandra Farraday à ma droite, cela va de soi. À côté d'elle, il y avait Anthony Browne. Puis Rosemary. Puis Stephen Farraday, puis Iris, puis Ruth Lessing qui était assise à ma gauche.

— Je vois. Et votre femme avait déjà bu du champagne au cours de la soirée ?

— Oui. Les coupes avaient été remplies plusieurs fois. Ce... c'est arrivé pendant les attractions. Il y avait pas mal de bruit... c'était une de ces revues nègres et nous la regardions tous. Elle s'est affalée sur la table juste avant que les lumières se rallument. Il se peut qu'elle ait poussé un gémissement, un cri, mais personne n'a rien entendu. Le médecin légiste a dit que, Dieu merci, la mort avait dû être quasi instantanée.

— C'est une consolation. Quoi qu'il en soit, à première vue, la solution saute aux yeux.

— Vous voulez dire... ?

— Stephen Farraday, bien sûr. Il était à la droite de votre femme. La coupe de celle-ci se trouvait donc à portée de la main gauche de Farraday. Rien de plus facile que d'y verser le poison dès que les lumières ont été baissées et que l'attention de chacun s'est fixée sur la scène. Je ne vois personne mieux placé pour le faire. Je connais ces tables du *Luxembourg* ; elles sont vastes et il est bien improbable que quelqu'un ait pu tendre à ce point la main sans se faire remarquer malgré la quasi-obscurité. La remarque vaut également pour le voisin de gauche de Rosemary. Il aurait dû se pencher pour verser quelque chose dans son verre. Il y a cependant une autre possibilité, mais occupons-nous d'abord du suspect numéro un. Pour quelle raison notre digne représentant aux Communes aurait-il voulu supprimer votre épouse ?

— Ils étaient... ils étaient très liés, avoua George sur un ton guindé. À supposer que Rosemary ait repoussé ses avances — je ne sais pas, moi —, il se peut qu'il ait voulu se venger.

— Hautement mélodramatique. C'est le seul mobile qui vous vient à l'esprit ?

— Oui, répondit George.

Ce disant, il avait viré à l'écarlate. Race lui jeta un regard bref. Puis il reprit :

— Venons-en au suspect numéro 2 : une des femmes.

— Pourquoi une des femmes ?

— Mon cher George, vous aurait-il échappé que dans un groupe de sept personnes — quatre femmes et trois hommes —, il y a de fortes chances pour qu'à un moment quelconque de la soirée trois couples aient pu être en train de danser tandis qu'une femme se retrouvait seule à la table ? Vous avez tous dansé ?

— Oui, bien sûr.

— Bon. Et maintenant, vous rappelez-vous laquelle est restée seule avant les attractions ?

George réfléchit deux secondes :

— Je crois que... oui, Iris s'est retrouvée sans cavalier pour la dernière danse, et Ruth pour celle d'avant.

— Vous ne vous rappelez pas la dernière fois où votre femme a bu du champagne ?

— Voyons... elle venait de danser avec Browne. Oui, je me souviens qu'elle est revenue en disant qu'elle était éreintée — ce type est du genre fougueux. Sur quoi elle a bu dans sa coupe. Quelques minutes après, l'orchestre a joué une valse et elle... elle a dansé avec moi. Elle savait que la valse est la seule danse dont je me tire à peu près. Farraday a dansé avec Ruth, et lady Alexandra avec Browne. Iris s'est donc retrouvée seule. Tout de suite après, il y a eu les attractions.

— Alors, occupons-nous de votre belle-sœur. A-t-elle hérité quelque chose à la mort de votre femme ?

George en bafouilla d'indignation :

— Mon cher Race... ne soyez pas grotesque. Iris n'était qu'une gamine, une étudiante.

— J'ai connu au moins deux étudiantes qui n'en étaient pas moins des meurtrières.

— Pas Iris ! Elle adorait sa sœur.

— Et alors ? L'occasion, elle l'a eue. Ce que je voudrais savoir, c'est si elle avait un mobile. Votre femme, si je ne m'abuse, était richissime. À qui son argent est-il allé ? À vous ?

— Non, il est allé à Iris. Par le biais d'un fidéicommis.

Il exposa les faits.

— Curieuse situation, commenta Race qui avait prêté une oreille attentive. Deux sœurs. La riche et la pauvre. Il y a des gens qui se sentent lésés pour moins que ça.

— Je vous garantis que ce n'est pas le cas pour Iris.

— Peut-être bien que non, comme dit l'autre — il n'empêche qu'elle avait un mobile. Ne perdons pas ça de vue et allons de l'avant. Qui d'autre avait un mobile ?

— Personne, rigoureusement personne. Rosemary n'avait pas un ennemi au monde, je vous le garantis. J'ai déjà retourné le problème dans tous les sens. J'ai posé des questions. J'ai fait mon enquête personnelle. Je suis même allé jusqu'à acheter une maison à deux pas de celle des Farraday pour pouvoir...

Il s'arrêta net. Race reprit sa pipe et entreprit d'en récurer le fourneau.

— Vous ne croyez pas que vous feriez bien de tout me raconter, mon petit George ?

— Que voulez-vous dire ?

— Vous me cachez quelque chose — ça se voit comme le nez au milieu de la figure. Alors, ou bien vous défendez la réputation de votre femme, ou bien vous cherchez à savoir si elle a été assassinée ou non. Et si ce dernier point vous paraît capital, il vous faut jouer franc-jeu.

Il y eut un silence.

— C'est bon, dit George d'une voix mal assurée. Vous avez gagné.

— Vous aviez des raisons de penser que votre femme avait un amant, c'est ça ?

— Oui.

— Stephen Farraday ?

— Je n'en sais rien ! Je vous donne ma parole que je n'en sais rien ! Ç'aurait pu être lui comme ç'aurait pu être Browne. Je n'arrive pas à trancher. C'est l'enfer.

— Que savez-vous d'Anthony Browne ? C'est curieux, ce nom me dit quelque chose.

— Je ne sais rien sur son compte. Tout le monde est dans le même cas. C'est un beau gosse, qui ne manque pas d'humour, mais les renseignements s'arrêtent là. Il se fait passer pour Américain et pourtant il n'a pas la moindre pointe d'accent.

— Peut-être l'ambassade des États-Unis pourra-t-elle nous en dire plus. Lequel des deux ? Vous n'avez vraiment pas la moindre idée ?

— Non... non... pas la moindre. Il faut que je vous dise, Race. Je l'ai surprise en train d'écrire une lettre. Je... après coup, j'ai examiné le buvard. Il... il s'agissait bien d'une lettre d'amour, mais aucun nom n'était cité.

Race prit soin de détourner les yeux :

— Voilà qui élargit un peu notre champ d'investigations. Lady Alexandra, par exemple. Si son mari avait une liaison avec votre épouse, son cas devient intéressant. Sous des dehors calmes et pondérés, elle est de ces femmes qui bouillonnent de passion — de l'espèce qui n'hésiterait pas à commettre un crime au besoin. Nous progressons ! Nous avons Browne-le-Mystérieux, Farraday, son épouse, et la petite Iris Marle. *Quid* de la dernière femme, Ruth Lessing ?

— Ruth n'a jamais rien eu à voir dans cette affaire. Elle, au moins, n'avait rigoureusement aucun mobile.

— C'est votre secrétaire, m'avez-vous dit ? Quel genre de fille est-ce ?

— La fille la plus exquise au monde, souligna George avec élan. Elle fait pour ainsi dire partie de la famille. C'est mon bras droit. Il n'est personne que j'estime davantage ni en qui j'aie plus confiance.

— Vous l'aimez beaucoup, dites-moi, fit Race en le regardant, songeur.

— Je l'adore. C'est une perle. Je me fie entièrement

à elle. C'est la fille la plus loyale et la plus merveilleuse que je connaisse.

Race murmura une sorte de « hum-hum » et abandonna le sujet. Rien dans son attitude n'indiquait qu'il avait en tête un excellent mobile à mettre à l'actif de Ruth Lessing. Pour lui, il ne faisait aucun doute que « la fille la plus adorable au monde » pouvait avoir eu une raison bien précise de vouloir expédier Rosemary Barton *ad patres*. Il se pouvait qu'elle ait agi par intérêt — elle se voyait peut-être en Mrs Barton-bis. Il n'était pas exclu non plus qu'elle ait été sincèrement amoureuse de son patron. Quoi qu'il en soit, mobile il y avait.

Gardant ces considérations pour lui, il dit sans agressivité :

— J'imagine que vous avez conscience, George, d'avoir eu un excellent mobile vous-même.

— Moi ? se récria George, abasourdi.

— Souvenez-vous d'Othello et de Desdemone.

— Je vois ce que vous voulez dire. Mais... mais, entre Rosemary et moi, la situation était différente. J'étais fou d'elle, bien sûr, mais j'avais toujours su qu'il y aurait des choses auxquelles je... je devrais me résigner. Non qu'elle ne m'ait pas aimé : elle éprouvait pour moi de l'affection, de la tendresse même. Seulement il n'y a pas à se leurrer : je suis ennuyeux comme la pluie. Je n'ai rien d'un héros de roman. Et en tout cas, j'avais conscience, en l'épousant, que tout ne serait pas toujours rose. De son côté, elle avait eu la générosité de me prévenir. Quand c'est arrivé, ça m'a fait mal, bien sûr — mais de là à supposer que j'aie pu toucher à un seul de ses cheveux...

Il s'interrompit et poursuivit sur un ton changé :

— De toute façon, si j'étais coupable, pourquoi diable remuerais-je tout ça ? L'enquête a conclu au suicide, l'affaire est définitivement classée. Il faudrait que je sois fou à lier.

— Je ne vous le fais pas dire. C'est pourquoi je ne vous ai jamais réellement soupçonné, mon cher. Si, après un crime parfait, vous aviez reçu deux lettres de cet acabit, vous les auriez tranquillement jetées au feu et n'en auriez jamais soufflé mot. Cela nous ramène d'ailleurs au point que je considère comme le plus intéressant de toute cette histoire. Qui a écrit ces lettres ?

— Hein ? sursauta George. Je n'en ai pas la moindre idée.

— Le sujet ne semble pas avoir piqué votre curiosité. Ce n'est pas mon cas. C'est d'ailleurs la première question que je vous ai posée. Nous pouvons tenir pour établi que les lettres n'ont pas été écrites par le meurtrier. Pourquoi se serait-il coupé l'herbe sous le pied, alors que, comme vous l'avez souligné, l'affaire était enterrée et la thèse du suicide unanimement retenue. Qui peut bien avoir intérêt à faire resurgir cette affaire ?

— Les domestiques ? lâcha George sans conviction.

— C'est possible. Dans ce cas, lesquels, et que savent-ils ? Votre femme avait-elle une femme de chambre à qui elle faisait ses confidences ?

George eut un signe de dénégation :

— Non. À l'époque, nous avions une cuisinière, Mrs Pound, que nous avons d'ailleurs toujours, plus deux femmes de chambre. Elles nous ont quitté toutes deux. Elles ne sont pas restées très longtemps à notre service.

— Eh bien, Barton, si vous voulez mon avis — et je crois que c'est le cas —, vous devriez y réfléchir à deux fois. Rosemary est morte. Quoi que vous fassiez, vous ne lui rendrez pas la vie. Et si rien ne prouve qu'il y ait eu suicide, rien ne prouve non plus qu'il y ait eu meurtre. Admettons qu'elle ait bien été tuée. Souhaitez-vous sincèrement revenir sur le passé ? Cela pourrait entraîner une publicité extrêmement déplaisante, un lavage de linge sale en public, l'étalage au grand jour des frasques de votre femme...

George Barton tressaillit et s'interposa avec fougue :

— Vous croyez vraiment que je vais laisser un salopard s'en tirer comme ça ? Ce poseur de Farraday, avec ses discours pompiers et sa précieuse carrière... et qui n'est peut-être qu'un lâche assassin !

— Je tenais simplement à souligner les risques encourus.

— Je veux la vérité.

— Parfait. Dans ce cas, si j'étais à votre place, j'irais remettre ces lettres à la police. Ils seront probablement capables d'identifier leur auteur et de lui faire cracher le morceau. N'oubliez cependant pas qu'une fois que vous aurez lancé la machine, vous ne pourrez plus la stopper.

— Je n'irai pas trouver la police. Et si j'ai insisté pour m'entretenir avec vous, c'est que j'ai l'intention bien arrêtée de tendre un piège à l'assassin.

— Que diable voulez-vous dire ?

— Écoutez, Race. Je vais donner un dîner au *Luxembourg*. Je tiens à ce que vous y assistiez. Il y aura les mêmes invités : les Farraday, Anthony Browne, Ruth, Iris et moi. Tout est organisé.

— Et vous projetez de faire quoi ?

George eut un petit rire :

— Ça, c'est mon secret. Si je le disais à qui que ce soit — y compris à vous —, cela gâcherait tout. Je veux que vous veniez en témoin impartial et... et que vous voyiez ce qui va se passer.

Race se pencha vers son interlocuteur. Sa voix se fit tranchante :

— Je n'aime pas ça, George. Ces inventions grand-guignolesques puisées dans la littérature de bas étage ne marchent jamais dans la vie. Allez trouver la police, ils connaissent leur métier. Ils savent comment traiter ces questions. Ce sont des professionnels. Dans les affaires criminelles, les performances d'amateurs sont à déconseiller.

— C'est pourquoi je vous demande d'en être. Vous êtes tout sauf un amateur.

— Mon pauvre ami ! Sous prétexte que j'ai autrefois travaillé pour l'Intelligence Service ? Et puis, en tout état de cause, vous me laissez dans le brouillard.

— Je n'ai pas le choix.

Race secoua la tête :

— Je regrette. Mais c'est hors de question. Je désapprouve votre projet et je refuse d'y être mêlé. Laissez tomber, George, soyez raisonnable.

— Je ne laisserai pas tomber. D'ailleurs tout est déjà arrangé.

— Ne vous obstinez pas, bon sang ! J'en sais tout de même plus que vous sur la question. Je n'aime pas votre projet. Ça ne marchera pas. Il se peut même que ce soit dangereux. Avez-vous songé à ça ?

— Ce sera dangereux pour quelqu'un, et ça j'y compte bien.

Race poussa un soupir :

— Vous ne savez pas dans quoi vous mettez les pieds. Ne venez pas me reprocher après de ne pas vous avoir prévenu. Pour la dernière fois, je vous conjure de laisser tomber cette lubie de cinglé.

George Barton se contenta de secouer la tête.

5

Le 2 novembre, le jour se leva, humide et lugubre. Il faisait si sombre dans la salle à manger d'Elvaston Square que l'on dut allumer les lumières pour le petit déjeuner.

Contrairement à son habitude, Iris était descendue au lieu de se faire monter son café et ses toasts dans sa chambre. Très droite et blanche comme un linge, elle repoussait sa nourriture intacte sur le bord de son assiette. George feuilletait son *Times* d'une main fébrile. Et, à l'autre bout de la table, Lucilla Drake sanglotait dans son mouchoir :

— Je sens que ce pauvre petit va commettre un

acte irréparable. Il est d'une telle sensibilité... et il ne dirait pas qu'il s'agit d'une question de vie ou de mort si ce n'était pas le cas.

— Cessez de vous inquiéter, Lucilla, lança George sur un ton cinglant tout en froissant les pages de son journal. Je vous ai dit que j'allais régler la question.

— Je sais, je sais, mon cher George, vous êtes toujours si gentil. Mais le moindre retard risque d'avoir des conséquences tragiques. Toutes ces investigations que vous dites vouloir effectuer... cela va prendre du *temps*.

— Mais non, nous ferons au plus vite.

— Il a bien précisé : « sans faute pour le 3 », et demain nous *sommes* le 3. S'il arrivait malheur à mon fils chéri, jamais je ne me le pardonnerais !

— Il ne lui arrivera rien, dit George en avalant une rasade de café.

— Il me reste encore ces bons du Trésor...

— Je vous en prie, Lucilla, laissez-moi faire.

— Ne te fais pas de souci, tante Lucilla, intervint Iris. George va tout arranger. Après tout, ce ne sera pas la première fois que ça arrive.

— Cela fait une éternité que ça n'est pas arrivé (« Trois mois », précisa George, à part lui), pas depuis que le pauvre petit s'est fait escroquer par ces affreux bandits dans ce ranch effroyable.

George s'essuya la moustache, se leva et, avant de sortir, s'arrêta au passage pour administrer une tape affectueuse dans le dos de Mrs Drake :

— Un sourire, très chère ! Je vais dire à Ruth de câbler sur-le-champ.

Iris le rejoignit alors qu'il passait dans le vestibule :

— George, vous ne croyez pas qu'il vaudrait mieux annuler le dîner de ce soir ? Tante Lucilla est dans tous ses états. Est-ce que nous ne ferions pas mieux de rester à la maison et de lui tenir compagnie ?

— Il n'en est pas question !

De rose, le visage de George était passé au violet :

— Pourquoi laisserions-nous cet ignoble petit aigrefin bouleverser nos existences ? C'est du chantage, du chantage pur et simple, qu'il fait là. Si je m'écoutais, il ne recevrait pas un sou.

— Tante Lucilla ne serait pas d'accord.

— Lucilla est une gourde — et l'a toujours été. Ces femmes qui ont des enfants après quarante ans n'ont pas pour deux sous de bon sens. Elles gâtent leurs marmots dès le berceau en leur passant tous leurs caprices. Si on avait dit ne fût-ce qu'une fois au jeune Victor de se dépêtrer par ses propres moyens, on aurait peut-être fait de lui quelqu'un de convenable. Et surtout ne discute pas, Iris. Je vais faire en sorte que l'affaire soit réglée avant ce soir, comme ça Lucilla pourra se coucher en paix. Et s'il le faut, nous l'emmènerons avec nous.

— Oh, non, elle déteste les restaurants, la pauvre chérie, et elle tombe toujours de sommeil. Et puis elle ne supporte pas la chaleur, et la fumée lui donne de l'asthme.

— Je sais. Je ne parlais pas sérieusement. Retourne auprès d'elle, Iris, et tâche de lui remonter le moral. Répète-lui que tout va s'arranger.

Il se dirigea vers la porte et sortit. Iris regagnait la salle à manger lorsque le téléphone se mit à sonner. Elle alla répondre :

— Allô ? Qui est à l'appareil ?

Son visage changea. De blanc et morne, il devint tout illuminé de plaisir :

— Anthony !

— Anthony en personne. Je vous ai appelée hier soir, mais je n'ai pas pu vous avoir. Vous avez travaillé George au corps ?

— Que voulez-vous dire ?

— Qu'il a fait des pieds et des mains pour que j'accepte son invitation à votre petite fête de ce soir. Tout le contraire du style « touche pas à ma pupille chérie » qui lui est habituel. Il a positivement insisté pour que je vienne. Je me suis dit que c'était peut-être le résultat d'une habile manœuvre de votre part.

— Non... non... ça n'a rien à voir avec moi.

— Revirement personnel, dans ce cas ?

— Pas exactement. C'est...
— Allô ?... Vous êtes toujours là ?
— Oui, je suis là.
— Vous allez dire quelque chose. Qu'est-ce qui vous arrive, ma chérie ? Je vous entends soupirer à l'autre bout du fil. Qu'est-ce qui ne va pas ?
— R... rien du tout. Je serai mieux demain. Demain, tout ira bien.
— Quel touchant optimisme. Ne dit-on pas que : « Demain veut dire jamais » ?
— Taisez-vous, Tony.
— Iris, est-ce qu'il y a vraiment quelque chose qui ne va pas ? insista-t-il.
— Non, rien. Je ne peux pas vous le dire. J'ai promis.
— Dites-moi ce que c'est, mon ange.
— Non... je ne peux vraiment pas. Anthony, je... Si je vous posais à mon tour une question, vous y répondriez ?
— Dans la mesure du possible, oui.
— Avez-vous jamais été... amoureux de Rosemary ?
Un court silence, suivi d'un éclat de rire :
— C'était donc ça ! Oui, Iris, j'ai été un peu amoureux de Rosemary. Elle était ravissante, vous savez. Et puis un jour que je lui parlais, je vous ai vue descendre l'escalier — et soudain, ç'a été fini, balayé, oublié. Il n'y avait plus que vous au monde. Je vous jure que c'est la vérité. Ne ruminez pas ça. Rappelez-vous que même Roméo avait eu sa Rosalinde avant d'être tourneboulé pour de bon par Juliette.
— Merci, Anthony. Je suis bien contente.
— À ce soir. C'est votre anniversaire, non ?
— En fait, ça n'est pas avant une semaine... mais on le fête ce soir.
— Vous n'avez pas l'air très emballée.
— C'est vrai.
— J'imagine que George sait ce qu'il fait, mais quelle idée saugrenue de le fêter à l'endroit précis où...

— Oh, je suis retournée plusieurs fois au *Luxembourg* depuis... depuis que Rosemary... Je veux dire, ça n'est pas facile d'échapper à ce restaurant.

— Non, et c'est aussi bien. J'ai un cadeau d'anniversaire pour vous, Iris. J'espère qu'il vous plaira. À ce soir.

Il raccrocha.

Iris retourna auprès de sa tante, afin de bavarder avec elle et de la rassurer.

Sitôt arrivé à son bureau, George fit demander Ruth Lessing.

Rien qu'à voir entrer la jeune femme calme et souriante dans son impeccable tailleur noir, il se dérida quelque peu.

— Bonjour, monsieur.

— Bonjour, Ruth. De nouveaux embêtements. Lisez ceci.

Elle prit le câblogramme qu'il lui tendait.

— Victor Drake remet ça !

— Oui, l'enfant de salaud !

Le câblogramme à la main, Ruth resta un moment silencieuse. Un visage mince et bronzé, avec une myriade de petites rides autour du nez quand il riait. Une voix moqueuse qui disait : « du genre à finir par épouser le patron... » Avec quelle netteté elle se remémorait tout ça !

« Comme si ça datait d'hier », songea-t-elle.

La voix de George la rappela à la réalité :

— Ça ne doit pas faire loin d'un an que nous l'avons expédié là-bas, non ?

Elle réfléchit :

— Quelque chose comme ça, oui. En fait, je crois bien que c'était le 27 octobre.

— Quelle fille extraordinaire vous faites ! Quelle mémoire !

Elle se dit qu'elle avait de bien meilleures raisons de se souvenir de cette date qu'il ne l'imaginait. N'était-ce pas sous l'influence toute fraîche de Victor Drake qu'en entendant la voix insouciante de Rosemary au téléphone elle avait admis qu'elle haïssait la femme de son patron ?

— Encore heureux, fit George, qu'il y soit resté tout ce temps. Même si ça nous a coûté cinquante livres il y trois mois.

— Trois cents cette fois-ci, ça me paraît exorbitant.

— Et comment ! Nous serons loin du compte. Et nous ne lui enverrons rien sans les investigations d'usage.

— Je ferais bien de contacter Mr Ogilvie.

Alexander Ogilvie était leur agent à Buenos Aires.

— Oui, câblez-lui tout de suite. Pour ne pas changer, la mère de Victor est dans tous ses états. Au bord de la crise de nerfs. Ce qui nous complique la vie pour la fête de ce soir.

— Voulez-vous que j'aille lui tenir compagnie ?

— Non, refusa-t-il avec véhémence. Il n'en est pas question. Si quelqu'un doit être là, c'est bien vous. J'ai besoin de vous, Ruth, soupira-t-il en lui prenant la main. Vous êtes trop altruiste.

— Je ne le suis pas le moins du monde.

Elle proposa avec un sourire :

— Cela vaut-il la peine que j'essaie d'avoir Mr Ogilvie au bout du fil ? Nous pourrions peut-être tout régler avant ce soir.

— Excellente idée. Qui vaut largement la dépense.

— Je m'en occupe tout de suite.

Elle dégagea doucement sa main et s'éclipsa.

George régla diverses affaires qui réclamaient ses soins.

À midi et demi, il quitta son bureau et se fit conduire en taxi jusqu'au *Luxembourg*.

Courbant sa tête de monarque, Charles, le roi des maîtres d'hôtel, vint à sa rencontre, un sourire de bienvenue aux lèvres :

— Bonjour, Mr Barton.

— Bonjour, Charles. Tout est prêt pour ce soir ?

— Je crois que Monsieur sera satisfait.

— La même table ?

— La table du milieu, dans la loggia, c'est bien cela, n'est-ce pas ?

— Oui... et vous avez bien compris pour le couvert supplémentaire ?

— Tout est prévu.

— Et vous avez pu vous procurer le... le romarin ?

— Oui, Mr Barton. Mais je crains que cela ne soit pas très décoratif. Vous n'aimeriez pas que nous y mêlions un peu de houx... ou bien encore quelques chrysanthèmes ?

— Non, non, rien que du romarin.

— Parfait, monsieur. Vous devez souhaiter superviser le menu. Giuseppe !

D'un claquement de doigts, Charles fit surgir un souriant petit Italien entre deux âges :

— Le menu pour Mr Barton.

Le menu fut aussitôt présenté :

Huîtres, Consommé, Sole Luxembourg, Grouse, Foies de Volaille au Bacon, Poires Belle Hélène.

George le parcourut d'un œil distrait :

— Oui, oui, parfait.

Il le rendit. Charles l'escorta jusqu'à la porte. Baissant un peu la voix, il chuchota :

— Puis-je me permettre de vous dire, Monsieur, combien nous sommes honorés de vous... euh... de vous voir revenir dans notre établissement.

Un sourire, un sourire affreux à voir, se dessina sur les lèvres de George.

— Il faut oublier le passé, dit-il. Tirer un trait dessus. Ce qui est fini est fini.

— Ce n'est que trop vrai, Mr Barton. Vous savez combien nous avons été peinés, à l'époque. J'espère que Mademoiselle aura une très heureuse fête d'anniversaire et que tout sera à votre convenance.

Après s'être incliné avec grâce, Charles s'éloigna et fonça telle une libellule en colère sur un larbin qui venait de commettre un impair à une table proche de la fenêtre.

George sortit, un sourire contraint aux lèvres. Il avait trop peu d'imagination pour ressentir une quelconque animosité envers le *Luxembourg*. Ce n'était après tout pas la faute du *Luxembourg* si Rosemary avait décidé de s'y suicider ou si quelqu'un avait choisi de l'y assassiner. Ç'avait même été, à tout prendre, assez moche vis-à-vis du *Luxembourg*. Comme tous les gens qui ont une idée fixe, George était obnubilé par cette idée-là.

Il déjeuna à son club, puis se rendit à un conseil d'administration.

Sur le chemin du bureau, il s'arrêta dans une cabine publique pour appeler un numéro à Maida Vale. Il en ressortit avec un soupir de soulagement. Tout marchait selon ses vœux.

Il revint au bureau.

Ruth se montra aussitôt :

— C'est au sujet de Victor Drake.

— Oui ?

— Je crains qu'il ne s'agisse d'une sale affaire. Il risque des poursuites judiciaires. Il a puisé dans la caisse de sa firme pendant un bon bout de temps.

— C'est Ogilvie qui vous a dit ça ?

— Oui. J'ai réussi à le joindre au téléphone en fin de matinée, et il vient de nous rappeler il y a dix minutes. Il prétend que Victor s'est comporté avec un culot fou.

— Je le crois sans peine !

— Mais il affirme que, sous réserve de restitution, plainte ne sera pas déposée. Mr Ogilvie a contacté l'associé principal de la firme en question et cela semble exact. La somme à rembourser s'élève à cent soixante-cinq livres.

— Alors, comme ça, maître Victor espérait empocher cent trente-cinq livres de cette transaction ?

— Ça m'en a tout l'air.

— Eh bien, ce sera toujours ça d'économisé ! dit George avec satisfaction.

— J'ai pris sur moi de dire à Mr Ogilvie de régler l'affaire. Ai-je bien fait ?

— Personnellement, je serais ravi de savoir cette jeune crapule en prison, mais il faut penser à sa mère. Une dinde, mais un cœur d'or. Somme toute, maître Victor nous a eus, une fois de plus !

— Ce que vous pouvez être bon ! s'extasia Ruth.
— Bon, moi ?
— Oui, pour moi vous êtes l'homme le meilleur au monde.

Il fut touché. Il se sentait ravi et gêné tout à la fois. Cédant à une impulsion, il saisit la main de la jeune femme et la porta à ses lèvres :

— Très chère Ruth. La plus chère et la meilleure de mes amies. Que serais-je devenu sans vous ?

Ils étaient debout, tout proches l'un de l'autre.

« J'aurais pu être heureuse avec lui, songeait-elle. Et j'aurais pu le rendre heureux. Si seulement je n'avais pas... »

« Est-ce que je ne devrais pas suivre les conseils de Race ? songeait-il. Est-ce que je ne ferais pas mieux de renoncer ? Est-ce que ça ne serait pas la meilleure chose à faire ? »

Mais son indécision fut de courte durée.

— 9 h 30 au *Luxembourg*, dit-il.

6

Ils étaient tous venus.

George poussa un soupir de soulagement. Jusqu'au bout, il avait redouté une défection de dernière minute — mais ils étaient tous là. Stephen Farraday, grand et guindé, qui faisait son important. Sandra Farraday, vêtue d'une austère robe de velours noir, un collier d'émeraudes au cou. Cette femme avait de la classe, c'était indéniable. Elle affichait le plus grand naturel, se montrait même plus affable, s'il se peut, qu'à son habitude. Ruth était en noir, elle aussi, avec pour tout bijou un clip ouvragé. Ses cheveux lisses, aile de corbeau, étaient quasi plaqués sur son crâne, et son cou et ses bras étaient très blancs, plus blancs que ceux des autres femmes. Ruth travaillait, et les loisirs lui manquaient pour se faire bronzer au soleil.

Les yeux de George rencontrèrent ceux de la jeune femme et, y lisant son anxiété, elle le tranquillisa d'un sourire. Le cœur de George bondit dans sa poitrine. Loyale Ruth ! À côté de lui, Iris se montrait anormalement silencieuse. Elle était la seule, semblait-il, à se rendre compte qu'il ne s'agissait pas d'un dîner d'anniversaire ordinaire. Elle était pâle, mais cette pâleur après tout lui allait, lui conférait une sorte de beauté grave et sereine. Elle portait une stricte robe droite vert mousse. Anthony Browne arriva bon dernier, et George nota sa démarche feutrée de félin : une panthère ou un léopard. Ce type avait quelque chose d'indompté.

Ils étaient tous là — prisonniers du piège de George. La pièce pouvait commencer...

Ils burent quelques cocktails. Puis ils se levèrent et, passant sous l'arc de voûte, gagnèrent la salle de restaurant proprement dite.

Couples enlacés, jazz-band en sourdine, garçons véloces et empressés.

Charles vint les accueillir et, tout sourire, les pilota jusqu'au fin fond de la salle. Là s'ouvrait une loggia qui abritait trois tables — une grande au centre et deux plus petites, pour deux, placées de chaque côté. Un étranger au teint olivâtre, flanqué d'une jolie blonde, occupait l'une ; un tout jeune couple, l'autre. La table du milieu avait été réservée pour les Barton.

George assigna sa place à chacun avec bonne humeur :

— Sandra, mettez-vous à ma droite. Browne, à côté d'elle. Iris, ma chérie, c'est ton anniversaire. Tu vas t'asseoir à ma gauche. Mr Farraday viendra ensuite. Et enfin vous, Ruth...

Il s'interrompit : entre Ruth et Anthony, une chaise restait vide, la table ayant été dressée pour sept :

— Mon ami Race sera sans doute en retard. Il

nous prie de ne pas l'attendre. Il finira bien par arriver. Je me réjouis que vous fassiez sa connaissance : c'est un type extraordinaire, qui a roulé sa bosse aux quatre coins du globe et n'a pas son pareil pour raconter des histoires.

En s'asseyant, Iris sentit la rage l'envahir. George avait fait exprès — exprès de la séparer d'Anthony. Ruth aurait dû occuper sa place à elle, à la gauche de l'amphitryon. Ainsi donc, George persistait dans son aversion et sa méfiance à l'égard d'Anthony.

Elle osa un regard furtif de l'autre côté de la table. Anthony fronçait les sourcils. Il ne lui rendit pas son regard, tourna la tête et jeta un rapide coup d'œil à la chaise inoccupée à côté de lui :

— Je suis ravi que vous attendiez un autre homme, Barton. Il se peut que je sois obligé de vous quitter d'assez bonne heure. Cas de force majeure. Je viens de me casser le nez ici sur un type que je connais.

George lui sourit :

— Vous travaillez pendant vos heures de loisir ? Vous êtes trop jeune pour ça, Browne ! À propos, je n'ai jamais très bien saisi ce que vous faisiez au juste !

Il y avait par hasard un trou dans la conversation. La réponse plutôt fraîche d'Anthony n'en fut que davantage remarquée :

— Je donne dans le crime organisé, Barton, c'est ce que je dis toujours quand on me pose la question. Vols qualifiés. Carambouilles à grande échelle. Cambriolages de particuliers.

— Vous n'œuvreriez pas plutôt dans le trafic d'armes, Mr Browne ? enchaîna Sandra en riant. De nos jours, les magnats de l'armement ont invariablement le rôle du Méchant.

Iris vit les yeux d'Anthony s'élargir de stupeur. Pourtant ce fut d'un ton badin qu'il répondit :

— Il ne faut pas vendre la mèche, lady Alexandra, c'est ultra-secret. Les murs ont des oreilles. Les espions ennemis sont partout.

Il hocha la tête d'un air exagérément solennel.

Ils avaient fini les huîtres et le garçon ôta les assiettes. Stephen demanda à Iris si elle voulait danser.

Peu après, tous furent sur la piste. L'atmosphère s'était détendue.

Bientôt vint le tour pour Iris d'avoir Anthony pour cavalier.

— C'est moche de la part de George de nous avoir séparés, souffla-t-elle.

— C'est une attention délicate, au contraire ! Ça me donne tout loisir de vous admirer.

— Vous n'allez pas nous quitter de bonne heure ?

— J'ai bien peur que si... Vous saviez que le colonel Race devait venir ?

— Non, je n'en avais pas la moindre idée.

— Bizarre, tout ça.

— Vous le connaissez ? Mais oui, vous me l'avez dit l'autre jour. Quel genre d'homme est-ce ?

— Personne ne le sait au juste.

Ils regagnèrent la table. Au fur et à mesure que la soirée s'avançait, l'atmosphère, qui s'était détendue, semblait de nouveau se charger d'électricité. Les nerfs étaient à vif. Seul l'hôte arborait une mine joviale et un air détaché.

Iris le vit consulter sa montre.

Et soudain un roulement de tambour retentit, les lumières s'éteignirent. Un plateau monta du plancher au milieu de la salle. Chacun tourna sa chaise. Trois garçons et trois filles exécutèrent un numéro de danse. Un imitateur enchaîna qui reproduisait les bruits les plus divers : locomotive, rouleau compresseur, avion, machine à coudre, vache asthmatique. Il fit un triomphe. Lenny et Flo suivirent dans une exhibition acrobatique qui tenait moins du ballet que du trapèze volant. Leur performance fut saluée par une salve d'applaudissements. Pour conclure, les trois garçons et les trois filles firent une ultime apparition.

Les lumières revinrent. On cligna des paupières.

Chacun, à la table, se sentit soulagé d'un poids.

Comme s'ils avaient inconsciemment redouté quelque chose, qui ne s'était pas produit. Dans un passé pas si lointain, le retour des lumières avait coïncidé avec la découverte d'un cadavre écroulé en travers de la table. Il semblait désormais bel et bien relégué dans l'oubli, ce passé-là. Le spectre de la tragédie d'il y avait un an s'était enfin dissipé.

Sandra, très animée, se tourna vers Anthony. Stephen se lança dans une conversation avec Iris, et Ruth se pencha pour mieux tendre l'oreille. Seul George, immobile sur son siège, regardait fixement la chaise vide en face de lui. Le couvert était mis. La coupe de champagne remplie. D'une seconde à l'autre, quelqu'un pouvait arriver, s'asseoir sur cette chaise...

Un coup de coude d'Iris le ramena à la réalité :

— Revenez sur terre, George. Venez danser. Vous n'avez pas encore dansé avec moi.

Il s'arracha à sa torpeur, sourit à sa belle-sœur et leva son verre :

— Portons d'abord un toast... à la jeune fille dont nous célébrons l'anniversaire. Iris Marle, tous mes vœux de prospérité !

Ils burent en riant, puis se levèrent tous pour aller danser, George avec Iris, Stephen avec Ruth, Anthony avec Sandra.

L'orchestre jouait un air de jazz entraînant.

Bavardant et riant, ils reprirent bientôt leur place autour de la table.

C'est alors que George réclama le silence :

— J'aimerais vous demander à tous une faveur. Voici un an, nous étions réunis ici pour une soirée qui s'est terminée tragiquement. Loin de moi l'idée de réveiller un passé douloureux, mais je ne voudrais pas non plus que Rosemary soit complètement oubliée. Je vous invite à boire à sa mémoire, par respect pour son souvenir.

Il leva sa coupe. Tous l'imitèrent. Leurs visages étaient autant de masques exprimant une politesse glacée.

— À la mémoire de Rosemary ! lança George.

Ils portèrent les coupes à leurs lèvres. Et ils burent.

Un moment s'écoula, puis George chancela et s'effondra sur sa chaise. Ses mains se portèrent à son cou qu'il étreignit convulsivement. Il suffoquait et son visage tourna au pourpre.

Mourir lui prit une minute et demie.

Troisième Partie

IRIS

*« Car je m'imaginais que les morts dorment en paix,
Mais tel n'est pas le cas... »*

1

Le colonel Race franchit les portes de Scotland Yard, remplit la fiche d'identité qu'on lui tendait et ne tarda pas à être admis dans le bureau de l'inspecteur Kemp dont il serra la main.

Les deux hommes se connaissaient bien. Kemp n'était pas sans rappeler l'illustre vétéran Battle. Ayant travaillé de nombreuses années sous ses ordres, il avait, sans doute inconsciemment, adopté bon nombre de ses attitudes, voire de ses manies. Comme lui, il donnait l'impression d'avoir été sculpté dans un tronc d'arbre — mais alors que Battle semblait taillé dans du teck ou du chêne, l'inspecteur Kemp était d'un bois plus sophistiqué — l'acajou, ou encore ce bon vieux palissandre, tellement à la mode autrefois.

— C'est très aimable à vous, colonel, de nous avoir téléphoné, dit Kemp. Votre concours nous sera précieux dans cette affaire.

— Laquelle semble avoir été placée entre des mains expertes, observa Race.

Kemp n'eut pas la modestie de se récrier. Il admettait comme un fait indubitable que seuls lui échoient les cas extrêmement délicats, de suprême importance ou susceptibles d'un grand retentissement :

— Il s'agit du clan Kidderminster. Vous pouvez imaginer qu'il nous faille mettre des gants.

Race opina du bonnet. Il avait rencontré lady Alexandra Farraday à plusieurs reprises. Une de ces femmes posées, à la réputation inattaquable dont il était inimaginable qu'elle soit associée à un quelconque scandale. Il l'avait entendue prendre la parole au cours de réunions publiques : dépourvue d'éloquence, elle s'exprimait cependant avec clarté et compétence, maîtrisait invariablement son sujet et possédait une diction irréprochable.

Le genre de femme dont la vie publique s'étale dans les journaux mais dont la vie privée n'est jamais évoquée.

Et pourtant, se disait-il, ces femmes-là ont une vie privée comme tout un chacun. Elles connaissent le désespoir, l'amour et les affres de la jalousie. Elles sont capables de perdre leur sang-froid et de risquer jusqu'à leur vie dans un élan de passion.

Il émit cette singulière hypothèse :

— Supposons que ce soit elle qui ait fait le coup, Kemp !

— Lady Alexandra ? Vous n'êtes pas sérieux ?

— Je disais ça en l'air. Mais admettons que ce soit elle. Ou bien son mari, qui lui aussi bénéficie de la couverture Kidderminster.

Les yeux vert d'eau de l'inspecteur Kemp soutinrent sans ciller le regard noir de Race :

— Si l'un des deux est le meurtrier, nous ferons de notre mieux pour le faire pendre. Ça, vous le savez très bien. Dans ce pays, pas plus l'intimidation que les appuis ne peuvent jouer en faveur des assassins. Mais nous devrons avancer des preuves irréfutables — la justice ne plaisante pas avec ça.

Race hocha la tête.

— Et si nous en venions aux faits ? proposa-t-il.

— George Barton a été victime d'un empoisonnement à l'acide cyanhydrique — tout comme sa femme, un an plus tôt. Vous étiez présent dans la salle de restaurant, n'est-ce pas ?

— Oui. Barton m'avait invité à me joindre à sa « fête ». J'avais refusé. Je désapprouvais son projet. J'avais d'ailleurs tenté de l'en dissuader et insisté pour qu'il s'adresse, dans la mesure où il se posait des questions sur la mort de sa femme, à l'autorité la plus compétente — à savoir vous.

Kemp manifesta son approbation :

— C'est, en effet, ce qu'il aurait dû faire.

— Il n'en a pas moins persisté dans son idée de tendre un piège à l'assassin. Piège dont il a refusé de me révéler la nature. Tout cela me plaisait si peu que je me suis rendu incognito au *Luxembourg* hier soir pour avoir l'œil sur ce qui allait se passer. Afin de ne pas me faire remarquer, j'avais opté pour une table assez reculée. Hélas, je ne peux rien vous dire, car je n'ai rien remarqué d'anormal. Les serveurs et les convives de Barton ont été les seuls à s'approcher de la table ronde.

— Ce qui réduit notre champ d'investigations, fit Kemp. L'assassin est soit l'un des invités, soit le garçon, Giuseppe Bolsano. Je l'ai reconvoqué ce matin en me disant que vous aimeriez l'interroger, mais j'ai du mal à croire qu'il soit dans le coup. Cela fait une douzaine d'années qu'il travaille au *Luxembourg*, il a bonne réputation, il est marié, père de trois enfants et son passé est sans histoire. Les clients en ont toujours été satisfaits.

— Nous en revenons donc aux invités.

— Oui. Ceux-là même qui étaient présents lorsque Mrs Barton est morte.

— Votre avis sur la question, Kemp ?

— Je me suis replongé dans le dossier et pour moi il ne fait pas de doute que les deux cas sont liés. C'est Adams qui avait mené l'enquête. Il ne s'agissait pas de ce qu'on pourrait appeler un suicide irréfutable, mais la thèse du suicide était la plus plausible et, faute de preuve concrète accréditant le meurtre, les conclusions sont allées dans ce sens. Il n'y avait pas d'autre solution. Comme vous le savez bien, nos archives regorgent d'affaires de ce type. Suicide avec un point d'interrogation. Si le public ignore le point d'interrogation, nous, en revanche, nous le gardons à l'esprit. Et il n'est pas rare que nous poursuivions l'affaire en douce. Il arrive parfois que nous levions un lièvre. Il peut arriver aussi que nous fassions chou blanc — ce qui s'est produit dans le cas qui nous occupe.

— Jusqu'à hier.

— Jusqu'à hier, répéta Kemp. Quelqu'un a fourré dans le crâne de Barton que sa femme avait été assassinée. Il s'est mis en campagne et a clamé à tous les échos qu'il était sur la bonne piste. Que ce soit vrai ou non, je n'en sais rien. Dans tous les cas, le meurtrier l'a pris au sérieux. Il a paniqué et supprimé Mr Barton. Voilà, autant que je puisse voir, la façon dont les choses ont dû se passer. Vous n'êtes pas de mon avis ?

— Si, tout à fait. Votre interprétation me paraît plausible. En revanche, pour ce qui est du « piège », Dieu seul sait en quoi il consistait... J'ai remarqué une chaise vide à la table. Peut-être était-elle destinée à quelque témoin-surprise. En tout cas, la mécanique a fonctionné plus brutalement que prévu. Le coupable — mâle ou femelle — a eu si peur qu'il n'a pas attendu que ledit piège se referme sur lui.

— En somme, pour ce qui est du coupable, nous avons cinq candidats à passer sur le gril, fit Kemp. Sans compter qu'il nous faut reprendre la première enquête — celle qui concerne la mort de Mrs Barton.

— Vous êtes définitivement convaincu qu'elle ne s'est *pas* suicidée ?

— Ce dernier crime semble le prouver. Mais qu'on ne vienne pas nous blâmer d'avoir retenu, à l'époque, la thèse du suicide comme la plus vraisemblable. Elle était fondée sur un certain nombre de faits patents.

— « Dépression nerveuse consécutive à une forte grippe ? »

Le visage impassible de Kemp afficha un semblant de sourire :

— Cette conclusion, c'était pour l'instruction. Prise en accord avec le médecin légiste, elle ménageait les susceptibilités. C'est une pratique courante. Mais il y avait également la fameuse lettre inachevée, adressée à sa sœur et où elle donnait des instructions sur la façon de distribuer ses affaires personnelles — ce qui semblait tout de même bien indiquer que Mrs Barton songeait à mettre fin à ses jours. La malheureuse était déprimée, ça ne fait pas l'ombre d'un doute. Quand les hommes se suicident, c'est généralement pour des histoires d'argent. Les femmes, elles, se tuent neuf fois sur dix pour des affaires de cœur.

— Vous saviez donc que Mrs Barton avait une liaison ?

— Oui, nous l'avons appris très vite. Ils avaient donné dans la discrétion, mais ça n'a quand même pas été sorcier à découvrir.

— Stephen Farraday ?

— Oui. Ils se retrouvaient dans un petit appartement du côté d'Earl's Court. Ça durait depuis plus de six mois. Mettons qu'ils se soient disputés pour une raison quelconque ou bien qu'il ait voulu rompre... elle n'aurait pas été la première à se donner la mort par désespoir.

— En absorbant du cyanure en plein restaurant ?

— Pourquoi pas, si elle avait un penchant pour le mélodrame et si elle voulait le faire sous ses yeux. Il y a des gens qui raffolent de l'ostentatoire. D'après les renseignements glanés sur son compte, le respect des convenances n'était guère son souci premier. Les précautions, c'était lui qui les prenait.

— Sa femme était au courant ?

— Autant que nous puissions en juger, elle ignorait tout.

— Rien ne le prouve, Kemp, protesta Race. Elle n'est pas du genre à porter son cœur en bandoulière.

— Je vous l'accorde. Comptons-les tous les deux au nombre des coupables possibles. Elle, par jalousie. Lui, pour sa carrière. Un divorce aurait tout balayé. Non que le divorce signifie encore grand-chose de nos jours. Mais, dans ce cas précis, il aurait révélé une faille au sein du clan Kidderminster.

— Quid de la secrétaire ?

— Elle fait partie des suspects. Elle pouvait avoir

le béguin pour George Barton. Au bureau, ils s'entendaient comme larrons en foire et on y chuchote qu'elle avait des vues sur lui. Figurez-vous qu'hier après-midi, l'une des standardistes avait commis l'imprudence de se lancer dans une imitation de Barton occupé à étreindre les mains de Ruth Lessing et à lui susurrer qu'il ne pourrait se passer d'elle. Manque de chance, miss Lessing débarque au milieu de tout ça et flanque illico la fille à la porte avec un mois de salaire. Bizarre de prendre la mouche à ce point-là.

« Pendant que nous y sommes, nous avons encore la jeune sœur, qui encaisse le pactole — il ne faudrait pas non plus négliger cette piste-là. Elle a tout de la gamine bien gentille, mais sait-on jamais. Et puis n'oublions pas non plus l'autre soupirant de Mrs Barton.

— Je serais curieux d'apprendre ce que vous savez de lui.

— Remarquablement peu de chose, et, de surcroît, rien de très positif. C'est un citoyen américain — son passeport est en règle —, mais en dehors de ça nous n'avons rien pu découvrir sur son compte, ni en bien ni en mal. Il a débarqué en Angleterre, a établi ses pénates au *Claridge* et s'est débrouillé pour entrer en relation avec lord Dewsbury.

— Il s'agirait d'un personnage douteux, d'après vous ?

— Pas impossible. Lord Dewsbury ne jure plus que par lui et lui a demandé de rester dans son sillage. Or, comme par un fait exprès, le bonhomme traverse une passe difficile.

— Dewsbury est un gros fabricant d'armes, commenta Race. Et il a eu une fichue série de pépins lors des essais de ses nouveaux chars d'assaut, c'est bien ça ?

— Oui. Browne s'est présenté à lui en tant qu'expert en armement. Et c'est tout juste après une de ses visites aux usines que — faut-il voir là une relation de cause à effet ? — cette vilaine histoire de sabotage a éclaté. Browne a fait la connaissance de tous les proches de Dewsbury et il fréquente assidûment ce qui, de près ou de loin, touche le monde de l'armement. Résultat : on lui a montré un tas de machins que, si vous voulez mon avis, il n'aurait jamais dû voir. Et dans plusieurs cas, il y a eu de sérieux problèmes peu de temps après son passage.

— Il vous intéresse apparemment beaucoup, cet Anthony Browne ?

— Oui. Il semble avoir beaucoup de charme et ne pas hésiter à en jouer à l'occasion.

— Comment a-t-il rencontré Rosemary Barton ? George Barton n'a jamais rien eu à voir avec le milieu de l'armement, que je sache ?

— Non. N'empêche qu'ils étaient tout ce qu'il y a d'intimes. Et il se peut qu'il se soit laissé aller à des confidences avec elle. Vous-même, colonel, savez mieux que quiconque de quoi une jolie femme est capable...

Race ne s'offusqua pas des propos de l'inspecteur, qui se référait au service de contre-espionnage qu'il avait jadis dirigé et non pas, comme un non-initié aurait pu le croire, à un quelconque écart de conduite de sa part.

Après un silence, il s'enquit :

— Avez-vous jeté un œil sur les lettres que George Barton a reçues ?

— Bien entendu. Je les ai récupérées à son domicile cette nuit même. Elles m'ont été remises par miss Marle.

— Savez-vous que ces lettres m'intéressent bougrement, Kemp ? Qu'a révélé l'expertise ?

— Papier bon marché, encre ordinaire... On a relevé les empreintes digitales de George Barton et d'Iris Marle, plus une foultitude de traces de doigts sur l'enveloppe : employés de la poste, etc. Selon les experts, l'écriture, régulière et bien formée, indique que leur auteur avait un bon niveau d'instruction et était en excellente santé.

— Bon niveau d'instruction ? Alors cela exclut les domestiques...

— Sans aucun doute.

— Voilà qui rend les choses encore plus passionnantes.

— Conclusion : Barton n'était pas le seul à avoir des soupçons. Il y avait quelqu'un d'autre dans le même cas.

— Oui. Quelqu'un qui n'a pas non plus contacté la police. Quelqu'un qui était prêt à conforter les soupçons de Barton mais qui n'a pas été plus loin. Un détail me gêne, Kemp. Barton n'aurait-il pas pu s'adresser ces lettres à lui-même ? Qu'en dites-vous ?

— Il aurait pu. Mais dans quel but ?

— Comme prélude à son propre suicide — suicide qu'il voulait maquiller en assassinat.

— Histoire d'envoyer Stephen Farraday à la potence ? C'est une idée, mais auparavant il devait être sûr que tout désignerait Farraday comme l'assassin. Or, ce n'est pas le cas. Nous n'avons rien contre lui.

— Et le cyanure, dans quoi l'a-t-on retrouvé ?

— Dans un petit sachet de papier blanc, sous la table. Il y avait des traces de cristaux. Aucune empreinte. Dans un roman policier, il va de soi qu'on n'aurait pas manqué de retrouver un papier spécial, plié d'une certaine manière. Ah ! je ne serais pas mécontent d'indiquer à ces pisseurs de copie policière le b-a ba de la routine. Ils auraient vite fait d'apprendre que les indices sont peu révélateurs et que les témoins n'ont jamais rien vu.

Race sourit :

— Vous n'y allez pas de main morte ! Est-ce que quelqu'un a remarqué quelque chose, au cours de la soirée ?

— C'est à ça que je vais m'atteler aujourd'hui. Hier soir, après avoir enregistré la brève déposition des divers témoins et raccompagné miss Marle chez elle, je me suis borné à jeter un coup d'œil dans les papiers de Barton. Dans les heures qui viennent, je vais m'employer à recueillir les déclarations complètes des invités ainsi que celles des autres dîneurs de la loggia — les couples qui occupaient respectivement les deux petites tables encadrant la ronde.

Il fouilla dans ses papiers.

— Tenez, voilà leurs noms : Gerald Tollington, grenadier de la Garde Royale et l'honorable Patricia Brice-Woodworth. Deux fiancés de fraîche date. Ces deux-là, je parie qu'ils n'ont rien vu ; ils ont passé la soirée à se regarder dans les yeux. Ensuite Mr Pedro Morales — une espèce de rastaquouère originaire d'outre-Atlantique, olivâtre jusqu'au blanc de l'œil —, flanqué de miss Christine Shannon — prototype de la blonde aguichante bien décidée à éponger un milliardaire — et cette chercheuse d'or-là, je parie également qu'elle n'aura rien vu. Elle ne comprend rien à rien — sauf s'il y a de l'argent à la clé. Il y a une chance sur cent pour qu'aucun de ces gens n'ait rien remarqué, ce qui ne m'a pas empêché — sait-on jamais ? — de relever leurs noms et leurs adresses. On va commencer par Giuseppe, le serveur. Il vient d'arriver. Je vais demander qu'on le fasse entrer.

2

Giuseppe Bolsano était un petit bout d'homme entre deux âges. Nerveux mais sans excès, il avait un visage expressif et semblait malin comme un singe. S'il parlait couramment anglais, avait-il tenu à préciser non sans emphase, c'est parce qu'il vivait en Angleterre depuis l'âge de seize ans et qu'il avait épousé une Anglaise.

Kemp se montra affable :

— Maintenant, Giuseppe, dites-nous tout ce que vous savez sur la question.

— Jé souis dans dé sales draps. C'est moi qué jé serve à table et qué jé verse le vino. Les gens vont dire que j'ai perdou la testa, qué jé mets du poison dans les verres. Cé n'est pas vrai, mais c'est cé qu'ils vont dire. Déjà, Mr Goldstein a dit meilleur pour moi prendre una semana de vacances — comme ça les clients mé posent pas des questions et mé montrent pas du doigt. C'est un brave homme et il sait qué cé n'est pas ma faute, et qué jé souis là dépouis des années. C'est pour ça qu'il né m'a pas renvoyé comme oune autre l'aurait fait. Mr Charles aussi a été très gentil. N'empêche qué c'est oune calamité, oune désastro... et qué ça mé fait peur. « Est-ce qué tou as oune ennemi ? » Voilà cé qué jé mé demande sans arrêt.

— Et alors ? Vous en avez un ? interrogea Kemp de son ton le plus impassible.

Giuseppe leva les bras au ciel. Un petit rire crispa sa face de singe triste :

— Moi ? Des ennemis ? Jé n'ai pas oune seul ennemi au monde. Jé n'ai qué des amis.

— Revenons à cette nuit, bougonna Kemp. Le champagne ?

— Veuve Clicquot 1928, oune cuvée très bonne et très chère. Mr Barton était comme ça : il aimait la bonne nourriture et les bons vins — cé qu'il y avait de meilleur.

— Il l'avait commandé à l'avance ?

— Si. Il avait tout organisé avec Mr Charles.

— Et la place vide à table ?

— Ça aussi, ç'était prévou. Il l'avait dit à Mr Charles et il mé l'avait dit à moi : oune jeune femme l'occuperait plous tard dans la soirée.

— Une jeune femme ?

Race et Kemp échangèrent un regard surpris.

— Savez-vous de qui il parlait ?

Giuseppe secoua la tête :

— Non. Jé n'en sais rien. Elle devait venir plous tard dans la soirée, c'est tout cé qué jé sais.

— Revenons au champagne. Combien de bouteilles ?

— Deux, et oune troisième prête à servir. La première, elle a été boue tout de suite. La seconde, jé l'ai ouverte jouste avant les attractions. J'ai rempli les verres et j'ai mis la bouteille dans lé seau à glace.

— Avez-vous remarqué quand Mr Barton a bu pour la dernière fois ?

— Attendez... que jé réfléchisse... Jouste après les attractions, ils ont trinqué à la santé dé la jeune personne. C'était son anniversaire, à cé que j'ai crou comprendre. Et pouis ils sont allés danser. C'est après ça, quand ils sont revenous, qué Mr Barton a bou et qu'en oune seconde — comme ça, *clac !* — il est tombé raide mort !

— Aviez-vous rempli les verres pendant que les invités étaient en train de danser ?

— Non, monsieur. Quand ils avaient trinqué à la santé dé la jeune personne, ils avaient à peine bou quelques gorgées. Les coupes étaient restées presque pleines.

— Est-ce que quelqu'un — *qui que ce soit* — s'est approché de la table pendant qu'ils dansaient ?

— Absoloument personne, monsieur. J'en mettrais ma main à couper.

— Ils sont allés danser tous en même temps ?

— Oui.

— Et ils sont revenus ensemble ?

Giuseppe plissa les paupières comme pour mieux rassembler ses souvenirs :

— Mr Barton est revenou le premier... avec la jeune personne. Il était plous corpulent qué les autres, il n'a pas dansé aussi longtemps, ça sé comprend. Et puis ç'a été au tour du monsieur blond, Mr Farraday, qui dansait avec la jeune femme en noir. Lady Farraday et lé monsieur aux cheveux bruns sont revenous en dernier.

— Vous connaissez les Farraday ?

— Oui, monsieur. Jé les ai souvent vus au *Luxembourg*. Cé sont des gens très distingués.

— Maintenant, Giuseppe, dites-moi : si l'une de ces personnes avait versé quelque chose dans le verre de Mr Barton, l'auriez-vous remarqué ?

— Ça, jé né peux pas dire, monsieur. J'ai mon service à faire, les deux autres tables dé la loggia, plous deux autres dans la grande salle. Jé dois passer les plats. Jé n'ai pas toujours l'œil fixé soûr la table dé Mr Barton. À la fin des attractions, presque tous les clients vont soûr la piste, et moi jé reste là à attendre, c'est pour ça qué jé souis soûr qué personne né s'est approché dé la table à cé moment-là. Mais dès qué les gens sé rassoient, jé recommence à m'activer.

Kemp eut un signe d'assentiment.

— Pourtant, reprit Giuseppe qui s'enhardissait de minute en minute, jé pense quand même qu'il né serait pas facile dé verser quelque chose sans sé faire remarquer. À mon avis, il n'y a qué Mr Barton qui aurait pu lé faire. Mais ça, vous n'y croyez pas, non ?

Il enveloppa l'officier de police d'un regard inquisiteur.

— Et vous, rétorqua celui-ci, vous y croyez ?

L'Italien battit quelque peu en retraite :

— Moi, cé qu'il y a dé soûr, c'est qué jé né sais rien — jé né fais qué mé poser la question. Il y a un an tout jouste, la jolie Mrs Barton, elle sé souicide. Est-ce qu'il né sé pourrait pas qué Mr Barton il ait oune si grand chagrin qu'il décide dé mourir dé la même façon ? Ça serait poétique. Bien soûr, ça nouirait à la répoutation dou restaurant, mais oune monsieur qui va sé touer né pense pas à ces choses-là.

Son regard courait avidement d'un homme à l'autre.

Kemp secoua la tête :

— Je doute que ça soit aussi simple.

Il posa quelques questions supplémentaires à Giuseppe avant de le congédier.

— Ce que je me demande, soupira Race comme la porte se refermait derrière le petit Italien, c'est si ce n'est pas là ce que l'assassin voudrait nous faire gober...

— « Le veuf inconsolable en finit avec la vie le jour anniversaire de la mort de sa femme » ? Non pas qu'il se soit agi du jour anniversaire, mais enfin c'est vrai que ça n'en était pas loin.

— C'était le *Jour des Morts,* souligna Race.

— Exact. Oui, il n'est pas exclu que la personne qui a fait le coup ait eu au départ cette idée en tête ; mais si tel est bien le cas — et quelle que soit la personne en question —, il faut qu'elle n'ait pas su que Barton avait conservé ces lettres, qu'il les avait montrées à Iris Marle et qu'il vous avait consulté.

Il regarda sa montre :

— Je suis attendu chez les Kidderminster, mais à midi et demi seulement. Ça nous laisse le temps d'aller voir les clients des deux autres tables — ou, à tout le moins, quelques-uns d'entre eux. J'ose espérer que vous m'accompagnerez, colonel ?

3

Mr Morales avait établi ses pénates au *Ritz*. Pas encore rasé, le blanc de l'œil injecté de sang, manifestement victime d'une gueule de bois carabinée, il était tout sauf beau à voir.

Citoyen américain, Mr Morales semblait ne pas parler la langue de ses congénères mais bien plutôt un sous-dialecte de celle-ci. Et quoiqu'il s'affirmât fort soucieux de rassembler ses souvenirs, ce qu'il se remémorait des péripéties de la veille au soir s'avéra des plus fumeux :

— J'y suis allé avec Chrissie — une môme qui vous mangerait la laine sur le dos. Elle m'avait dit que c'était du tonnerre, comme crémerie. « D'ac, ma poule, que je lui avais répondu, c'est toi qui choises. » Pour ce qui est d'être classe, le rade était classe — seulement question ardoise, ç'a été du genre salé. Pas loin de trente dollars qu'ils m'ont ratiboisés. Et puis l'orchestre, il était tocard. Le swing, ils ont pas ça dans le sang.

Arraché à son évocation toute personnelle de la soirée, Mr Morales fut prié de signaler ce qu'il se rappelait de la table qui trônait au centre de la loggia. Il ne fut, hélas, capable d'aucune révélation fracassante :

— Ouais, y avait une grande tablée avec pas mal de peuple autour. Seulement je pourrais pas vous dire de quoi ils avaient l'air. J'ai pas fait attention à eux jusqu'au moment où le mec a passé l'arme à gauche. J'ai d'abord cru qu'il tenait pas l'alcool. Maintenant que j'y repense, je me rappelle une des bonnes femmes. Une brune, avec tout ce qu'il faut là où il faut, je ne vous dis que ça.

— Vous voulez parler de la jeune fille avec la robe en velours vert ?

— Non, pas celle-là. C'est un sac d'os. La souris que je vous cause, c'était celle en noir, rebondie de partout.

Ainsi, c'était Ruth Lessing qui avait tapé dans l'œil égrillard de Mr Morales.

Il plissa le nez en une grimace appréciative :

— Je l'ai regardée danser et je vous fiche mon billet qu'elle en connaît un rayon ! Même qu'une fois ou deux je ne me suis pas privé de lui faire de l'œil dans les grandes largeurs. Seulement tout ce à quoi j'ai eu droit, c'est à un regard glacial — british, quoi !

Il n'y avait rien de plus à tirer de Mr Morales, lequel admettait d'ailleurs volontiers qu'il était déjà dans un état d'ébriété avancé au moment des attractions.

Kemp le remercia néanmoins et se prépara à prendre congé.

— J'embarque demain pour New York, annonça Morales avant d'ajouter, avec comme une lueur d'espoir dans la voix : Vous n'auriez pas, par hasard, envie que je reste encore un moment ?

— Je vous remercie, mais je ne pense pas que votre témoignage soit nécessaire à l'instruction.

— C'est que je ne me déplais pas, ici — et si c'était la police qui me demandait de ne pas lever le siège, ma boîte ne pourrait même pas rouspéter. Quand la police vous dit de pas bouger d'un poil, faut pas bouger d'un poil. Qui sait ? Peut-être que si j'avais vraiment le temps de la réflexion, je pourrais me rappeler des trucs.

Mais Kemp s'abstint de mordre à l'appât et, escorté de Race, prit sa voiture pour gagner Brook Street où les attendait un personnage atrabilaire, à savoir le père de l'Honorable Patricia Brice-Woodworth.

Le général Woodworth les accueillit dans un flot d'imprécations.

Où diable étaient-ils allés pêcher l'idée saumâtre que sa fille — *sa* fille ! — pouvait être mêlée à pareille salade ? Si une jeune personne ne pouvait plus dîner au restaurant avec son fiancé sans risquer d'être inquiétée par la police ou par les sbires du Yard, où allait l'Angleterre ? Elle ne les connaissait même pas, ces gens-là — comment s'appelaient-ils, déjà ? Hubbard ?... Barton ? Des gens de la Cité, des parvenus... Ce qui revenait à dire qu'on ne prend jamais assez de précautions dans le choix des endroits où on va. Le *Luxembourg* avait toujours joui d'une excellente réputation, mais voilà apparemment la seconde fois que ce genre d'incident y survenait. Gerald devait être devenu cinglé pour y avoir invité Pat. Ah ! ces jeunes gens qui croient tout savoir... Quoi qu'il en soit, il n'avait pas l'intention de voir sa fille harcelée, rudoyée, passée au gril, à la question — hors la présence d'un avocat. Il allait de ce pas téléphoner à ce brave vieil Anderson, de Lincoln's Inn, et le prier de...

À ce point de sa diatribe, le général s'interrompit tout soudain pour dévisager Race en écarquillant les yeux :

— Vous, je vous ai vu quelque part. Mais où diantre... ?

La réponse de Race ne se fit pas attendre.
— Badderpore, 1923, précisa-t-il avec un sourire.
— Saperlipopette ! s'écria le général. Johnnie Race ! Mais que diable êtes-vous venu faire dans cette galère ?

Race sourit derechef :
— Je me trouvais en compagnie de l'inspecteur Kemp lorsque la question d'interroger votre fille s'est posée. J'ai pensé qu'il lui serait moins déplaisant de recevoir l'inspecteur chez elle plutôt que d'être convoquée à Scotland Yard, et je me suis dit que je pouvais être de la partie.

— Oh... c'est très courtois de votre part, Race.
— Il va sans dire que nous souhaitions effaroucher au minimum cette jeune personne, souligna l'inspecteur Kemp.

La porte s'ouvrit à ce moment précis sur miss Patricia Brice-Woodworth, qui prit la situation en main avec le flegme et le détachement que lui conférait son extrême jeunesse.

— Bonjour ! lança-t-elle. Vous êtes de Scotland Yard, c'est bien ça ? Et vous venez pour le pépin d'hier soir ? Je vous attendais avec impatience. Papa n'a pas été trop désagréable ? Allons, papa chéri, tu sais ce que le médecin a dit au sujet de ta tension. Je ne comprendrai jamais pourquoi tu te mets dans des états pareils. Je commence par piloter les inspecteurs — ou les superintendants, ou quel que soit leur titre — jusque chez moi et puis je te fais porter un whisky-soda par Walters.

Le général sentit monter en lui une furieuse envie de se livrer à quelques invectives, mais tout ce qu'il parvint à marmonner fut :
— Un vieil ami, le major Race.

Laquelle présentation eut un résultat aussi radical qu'immédiat : Patricia cessa aussitôt de s'intéresser à Race pour dédier à l'inspecteur Kemp un sourire extatique.

Avec un sens tactique consommé, elle précéda les deux hommes hors du salon et les conduisit dans son boudoir, non sans avoir, au préalable, consigné son père dans son cabinet de travail.

— Pauvre papa, soupira-t-elle. Il faut toujours qu'il dramatise et qu'il joue les enfants gâtés. Alors qu'au fond, il est très facile à manier.

La conversation, qui se déroula sur le ton le plus amical, n'apporta pas grand-chose qu'on ne sût déjà.

— C'est quand même rageant, se révolta Patricia. C'était probablement l'unique fois de ma vie où j'aurais été et serais jamais présente au moment où un crime est commis... C'est bien un crime, non ? Les journaux y vont sur la pointe des pieds et donnent dans le flou artistique, mais en téléphonant à Gerry, je lui ai dit que ça devait être un meurtre. Vous vous rendez compte ? Un crime est perpétré sous mon nez et moi qui ne regardais même pas !

On ne pouvait s'y méprendre, c'était bien du regret qui perçait dans sa voix.

Comme il fallait s'y attendre, et conformément aux sombres prévisions de l'inspecteur, les jeunes gens, fiancés depuis une semaine à peine, n'avaient eu d'yeux que l'un pour l'autre.

Avec la meilleure volonté du monde, Patricia Brice-Woodworth ne fut à même de se souvenir que de quelques rares personnalités entrevues :

— Sandra Farraday était très élégante, mais c'est chez elle une habitude. Elle portait un modèle de chez Schiaparelli.

— Vous la connaissez ? s'enquit Race.

— De vue, seulement. Son mari m'a toujours eu l'air d'un raseur. Il a tendance à la ramener, comme la plupart des hommes politiques.

— Vous connaissiez les autres invités ?

Patricia secoua la tête :

— Je ne les avais jamais tant vus — du moins j'en ai l'impression. En fait, si Sandra Farraday n'avait pas porté du Schiaparelli, je ne l'aurais sans doute pas remarquée.

— Et vous allez voir qu'avec le sieur Tollington ce sera du pareil au même, maugréa l'inspecteur Kemp comme Race et lui quittaient la demeure du général. Sans compter qu'il n'aura même pas eu droit à un complet-veston de chez Skipper pour éveiller son attention.

— J'imagine en effet assez mal, renchérit Race, que la coupe du smoking de Stephen Farraday lui ait donné des palpitations.

— Eh bien, allons tenter notre chance du côté de Christine Shannon, proposa l'inspecteur. Comme ça nous en aurons fini avec les seconds rôles.

Miss Shannon, ainsi que l'inspecteur Kemp l'avait annoncé, était une blonde enjôleuse. Artistement rejetés en arrière, ses cheveux oxygénés dégageaient un visage lisse à l'expression assez puérile — pour ne pas dire obtuse. Mais si miss Shannon n'avait pas inventé la poudre, comme l'inspecteur Kemp l'avait également laissé entendre, cela ne l'empêchait pas d'être fort agréable à regarder. En outre une certaine rouerie, dans ses grands yeux bleus candides, montrait que si ses facultés intellectuelles étaient limitées, elle possédait en revanche une bonne dose de bon sens ainsi qu'un don inné des choses de la finance.

Elle reçut les deux hommes avec une affabilité extrême, insista pour leur offrir un verre et, devant leur refus, les pressa de griller une cigarette. Petitement logée, elle avait opté pour un mobilier moderne assez quelconque.

— J'adorerais être à même de vous aider, inspecteur ! roucoula-t-elle. Posez-moi toutes les questions que vous voudrez.

Kemp commença par un interrogatoire classique sur la façon dont les invités de Barton s'étaient comportés à table.

D'emblée, Christine se révéla une observatrice d'une vivacité et d'une précision rares :

— Ça n'était pas la joie, c'est ça qui sautait aux yeux. Plus guindé tu meurs, comme dit l'autre. J'en avais de la peine pour ce pauvre type — le vieux, celui qui régalait. Il se démenait comme un beau diable pour essayer de mettre un brin d'ambiance — avec ça qu'il n'avait pas l'air à la fête lui non plus ! —, mais tout le mal qu'il se donnait n'arrivait pas à rompre la glace. La grande bringue à sa droite était aussi raide que si elle avait avalé son parapluie, et la gamine à sa gauche était furibarde, ça se voyait comme le nez au milieu de la figure, de ne pas être à côté du beau brun qui se trouvait en face d'elle. Quant à la grande asperge blondasse, à côté d'elle, il donnait l'impression d'avoir la colique. Il chipotait dans son assiette comme s'il avait peur de s'étrangler. Sa voisine s'escrimait à tenter de le décoincer, mais elle m'avait tout l'air d'avoir elle aussi la pétoche.

— Vous semblez avoir remarqué un nombre incalculable de détails, miss Shannon, la félicita le colonel Race.

— Je vais vous dire mon secret : je m'ennuyais ferme. Ça faisait trois soirs de suite que je sortais avec mon jules et il commençait à me courir sur le haricot ! On faisait la tournée des grands-ducs, en quelque sorte. Il tenait à fréquenter ce qu'il appelle « les boîtes qui vous en fichent plein la vue », et il faut dire à sa décharge qu'il est tout sauf radin. Avec lui, c'est champagne en veux-tu en voilà ! Il m'a traînée au *Compradour*, aux *Mille fleurs* et en fin de compte au *Luxembourg,* et je vous prie de croire qu'il appréciait, lui ! D'un sens, c'en était plutôt pathétique. Seulement sa conversation n'était pas des plus folichonnes : et que je te débite des histoires interminables sur les affaires mirifiques qu'il avait traitées à Mexico — que le diable me patafiole si je ne les ai pas toutes entendues trois fois ! — et que je t'enchaîne sur le chapitre de toutes les poules qu'il avait connues et qui étaient toutes folles de lui ! On a beau dire, ce genre de truc, au bout d'un moment, ça fatigue. D'autant qu'avec ça, Pedro, question physique, il n'y a pas de quoi tomber à la renverse... Résultat, j'avais plutôt tendance à me concentrer sur mon assiette et à observer ce qui se passait dans le secteur.

— Ce qui, de notre point de vue, est excellent, miss Shannon, dit l'inspecteur. Et j'ose espérer que vos observations nous permettront de progresser dans notre enquête.

Christine secoua sa tête blonde :

— Je n'ai aucune idée de qui a pu faire la peau au pauvre type — vraiment aucune idée. Tout ce que je sais, c'est qu'il a bu une gorgée de champagne, qu'il est devenu quasi violet et qu'il s'est écroulé.

— Est-ce que vous vous rappelez la dernière fois qu'il avait bu dans cette même coupe avant ça ?

La fille réfléchit :

— Euh... oui, c'était juste après les attractions. Les lumières sont revenues et il a levé sa coupe et dit quelque chose, et les autres en ont fait autant. Il m'a semblé qu'il portait un toast.

L'inspecteur opina du bonnet :

— Et ensuite ?

— Ensuite, la musique a commencé ; ils ont repoussé leurs chaises en riant et ils se sont levés pour aller danser. C'était la première fois que l'atmosphère semblait se réchauffer. C'est fou ce que le champagne peut vous métamorphoser une soirée assommante.

— Ils sont allés danser tous ensemble ? et la table est restée vide ?

— Oui.

— Et personne n'a touché à la coupe de Mr Barton ?

— Non, rigoureusement personne, répondit-elle du tac au tac. Ça je peux vous l'assurer.

— Et personne — rigoureusement personne — ne s'est approché de la table ?

— Personne... à part le garçon, bien sûr.

— Le garçon ? Quel garçon ?

— Un des gamins en tablier, un apprenti, seize ans environ. Pas le serveur en titre. Celui-là, c'était un petit bout d'homme prévenant comme pas deux, l'air malin comme un singe qui fait la grimace — un Italien, je parie.

L'inspecteur Kemp signifia par un hochement de tête qu'il souscrivait à cette description.

— Et qu'est-ce qu'il a fait, ce gamin en tablier ? Il a rempli les verres ?

Elle eut un geste de dénégation :

— Bien sûr que non. Il n'a pas touché à quoi que ce soit sur la table. Il a juste ramassé le sac du soir qu'une des filles avait laissé tomber en se levant.

— Il appartenait à qui, ce sac ?

Christine réfléchit quelques instants avant de décréter :

— Voilà... j'y suis. C'était le sac du soir de la plus jeune — un machin vert et or. Les sacs à main des deux autres femmes étaient noirs.

— Qu'est-ce que le garçon a fait de ce sac du soir ?

Cette question parut déconcerter la jeune femme :

— Il s'est contenté de le poser sur la table, un point c'est tout.

— Vous êtes certaine qu'il n'a touché à aucun verre ?

— Sûre et certaine. Il s'est contenté de poser le sac en vitesse sur la table, et puis il a filé parce qu'un des serveurs — un vrai, celui-là — lui cornait aux oreilles de faire je ne sais quoi ou de courir chercher je ne sais quoi sinon il aurait de ses nouvelles !

— Et c'est la seule fois que quelqu'un s'est approché de la table ?

— La seule et unique.

— Il n'en demeure pas moins que quelqu'un a pu le faire sans que vous le remarquiez ?

Christine s'insurgea avec la plus extrême vigueur :

— Non, ça c'est impossible, je vous le garantis ! À ce moment-là, Pedro venait d'être appelé au téléphone, je me retrouvais toute seule et je n'avais rien de mieux à faire que de zyeuter les environs et de me raser à cent sous de l'heure. Vous savez, j'ai l'œil, et de ma place, à part la table voisine, il n'y avait pas grand-chose à reluquer.

Race posa une question :

— Qui est revenu le premier, la danse finie ?

— La jeunette en vert et le pauvre type. Ils ont repris leur place, et puis ç'a été au tour de la grande asperge blondasse et de la femme en noir, et puis enfin de la pimbêche et du beau gosse aux cheveux noirs. Un danseur comme il n'y en a pas deux, celui-là ! Une fois qu'ils ont été tous là, pendant que le garçon se démenait pour réchauffer un plat sur la lampe à alcool, le pauvre type — le vieux, quoi ! — s'est penché en avant et a fait une sorte de discours. Alors ils ont tous levé leurs coupes. Et c'est là que c'est arrivé...

Christine reprit son souffle et repartit de plus belle :

— Atroce, non ? Comme de bien entendu, sur le moment, j'ai cru que c'était une attaque. Ma tante a eu une attaque et elle s'est affaissée exactement de la même manière. Pedro est revenu juste à ce moment-là et je lui ai dit : « Regarde, Pedro, ce type, il vient d'avoir une attaque. » Et tout ce que Pedro a trouvé à dire c'est : « Tu parles ! Il est rond comme une bille, oui ! C'est l'alcool qui lui sort par les trous de nez ! » Que l'alcool lui sorte par les trous de nez, c'était ce qui était en train de lui arriver, à Pedro. Et moi, j'avais intérêt à faire gaffe. Dans les troquets comme le *Luxembourg*, ils aiment pas trop qu'on soye schlass. C'est pour ça que je me méfie des métèques. Quand ils se biturent, il n'y a plus de bonnes manières qui tiennent... et, dans ces cas-là, une fille ne sait jamais à l'avance dans quel pétrin elle va se retrouver.

Elle rumina un instant ses pensées moroses. Puis, faisant jouer dans la lumière le bracelet clinquant qui ornait son poignet gauche, elle ajouta :

— Après tout, il faut reconnaître qu'ils sont plutôt généreux.

L'arrachant avec doigté aux petites peines et aux grandes joie de la vie de jeune fille, Kemp fit en sorte qu'elle reprenne son récit de bout en bout.

— C'est notre dernière chance de trouver une aide extérieure qui vient de nous lâcher, dit-il à Race tandis qu'ils quittaient l'appartement de miss Shannon. C'était trop beau pour que ça marche. Cette fille était le témoin idéal. Elle a une mémoire photographique. S'il y avait eu quoi que ce soit à voir, elle l'aurait vu. Conclusion : il ne s'est rien passé de significatif. C'est incroyable. Ça tient de la prestidigitation ! George Barton boit du champagne et va danser. Il revient, reboit dans la même coupe, que personne n'a touchée mais qui — d'un coup, d'un seul ! — est soudain bourrée de cyanure. C'est fou, il n'y a pas d'autre mot. C'est un truc impossible — à ceci près que c'est bel et bien arrivé.

Il s'interrompit un instant, puis :

— Ce serveur. Le gamin. Giuseppe n'y a pas fait la moindre allusion. Il va falloir que je creuse la question. Après tout, il est le seul à s'être approché de la table pendant que les invités dansaient. Il y a peut-être quelque chose de ce côté-là.

Race secoua la tête :

— S'il avait mis quoi que ce soit dans la coupe de Barton, cette fille l'aurait vu. C'est une observatrice-née. Rien dans la tête, tout dans le coup d'œil. Non, Kemp, il doit y avoir une explication toute simple — le tout, c'est de la trouver.

— En voici une : il l'y a mis lui-même.

— Je commence à croire que c'est ce qui a dû se passer, c'est la seule version plausible. Mais si tel est bien le cas, Kemp, je suis convaincu qu'il ne savait pas qu'il s'agissait de cyanure.

— Vous voulez dire qu'on le lui aurait donné ? En lui disant que c'était idéal pour la digestion ou souverain en cas d'hypertension, quelque chose comme ça ?

— Ce n'est pas à exclure.

— Mais qui pourrait-ce bien être ? Ni l'un ni l'autre des Farraday.

— Cela m'a tout l'air improbable, en effet.

— J'ajouterai que Mr Anthony Browne ne me

semble pas non plus faire l'affaire. Ce qui ne nous laisse que deux « possibles » : une belle-sœur aimante...

— Et une secrétaire à sa dévotion.

Kemp le regarda :

— Oui, elle aurait pu monter un coup dans ce goût-là... Bon, ce n'est pas tout ça : je me suis fait annoncer chez les Kidderminster et il faut que je file. Et vous ? Vous allez voir miss Marle ?

— Je vais peut-être commencer par l'autre — à son bureau. Condoléances d'un vieil ami. Et je pourrai l'inviter à déjeuner.

— Alors c'est *ça*, votre idée de derrière la tête ?

— Pour l'instant, je n'ai pas d'opinion. Je jette des pavés dans la mare pour voir ce qui va remonter à la surface.

— Ce n'est pas une raison pour ne pas aller en jeter chez miss Marle.

— J'ai bien l'intention de m'occuper d'elle, mais je préférerais passer chez elle en son absence. Vous savez pourquoi, Kemp ?

— J'avoue que je ne vois pas.

— Parce qu'il y a là-bas quelqu'un qui babille... qui babille comme un oiseau. Les Français, c'est leur petit doigt qui leur raconte des histoires. Nous, c'est « le petit oiseau m'a dit » qui berce notre enfance. Et il y a du vrai là-dedans, Kemp. Ces oiseaux babillards peuvent nous en dire long — pour peu qu'on les laisse... babiller !

4

Les deux hommes se séparèrent. Race héla un taxi et se fit conduire au bureau de George Barton dans le centre-ville. Soucieux de sa note de frais, l'inspecteur Kemp prit un bus qui le déposa à un jet de pierre de Kidderminster House.

En gravissant les marches du perron et en tirant la sonnette, l'inspecteur arborait une mine morose. Il s'aventurait en terrain miné. Le clan Kidderminster jouissait d'une influence politique considérable et ses ramifications s'étendaient, tel un filet à mailles serrées, à travers le pays tout entier. L'inspecteur Kemp avait une foi pleine et entière en l'impartialité de la justice britannique. Stephen ou Alexandra Farraday se verraient-ils convaincus d'avoir assassiné Rosemary ou George, aucun « piston », aucune « intervention » ne serait en mesure de les soustraire aux conséquences de leurs actes. Mais s'ils étaient innocents, ou si les preuves avancées contre eux étaient trop faibles pour les faire inculper, l'officier de police chargé de leur dossier risquerait de se faire taper sur les doigts. Ceci posé, il était aisé de comprendre combien l'inspecteur redoutait ce qui l'attendait. Pour lui, il ne faisait aucun doute que les Kidderminster allaient, selon sa propre expression, « se mettre en pétard ».

Kemp ne tarda cependant pas à découvrir qu'il s'était montré quelque peu naïf dans ses supputations. Lord Kidderminster était un diplomate trop averti pour prendre les choses à la hussarde.

À peine se fut-il annoncé qu'un majordome plein de componction le conduisit, à l'arrière de la maison, dans une vaste pièce sombre toute tapissée de livres au sein de laquelle lord Kidderminster, sa fille et son gendre l'attendaient.

S'avançant à la rencontre du policier, lord Kidderminster lui serra la main et l'accueillit avec courtoisie :

— Vous êtes précis comme une horloge, inspecteur. Permettez-moi de vous dire combien j'apprécie la délicatesse qui vous a conduit chez nous plutôt que d'exiger que ma fille et mon gendre se rendent à Scotland Yard. Ils n'auraient, bien entendu, pas manqué de le faire au cas où cela se serait révélé indispensable, mais ils n'en apprécient pas moins votre geste.

— Oui, vraiment, inspecteur, renchérit Sandra de sa voix posée.

Elle portait une robe d'un rouge sombre et, assise comme elle l'était, avec la lumière qui tombait de la haute fenêtre en ogive, elle évoquait une figure de vitrail que Kemp avait admirée dans une cathédrale lors d'un voyage à l'étranger. L'ovale accusé de son visage et le côté un peu anguleux de ses épaules parfaisaient l'illusion. Sainte Machin ou sainte Truc, lui avait-on dit là-bas — mais lady Alexandra n'était pas une sainte — il s'en fallait même de beaucoup. Dieu sait pourtant si certains de ces saints du passé avaient été de drôles de cocos, selon lui : pas pour deux sous bons chrétiens comme le commun des mortels, mais bien au contraire intolérants, fanatiques, cruels envers eux-mêmes et envers autrui.

Stephen Farraday se tenait près de sa femme. Aucune émotion ne transparaissait sur son visage. Guindé, hiératique, il personnifiait le parfait représentant du peuple au regard de la loi. S'il avait refoulé bien loin l'homme tel qu'en lui-même, l'inspecteur savait pertinemment néanmoins que cet homme était là.

Maître de la parole, lord Kidderminster veilla non sans adresse au bon déroulement de l'entretien :

— Je ne vous cacherai pas, inspecteur, qu'il s'agit d'une affaire infiniment regrettable et très fâcheuse pour nous tous. C'est en effet la seconde fois que ma fille et mon gendre se retrouvent associés à un cas de mort violente survenue dans un lieu public : même restaurant et, qui plus est, deux victimes appartenant à la même famille. Ce genre de publicité est toujours préjudiciable à un personnage de premier plan. Un tel déballage public ne peut, bien entendu, être évité. Nous en sommes tous parfaitement conscients et c'est la raison pour laquelle tant ma fille que Mr Farraday sont désireux de vous fournir toute l'aide dont vous pourrez avoir besoin, avec l'espoir que l'affaire soit tirée au clair dans les meilleurs délais de façon que la curiosité qu'elle suscite ne s'éternise pas.

— Merci, lord Kidderminster. J'apprécie beaucoup votre attitude. Elle nous facilitera singulièrement la tâche.

Sandra Farraday intervint à son tour :

— N'hésitez pas à nous poser toutes les questions qu'il vous plaira, inspecteur.

— Merci, lady Alexandra.

— Juste un point de détail, inspecteur, ajouta lord Kidderminster. Vous avez, bien évidemment, vos propres sources d'information. Je tiens cependant de mon ami le directeur de la police que la mort de ce Barton est considérée comme un meurtre plutôt qu'un suicide... alors qu'a priori, et du point de vue du profane, la thèse du suicide paraîtrait plus plausible. Toi, tu as tout de suite pensé qu'il s'agissait d'un suicide, n'est-ce pas, Sandra, ma chérie ?

La figure de vitrail eut une légère inclination de tête.

— Hier soir, cela m'a paru évident, déclara Sandra d'un ton prudent. Nous étions dans le même restaurant et très précisément à la table même où cette pauvre Rosemary Barton s'est donnée la mort l'an dernier. Il nous est arrivé d'entrevoir Mr Barton, au cours de l'été, et nous l'avons trouvé bizarre — changé ; manifestement, la mort de sa femme le rongeait. Il l'adorait, voyez-vous, et je ne crois pas qu'il se soit jamais remis de sa perte. C'est sans doute ce qui fait que la thèse du suicide de George Barton m'ait paru, sinon normale, du moins plausible... tandis que je ne vois pas pourquoi *qui que ce soit* aurait pu vouloir le tuer.

— Moi non plus, s'empressa de confirmer Stephen Farraday. Mr Barton était un garçon parfait sous tous rapports. Je suis persuadé qu'il n'avait pas un ennemi au monde.

L'inspecteur Kemp scruta les trois visages interrogateurs tendus vers lui et prit le temps de la réflexion avant de répondre :

— Ce que vous me rapportez est, j'en suis sûr, l'exactitude même, lady Alexandra. Mais il est certains détails que vous ignorez sans doute encore.

Lord Kidderminster s'interposa aussitôt :

— Pas question que nous forcions la main de l'inspecteur. C'est à lui qu'il appartient de juger ce qui doit être rendu public.

— Merci, monsieur, mais il n'y a aucune raison pour que je ne vous fasse pas entrer un peu plus avant dans le cœur du sujet. En bref, cela se résume à ceci : peu avant sa mort, George Barton avait confié à deux personnes sa conviction que, contrairement à ce qu'on avait cru, sa femme n'avait pas attenté à ses jours, mais qu'elle avait été empoisonnée par un tiers. Il pensait en outre être sur la piste de l'assassin et le dîner d'hier soir — l'anniversaire de miss Marle n'étant qu'un prétexte — faisait en réalité partie du plan qu'il avait échafaudé dans le but de démasquer le meurtrier de sa femme.

Il y eut un moment de silence et, durant ce silence, l'inspecteur Kemp, âme sensible en dépit de son apparence monolithique, sentit planer quelque chose qui ressemblait à de l'effroi. Cette peur ne se lisait sur aucun visage, mais Kemp aurait juré qu'elle était bien présente.

Lord Kidderminster fut le premier à se reprendre :

— Mais ne se pourrait-il pas que cette conviction elle-même souligne le fait que ce pauvre Barton n'était plus tout à fait... euh... lui-même ? Ressasser la mort de sa femme a pu lui troubler quelque peu les idées.

— Je n'en disconviens pas, lord Kidderminster, mais elle prouve au moins qu'il était très loin de développer des pensées suicidaires.

— Oui... oui, je vous l'accorde.

Il y eut un nouveau silence, que Stephen Farraday rompit d'une voix tranchante :

— Mais comment Barton s'était-il mis pareille

idée en tête ? Après tout, Mrs Barton s'est bel et bien suicidée !

L'inspecteur Kemp l'enveloppa de son regard placide :

— Mr Barton était d'un avis opposé.

Lord Kidderminster s'interposa une nouvelle fois :

— Cette thèse, la police s'en était pourtant bien accommodée. À l'époque, le suicide n'avait jamais été mis en doute.

— Les faits étaient compatibles avec le suicide, répliqua posément Kemp. Il n'y avait pas la moindre preuve que la mort soit due à une autre cause.

Il savait qu'un homme du calibre de lord Kidderminster jaugerait la portée exacte de cette déclaration.

Adoptant un ton un peu plus officiel, Kemp enchaîna :

— Je souhaiterais vous poser quelques questions, lady Alexandra.

— Mais bien sûr, fit-elle en tournant légèrement la tête vers lui.

— Au moment de la mort de Mrs Barton, vous ne vous êtes pas dit qu'il pouvait s'agir d'un meurtre et non d'un suicide ?

— Pas une seconde. J'étais sûre qu'il s'agissait d'un suicide. Et je le suis encore.

Kemp n'insista pas. Il préféra biaiser :

— Avez-vous reçu des lettres anonymes au cours de l'année passée, lady Alexandra ?

La stupeur sembla ébranler le calme impérial de la jeune femme :

— Des lettres anonymes ? Oh, non.

— Vous en êtes sûre ? C'est un genre de courrier extrêmement déplaisant, qu'on préfère en général ignorer, mais qui pourrait avoir une importance primordiale dans cette affaire, d'où mon insistance : si un corbeau vous a écrit, il faut absolument me communiquer ses lettres.

— Je comprends. Mais je peux vous assurer, inspecteur, que je n'ai rien reçu de tel.

— Très bien. Maintenant, vous m'avez dit que le comportement de Mr Barton avait été bizarre, cet été. Dans quel sens ?

Elle réfléchit deux secondes :

— Eh bien, il était agité, sur les nerfs. Il semblait incapable de se concentrer sur ce qu'on pouvait lui dire.

Elle tourna la tête vers son époux :

— C'est bien ce qui t'a également frappé, n'est-ce pas, Stephen ?

— Tout à fait. Il n'avait pas non plus l'air bien physiquement. Il avait perdu du poids.

— Avez-vous noté un changement dans son attitude envers votre mari et vous ? Une moins grande cordialité, par exemple ?

— Non. Au contraire. Il avait acheté une maison à deux pas de la nôtre et semblait très reconnaissant de ce que nous avions fait pour lui : recommandations, visites de bon voisinage et j'en passe. Il va sans dire que, de notre côté, nous étions ravis de le faire, tant pour lui que pour Iris Marle, qui est une fille charmante.

— Feu Mrs Barton et vous, vous étiez très liées, lady Alexandra ?

— Non, nous étions tout sauf intimes, reconnut la jeune femme avec un petit rire de gorge. C'était plutôt une amie de Stephen. Elle s'était découvert un penchant pour la politique et mon mari l'aidait à... mettons, à parfaire son éducation dans ce domaine — tâche qui ne devait pas lui peser, bien au contraire : c'était une créature ravissante et d'une grande séduction.

« Et toi, tu es une fine mouche, ma poule, songea l'inspecteur Kemp à part lui. Je me demande combien tu en sais sur ce que fricotaient ces deux-là — un bon bout, que ça ne m'étonnerait pas. »

Il poursuivit :

— Mr Barton ne vous a jamais fait part de ses doutes concernant le suicide de sa femme ?

— Absolument pas. C'est pourquoi vous m'avez tellement interloquée.

— Et miss Marle ? Elle non plus ne vous a jamais parlé de la mort de sa sœur ?

— Non.

— Avez-vous une idée de ce qui a poussé George Barton à acheter une maison de campagne ? Est-ce vous ou votre mari qui le lui avez suggéré ?

— Non. L'effet de surprise a été total.

— Et il s'est toujours montré amical avec vous ?

— On ne peut plus amical.

— Et que savez-vous de Mr Anthony Browne, lady Alexandra ?

— Rigoureusement rien. Nous ne nous sommes rencontrés qu'à titre occasionnel.

— Et vous, Mr Farraday ?

— J'en sais probablement sur Browne encore moins que ma femme. Elle, au moins, a dansé avec lui. Il a l'air sympathique. Il est américain, je crois bien.

— D'après ce que vous avez pu remarquer à l'époque, diriez-vous que Mrs Barton et lui avaient une liaison ?

— Je n'ai aucune idée préconçue sur la question, inspecteur.

— Je vous demandais seulement vos impressions, Mr Farraday.

Stephen plissa le front.

— Ils étaient en très bons termes, c'est tout ce que je peux dire.

— Et vous, lady Alexandra ?

— Mon *impression*, c'est tout, inspecteur ?

— Uniquement votre impression.

— Eh bien — et je vous la donne pour ce qu'elle vaut —, j'ai l'impression très nette qu'ils se connaissaient on ne peut mieux et qu'ils étaient du dernier bien ensemble. Rien qu'à la façon dont ils se regardaient, voyez-vous. Cela dit, je ne peux vous fournir aucune preuve tangible de ce que j'avance.

— Les femmes ont souvent un flair infaillible dans ce domaine, reconnut Kemp.

Le sourire un peu niais dont il avait accompagné cette réflexion aurait sans doute enchanté le colonel Race.

— Et maintenant, votre opinion sur miss Lessing, lady Alexandra.

— Miss Lessing, si je ne m'abuse, était la secrétaire de George Barton. J'ai fait sa connaissance le soir de la mort de Rosemary. À part cela, nous ne nous sommes revues qu'une fois, à la campagne, et puis hier soir...

— Si je peux me permettre une seconde question incongrue, avez-vous eu l'impression qu'elle était amoureuse de George Barton ?

— Je n'en ai aucune idée.

— Dans ce cas, nous allons en venir aux événements d'hier soir.

Il fit subir, tant à Stephen Farraday qu'à sa femme, un interrogatoire serré sur le déroulement de la soirée tragique. Il n'en attendait pas grand-chose, et tout ce qu'il obtint ne fit guère que confirmer ce qu'il savait déjà. Leurs témoignages concordaient avec les points déjà acquis : Barton avait porté un toast en l'honneur d'Iris, avait bu et s'était immédiatement après levé pour danser. Ils avaient tous suivi le mouvement avec ensemble, et George et Iris avaient été les premiers à revenir. Pas plus Stephen qu'Alexandra Farraday n'était à même de fournir une explication à la présence de la chaise vide en dehors du fait que George Barton avait clairement laissé entendre qu'il s'attendait à ce qu'un de ses amis, un certain colonel Race, vienne l'occuper plus tard dans la soirée — affirmation que l'inspecteur savait erronée. Sandra Farraday déclara, et son mari confirma ses dires, que lorsque les lumières s'étaient rallumées, après les attractions, George avait fixé la chaise vide avec une lueur étrange dans le regard et avait un moment semblé totalement absent au point de ne pas entendre ce qu'on disait autour de lui. Puis il s'était repris et avait demandé qu'on boive au souvenir de Rosemary.

L'unique point que l'inspecteur considéra comme un supplément d'information fut le récit que lady Alexandra lui fit de la conversation qu'elle avait eue à Fairhaven avec George Barton et de la façon dont il avait insisté pour qu'elle et son époux assistent à la soirée donnée en l'honneur d'Iris.

Pour faux qu'il soit, c'était là un prétexte raisonnablement plausible, songea l'inspecteur. Refermant son calepin dans lequel il avait griffonné quelques hiéroglyphes, il se leva :

— Je vous suis très reconnaissant, lord Kidderminster, et vous, lady Alexandra ainsi que Mr Farraday, pour votre aide et votre collaboration.

— La présence de ma fille sera-t-elle requise lors de l'instruction ?

— L'audience sera de pure routine. Confirmation de l'identité, déposition du médecin légiste et ajournement à huitaine. D'ici là, nous aurons, je pense, passablement progressé.

Il se tourna vers Stephen Farraday :

— À propos Mr Farraday, il y a deux ou trois points de détail que vous pourriez m'aider à élucider. Inutile de déranger lady Alexandra. Si vous me passiez un coup de fil au Yard, nous pourrions fixer un rendez-vous à l'heure qui vous conviendra. Vous êtes, je le sais, un homme très occupé.

Ç'avait été plaisamment dit, d'un air de ne pas y toucher, et pourtant la menace sous-jacente n'échappa à personne.

Stephen Farraday parvint à s'arracher le sourire le plus coopératif du monde.

— Entendu, inspecteur, articula-t-il.

Puis il consulta sa montre et s'excusa :

— Il faut que je me rende aux Communes.

Dès qu'il se fut éclipsé et que l'inspecteur Kemp eut également pris congé, lord Kidderminster se tourna vers sa fille et l'interrogea sans y aller par quatre chemins :

— Stephen était l'amant de cette femme ?

Il y eut un décalage d'une seconde entre la question et la réponse :

— Bien sûr que non. Sans quoi, je l'aurais su. De toute façon, Stephen n'est pas du genre à ça.

— Écoute-moi bien, mon petit, la politique de l'autruche n'a jamais mené à rien. Le linge sale finit toujours par se laver en public. Il faut que nous sachions où nous mettons les pieds.

— Rosemary Barton et ce type, cet Anthony Browne, ne se quittaient pas d'une semelle. Ils s'affichaient partout ensemble.

— Bien, concéda lord Kidderminster. Tu dois savoir ce que tu fais.

Il n'était pas dupe, et c'est le visage sombre qu'il sortit lentement de la pièce. Il monta à l'étage et gagna le boudoir de sa femme. Sachant pertinemment que son arrogance foncière ne ferait qu'envenimer la situation à un moment où il estimait vital de cultiver de bonnes relations avec la police, il l'avait interdite de bibliothèque.

— Eh bien ? questionna lady Kidderminster, comment cela s'est-il passé ?

— On ne peut mieux en apparence, maugréa lord Kidderminster. Kemp est un garçon courtois et bien élevé. Il a fait preuve de tact — d'un tout petit peu trop de tact pour mon goût.

— Ce qui signifie que c'est grave ?

— Oui, très grave. Nous n'aurions jamais dû laisser Sandra épouser ce garçon, Vicky.

— C'est ce que j'ai toujours clamé haut et fort.

— Oui... oui... (Il connaissait l'antienne). C'est vous qui aviez raison et moi qui avais tort. Mais convenez qu'elle l'aurait fait quand même. Quand Sandra a quelque chose en tête, bien malin qui lui ferait changer d'avis. Sa rencontre avec Farraday, dont nous ne connaissons ni la famille ni les antécédents, a été un désastre. En cas de crise, qui sait comment un type comme ça réagira ?

— Si j'ai bien compris, gronda lady Kidderminster, nous avons accueilli un assassin dans la famille ?

— Je n'en sais rien encore. Je me refuse à condamner d'emblée ce garçon — mais ce qu'il y a de sûr, c'est que la police le soupçonne — or, ces gens-là ont du flair. Il avait une liaison avec cette Barton, c'est clair comme le jour. Qu'elle se soit suicidée à cause de lui ou qu'il l'ait... Enfin, quoi qui ait pu se passer, Barton avait découvert le pot aux roses et était prêt à faire des révélations et à aller jusqu'au scandale. Je suppose que Stephen n'a pas supporté cette perspective et... et qu'il...

— Qu'il l'a empoisonné ?

— Oui.

Lady Kidderminster secoua la tête

— Je ne suis pas de votre avis.

— Je souhaite que vous ayez raison. Il n'en reste pas moins que quelqu'un l'a empoisonné.

— Si vous voulez le fond de ma pensée, dit lady Kidderminster, Stephen n'aurait jamais eu le cran nécessaire.

— Sa carrière prime tout pour lui. Il est très doué, et je vous garantis qu'il a l'étoffe d'un homme d'État. On ne peut jamais savoir de quoi un individu est capable quand il se sent acculé.

Sa femme continua de secouer la tête

— Je maintiens qu'il n'a pas assez de cran. Il faut être casse-cou, savoir jouer le tout pour le tout. J'ai peur, William, j'ai atrocement peur.

Il la regarda avec stupeur :

— Vous insinuez que Sandra... *Sandra*... ?

— Cette idée me révulse, mais à quoi bon refuser la réalité et se voiler la face ? Elle est entichée de cet individu, elle l'a été dès le premier jour, et il y a toujours eu chez elle des pulsions inquiétantes. Je ne l'ai jamais réellement comprise, elle m'a toujours fait peur. Je la crois prête à tout, absolument *tout*, pour Stephen. Sans se soucier du prix à payer. Mais si elle a été assez folle, assez monstrueuse pour faire une chose pareille, elle a besoin de protection.

— De protection ? Qu'entendez-vous par... par *protection* ?

— La *vôtre*, bien sûr. Comment pourrions-nous abandonner notre propre fille dans de telles circonstances ? Dieu merci, vous êtes bien placé pour tirer toutes les ficelles qu'il faudra.

Lord Kidderminster dévisagea sa femme avec ébahissement. Lui qui croyait la connaître, il était médusé par son réalisme brutal, son mépris des préjugés, son refus des faux-semblants... mais aussi et surtout par son absence totale de sens moral.

— Seriez-vous en train de suggérer que, au cas où ma fille serait une criminelle, mon devoir consisterait à user de mon influence pour la soustraire aux conséquences de son acte ?

— Cela va de soi, décréta lady Kidderminster.

— Ma chère Vicky ! Vous ne vous rendez pas compte ! Ça ne se fait pas. Ce serait de... de la forfaiture.

— Foutaises ! s'écria lady Kidderminster.

Divisés, chacun incapable de comprendre le point de vue de l'autre, ils se mesuraient du regard comme Agamemnon et Clytemnestre avaient dû le faire alors qu'ils débattaient du sort d'Iphigénie.

— Vous pourriez obtenir que le gouvernement fasse pression sur la police pour que l'affaire soit enterrée et que le verdict conclue au suicide. Ça ne serait pas la première fois — ne venez pas me dire le contraire.

— Quand cela s'est produit, il s'agissait d'affaires d'ordre public, il y allait de l'intérêt de l'État. Ici, nous sommes dans le domaine privé. Je doute fort de pouvoir faire quoi que ce soit.

— Vous le pourrez, à condition que votre détermination soit pleine et entière.

Lord Kidderminster éclata :

— En aurais-je le pouvoir que je m'y refuserais ! Ce serait abuser de ma position.

— Si Sandra était arrêtée et passait en jugement, ne feriez-vous pas appel aux meilleurs avocats ?

Aussi coupable qu'elle puisse être, ne tenteriez-vous pas l'impossible pour la tirer de là ?

— Bien sûr, bien sûr. Mais ça n'a rien à voir. Vous autres femmes, il est des nuances que vous ne saisissez pas.

Inébranlable, lady Kidderminster laissa passer l'orage. De ses enfants, Sandra était celle qu'elle chérissait le moins, pourtant, à cet instant précis, elle n'était plus qu'une mère — rien qu'une mère — acharnée à défendre sa progéniture par tous les moyens. Pour Sandra, elle était prête à sortir bec et ongles.

— En tout cas, reprit lord Kidderminster, Sandra ne sera pas inculpée à moins de charges accablantes. Quant à moi, et jusqu'à plus ample informé, je me refuse à croire que l'une de mes filles soit une criminelle. Et je m'étonne, ma chère Vicky, que pareille idée vous ait effleurée.

Sa femme continuant d'observer un mutisme éloquent, lord Kidderminster se retira, mal à l'aise.

Comment Vicky... *Vicky,* auprès de qui il avait vécu tant d'années et qu'il croyait si bien connaître, pouvait-elle receler de tels abysses — aussi longtemps insoupçonnés que désormais carrément inquiétants ?

5

Race trouva Ruth Lessing occupée à dépouiller des papiers derrière un imposant bureau. Elle portait tailleur noir et chemisier blanc, et il fut impressionné par son efficacité tranquille. Il nota néanmoins ses yeux cernés et le pli amer de sa bouche, mais son chagrin, si chagrin il y avait, était aussi bien contrôlé que ses autres émotions.

Race expliqua l'objet de sa visite et elle répondit avec empressement :

— C'est très aimable à vous de vous être dérangé. Je sais parfaitement qui vous êtes. Mr Barton comptait que vous vous joindriez à nous hier au soir, c'est bien cela ? Je me souviens le lui avoir entendu dire.

— L'avait-il annoncé avant la soirée elle-même ?

Elle réfléchit un instant :

— Non, quand nous avons pris place autour de la table, en fait. J'avoue que ça m'a un peu surprise.

Elle rougit et s'empressa d'ajouter :

— Pas qu'il vous ait invité, cela va sans dire. Vous êtes un vieil ami, je le sais. Et vous auriez déjà dû être au dîner de l'année dernière. Non, ce qui m'a étonnée, c'est que, si vous veniez, Mr Barton n'ait pas invité une autre femme pour équilibrer sa table. Mais, bien sûr, si vous deviez arriver en retard et peut-être ne pas venir du tout...

Elle s'interrompit :

— Que je suis bête ! Pourquoi ressasser ces broutilles qui n'ont aucune importance ? Je suis vraiment stupide, ce matin.

— En dépit de ce qui s'est passé, vous êtes venue travailler comme d'habitude ?

— Évidemment.

Elle parut déconcertée, presque choquée :

— Il faut bien que je fasse mon métier. Il y a tant de choses à régler, à mettre en ordre.

— George m'a souvent répété à quel point il se reposait sur vous, dit gentiment Race.

Elle se détourna. Il la vit déglutir et battre des paupières. Cette réticence à faire étalage de ses sentiments le convainquit presque de sa parfaite innocence. Presque, mais pas entièrement. C'est qu'il en avait déjà rencontré, des comédiennes — de ces femmes dont les paupières rougies et les cernes sous les yeux devaient plus aux artifices qu'à l'affliction.

Se réservant pour l'instant d'en juger, il se dit en lui-même qu'en tout cas, c'était une dure à cuire.

De nouveau tournée vers Race, Ruth enchaîna sur la dernière remarque :

— Je l'ai secondé pendant des années... cela aurait fait huit ans en avril... et je le connaissais à fond, et je crois qu'il... qu'il avait confiance en moi.

— J'en suis sûr. Au fait, il va être midi. Pourquoi n'irions-nous pas déjeuner tranquillement quelque part ? Il y a des tas de choses que j'aimerais vous dire.

— Merci. J'accepte avec le plus grand plaisir.

Il l'entraîna vers un petit restaurant de sa connaissance où les tables étaient suffisamment espacées pour qu'on puisse y bavarder sans contrainte.

Il passa la commande et, dès que le garçon se fut éloigné, dévisagea son invitée.

Avec le casque de ses cheveux noirs, ses lèvres pleines et son menton volontaire, elle était plutôt belle fille.

Il parla de tout et de rien en attendant qu'on les serve, et Ruth l'imita, avec intelligence et sensibilité.

Et puis très vite, profitant d'une pause dans la conversation, elle attaqua de front :

— J'imagine que vous souhaitez me parler d'hier au soir. Je vous en prie, ne tergiversez pas. C'est tellement insensé que je serais soulagée qu'on en discute. Si ça ne s'était pas produit sous mes yeux, je refuserais d'y croire.

— Vous avez vu l'inspecteur Kemp, bien entendu ?

— Oui, hier soir. Il m'a paru intelligent et plein d'expérience.

Elle s'interrompit. Puis :

— C'était réellement un *meurtre*, colonel Race ?

— C'est Kemp qui vous a renseignée ?

— Non, il s'est montré plutôt avare de détails, mais ses questions reflétaient ce qu'il avait en tête.

— Suicide ou pas suicide, *votre* opinion sur la question prime celle de n'importe qui, miss Lessing. Vous connaissiez parfaitement George Barton et j'imagine qu'hier, vous avez passé la majeure partie de la journée avec lui. Quelle impression vous a-t-il faite ? Égal à lui-même ? Ou bien alors soucieux... hors de lui... dans tous ses états ?

Elle hésita :

— C'est difficile à dire. Il était à la fois soucieux et hors de lui, mais il y avait de quoi.

Elle lui expliqua le cas Victor Drake et lui donna un bref aperçu de la carrière du jeune homme.

— Hum ! fit Race. L'inévitable brebis galeuse. Et Barton était furieux contre lui ?

— Ça n'est pas si simple, répondit lentement Ruth. Je connaissais si bien Mr Barton, voyez-vous. Cette histoire le tracassait, l'exaspérait — j'imagine d'ailleurs que Mrs Drake devait se tordre les mains et verser des torrents de larmes dans tous les coins comme elle le fait immanquablement dans ces cas-là — et c'est bien pour ça que Mr Barton tenait à tout arranger. Mais j'ai quand même eu l'impression que...

— Oui, miss Lessing ? Je suis convaincu que vous avez tapé dans le mille, avec votre impression.

— Eh bien, j'ai eu l'impression que son exaspération d'hier n'était pas de même nature que ses exaspérations passées, si je peux m'exprimer ainsi. Parce que, à quelques détails près, nous avions déjà été confrontés à des situations similaires. L'année dernière, Victor Drake s'était fourré ici dans un tel pétrin que nous avions dû l'embarquer sur le premier bateau en partance pour l'Amérique du Sud ; or, pas plus tard qu'en juin dernier, il nous câblait pour réclamer de l'argent. C'est vous dire si les réactions de Mr Barton sur ce chapitre m'étaient familières. Eh bien, cette fois-ci, j'ai eu le sentiment que sa contrariété tenait essentiellement au fait que le câble soit arrivé au moment où il était accaparé par l'organisation de sa soirée d'anniversaire. Il semblait tellement absorbé par ses derniers préparatifs qu'il prenait comme une offense personnelle la perspective de devoir s'occuper d'autre chose.

— Aviez-vous été frappée par le caractère insolite de la soirée qu'il préparait, miss Lessing ?

— Oui, bien sûr. Mr Barton la prenait tellement à cœur. Il en était surexcité d'avance, comme un enfant.

— Vous était-il apparu que cette soirée était organisée dans un but bien précis ?

— Vous voulez parler du fait que ça devait être une réplique de la soirée d'il y a un an et au cours de laquelle Mrs Barton s'était suicidée ?

— Oui.

— En toute franchise, j'avais trouvé ça extravagant.

— Et George ne vous avait fourni aucune explication... ne vous avait fait aucune confidence ?

Elle secoua la tête.

— Dites-moi, miss Lessing, n'avez-vous jamais mis en doute le suicide de Mrs Barton ?

Elle parut tomber des nues :

— Bien sûr que non !

— George Barton ne vous a pas dit qu'il croyait que sa femme avait été assassinée ?

Elle écarquilla les yeux :

— George croyait *ça* ?

— Je vois que c'est une révélation pour vous. Oui, miss Lessing. George avait reçu des lettres anonymes où il était spécifié que sa femme ne s'était pas suicidée mais qu'elle avait été assassinée.

— Alors c'est pour ça qu'il était devenu si bizarre, cet été ? Je me demandais ce qui lui arrivait.

— Vous ignoriez l'existence de ces lettres anonymes ?

— Absolument. Il en a reçu beaucoup ?

— Il m'en en montré deux.

— Et moi qui n'en ai rien su !

Il y avait une pointe d'amertume dans sa voix.

Race la regarda un long moment, puis demanda :

— Eh bien, miss Lessing, que dites-vous de ça ? Est-il possible, à votre avis, que George se soit suicidé ?

Elle secoua la tête :

— Non... Je... oh, non.

— Mais vous dites qu'il était dans tous ses états ?

— Oui, mais il était comme ça depuis un bon bout de temps. Maintenant, je comprends pourquoi. Et je comprends aussi pourquoi la perspective de cette soirée le perturbait à ce point-là. Il devait avoir une idée en tête, il espérait sans doute que cette reproduction à l'identique lui apprendrait du nouveau. Pauvre George ! Dans quelle confusion mentale s'est-il débattu !

— Et Rosemary Barton, miss Lessing ? Persistez-vous à penser qu'elle s'est suicidée ?

Son front se barra d'un pli :

— Je n'ai jamais envisagé d'alternative. Ça semblait tellement évident.

— « Dépression nerveuse consécutive à une forte grippe » ?

— Il y a probablement eu plus que ça. Elle était très malheureuse. Ça se voyait comme le nez au milieu du visage.

— Et la cause, elle était facile à deviner ?

— Bah... oui. En tout cas, je l'ai fait. Bien sûr, j'ai pu me tromper. Mais les femmes du genre de Mrs Barton sont transparentes, elles ne se donnent même pas la peine de dissimuler leurs sentiments. Dieu merci, je ne pense pas que Mr Barton se soit jamais douté de rien... Oh oui, elle était malheureuse. Et je sais qu'en plus des séquelles de sa grippe, elle souffrait ce soir-là d'une violente migraine.

— Comment avez-vous appris qu'elle avait la migraine ?

— Je l'ai entendue le dire à lady Alexandra... dans le vestiaire, pendant que nous ôtions nos manteaux. Elle regrettait de ne pas avoir de cachets Faivre. Heureusement, lady Alexandra en avait et lui en a donné un.

Le colonel Race levait son verre. Il suspendit son geste à mi-course :

— Et elle l'a pris ?

— Oui.

Il reposa son verre intact et la dévisagea. Elle semblait la sérénité même, comme si elle ne se doutait pas de la portée de ce qu'elle venait de dire. Or, c'était pourtant bien d'une importance capitale. Cela signifiait que Sandra qui, de par sa place à table, aurait eu le plus grand mal à verser quoi que ce soit dans le verre de Rosemary sans attirer l'attention, avait eu une autre occasion de lui administer le poison. Elle avait pu le lui remettre, dissimulé dans un cachet. D'ordinaire, un cachet ne met que quelques instants à se dissoudre, mais il avait pu s'agir d'un cachet spécial, enrobé d'une pellicule de gélatine ou de pain azyme. Il n'était pas non plus exclu que Rosemary ne l'ait absorbé que plus tard dans la soirée.

— Vous l'avez vue l'avaler ? lança-t-il tout à trac.
— Je vous demande pardon ?

À son expression troublée, il vit qu'elle avait la tête ailleurs.

— Avez-vous vu Rosemary Barton avaler ce cachet ?

Ruth parut prise de court :

— Je.. eh bien... non, je ne l'ai pas vue. Elle s'est contentée de remercier lady Alexandra.

Ainsi, Rosemary pouvait avoir glissé le cachet dans son sac et, plus tard, pendant les attractions, sa migraine augmentant, l'avoir laissé tomber dans son champagne pour qu'il s'y dissolve. Supposition, pure supposition — mais après tout éventualité plausible.

— Pourquoi m'avez-vous demandé ça ? fit Ruth.

Son regard s'était mis à briller, à s'emplir de questions. Race avait l'impression de voir son cerveau travailler.

— Maintenant, je comprends, dit-elle enfin. Je comprends pourquoi George a acheté cette propriété près de celle des Farraday. Et je comprends aussi pourquoi il ne m'a pas parlé de ces lettres. Ça me paraissait bizarre. Mais évidemment, s'il croyait à ce qu'elles disaient, cela signifiait que l'un d'entre nous, l'une des cinq personnes assises autour de la table, l'avait tuée. Cela pouvait... cela pouvait même être *moi* !

— Vous aviez une raison de tuer Rosemary Barton ? demanda Race avec une infinie douceur.

La voyant là, toute droite et les yeux baissés, il crut d'abord qu'elle n'avait pas entendu sa question.

Mais soudain, avec un soupir, elle les releva et le regarda bien en face :

— Ce n'est pas le genre de confidences qu'on aime faire. Mais je suis persuadée qu'il vaut mieux que vous sachiez. J'étais amoureuse de George Barton. Je l'aimais avant même qu'il ne fasse la connaissance de Rosemary. Je ne pense pas qu'il s'en soit jamais douté... il ne s'intéressait pas à moi. Il m'aimait bien... il m'aimait beaucoup, sans plus. Et pourtant, je me disais que j'aurais pu faire pour lui une bonne épouse, que j'aurais su le rendre heureux. Il aimait Rosemary, mais il n'était pas heureux avec elle.

— Et vous détestiez Rosemary ?

— Oui, oh oui ! Cordialement. Elle était ravissante, très séduisante et pouvait se montrer adorable — à sa manière. Mais, avec moi, elle ne s'est jamais donné la peine d'être ne serait-ce qu'aimable. Je l'exécrais. Quand elle est morte — et surtout si on pense à la façon dont elle morte —, ça m'a fait un choc. Mais pour ce qui est d'avoir de la peine, ça, non ! Je crois bien que ça m'a plutôt fait plaisir.

Elle se tut, puis :

— Je vous en prie... si nous parlions d'autre chose ?

Race ne se le fit pas dire deux fois :

— J'aimerais que vous me précisiez, très exactement, ce dont vous vous souvenez de la journée d'hier — et en particulier de tout ce que George Barton a pu dire ou faire.

Ruth s'empressa d'énumérer les événements de la matinée : l'exaspération de George à propos de Victor Drake, le coup de téléphone qu'elle avait donné en Amérique du Sud, les dispositions prises et enfin le soulagement de George de savoir l'affaire réglée. Puis elle passa à son arrivée au *Luxembourg* et au portrait de George en amphitryon fébrile. Elle décrivit enfin les ultimes moments de la tragédie. Son récit confirmait en tous points les déclarations que Race avait déjà entendues.

Le front soucieux, Ruth ne cacha pas sa perplexité :

— Ce n'est pas un suicide — je suis sûre que ce n'est pas un suicide —, mais comment peut-il s'agir d'un meurtre ? Je veux dire : comment tuer a-t-il été matériellement possible ? Ma réponse, c'est que ça n'était pas faisable, pour aucun d'entre nous ! Alors est-ce que quelqu'un aurait pu verser du poison dans la coupe de George pendant que nous étions en train de danser ? Mais dans ce cas, de qui pourrait-il bien s'agir ? C'est à n'y rien comprendre.

— D'après les témoignages, *personne* ne s'est approché de la table pendant que vous dansiez.

— C'est vraiment à n'y rien comprendre ! Le cyanure n'est pas allé dans la coupe tout seul !

— Vous n'avez pas la moindre idée — pas même l'ombre d'un soupçon sur la personne qui aurait pu verser du cyanure dans cette coupe ? Repensez à la soirée d'hier. N'y a-t-il rien eu, pas le plus petit incident, si minime soit-il, qui éveille votre défiance ?

Il vit son visage changer, vit le doute, l'espace d'un instant, traverser son regard. Il y eut un silence imperceptible, infinitésimal, avant qu'elle ne réponde :

— Rien.

Mais il y avait bel et bien eu quelque chose. Il l'aurait juré. Quelque chose qu'elle avait vu, entendu ou remarqué et que, pour une raison quelconque, elle avait décidé de garder pour elle.

Il n'insista pas. Il savait qu'avec une fille comme elle, ce serait peine perdue. Si elle avait décidé de se taire, rien ne la ferait changer d'avis...

Mais il y avait bien eu *quelque chose*. Cette certitude le ragaillardit, lui redonna confiance. C'était la première lézarde dans le mur opaque auquel il se heurtait.

Le déjeuner terminé, il prit congé de Ruth et, dans

le taxi qui roulait en direction d'Elvaston Square, s'interrogea sur la femme qu'il venait de quitter.

Était-il possible que Ruth Lessing soit coupable ? En gros, elle lui avait fait bonne impression. Elle lui avait paru la franchise, la droiture même.

Était-elle capable de commettre un meurtre ? Si on va par là, la plupart des gens le sont. Capables non de meurtres en général, mais d'un meurtre bien précis. C'était ça qui rendait quasi impossible de barrer qui que ce soit de la liste. Il y avait chez cette fille un côté impitoyable. Et elle possédait un mobile — et même un éventail de mobiles. En éliminant Rosemary, elle aurait eu de très fortes chances de devenir la nouvelle Mrs Barton. Qu'il s'agisse pour elle d'épouser un homme riche ou d'épouser l'homme qu'elle aimait, l'élimination de Rosemary était le préalable obligé.

Race inclinait à penser que l'envie d'épouser un homme riche n'était pas un moteur suffisant. Ruth Lessing était trop avisée, avait la tête trop froide pour risquer la potence dans le seul but de mener une existence plus douillette. L'amour, alors ? Peut-être. En dépit de sa froideur et de son air de ne pas y toucher, elle devait être de ces femmes que la plus folle passion peut embraser lorsqu'elles trouvent chaussure à leur pied. Éperdue d'amour pour George, folle de haine pour Rosemary, elle pouvait avoir, de sang-froid, planifié et mené à bien l'exécution de cette dernière. Le fait que tout se soit passé sans accroc, et que la thèse du suicide ait été admise sans objection aucune, prouvait l'étendue de ses compétences.

Et puis George avait reçu des lettres anonymes (de qui ? pourquoi ? c'était l'énigme exaspérante qui n'avait jamais cessé de l'horripiler) et était devenu soupçonneux. Il avait prévu de tendre un piège. Du coup, Ruth l'avait réduit au silence.

Non, il y avait quelque chose qui clochait. Il faisait fausse route. L'histoire qu'il se racontait, elle sentait la panique — or, Ruth Lessing n'était pas du genre à paniquer. Autrement plus futée que George, elle n'aurait eu aucun mal à esquiver toutes les chausse-trappes qu'il se serait cassé la tête à imaginer.

Tout compte fait, Ruth n'avait pas l'air d'être le bon numéro.

6

Lucilla Drake fut enchantée de voir le colonel Race.

De noir vêtue, portant un mouchoir à ses yeux, elle fit son entrée dans la pièce aux rideaux hermétiquement tirés, tendit une main frémissante et expliqua qu'elle n'aurait jamais humainement pu accepter de recevoir personne — absolument personne — à l'exception d'un si vieil ami de ce cher, *cher* George... et à quel point c'était affreux qu'il n'y ait plus d'homme dans la maison ! Vraiment, sans un homme sous le même toit, on ne savait plus par quel bout s'y prendre, à quel saint se vouer. Elle était là, toute seule, pauvre veuve éplorée, seule avec Iris, infortunée jeune fille sans défense, alors que George s'était toujours occupé de tout. C'était si gentil de la part du colonel Race, et elle lui en était tellement reconnaissante... car comment savoir ce qu'elles devaient faire ? Bien sûr, miss Lessing gérerait le bureau et s'occuperait des affaires... et les funérailles à organiser, en plus de ça... mais où en était l'enquête ? et quelle horreur que d'avoir la police... la police dans la maison, *dans la maison !*... oh, en civil, bien évidemment, et — c'était à porter à leur crédit —, très, très corrects. Mais elle était tellement désemparée... et c'était une tellement affreuse tragédie... et le colonel ne pensait-il pas que tout cela était dû à l'*autosuggestion* — c'était bien ce que disaient les psychanalystes, n'est-ce pas, que tout est *autosug-*

gestion ? Et ce pauvre George, dans cet abominable restaurant, le *Luxembourg,* avec pratiquement les mêmes convives, et en mémoire le souvenir de Rosemary, qui était morte là... et ç'avait dû le prendre d'un seul coup, alors que s'il l'avait seulement écoutée, s'il avait consenti à faire une cure de cet excellent fortifiant du cher Dr Gaskell... au bout du rouleau, c'était le cas de le dire... tout l'été, il lui avait paru au bout du rouleau.

Sur quoi, Lucilla se trouva, elle aussi, temporairement au bout de son rouleau — répit dont Race profita pour placer quelques mots.

Il lui exprima ses plus vives condoléances et l'assura qu'elle pouvait compter sur lui dans tous les domaines.

Ragaillardie, Lucilla repartit de plus belle et lui confia à quel point elle était sensible à sa gentillesse... et que c'était le choc qui avait été si terrible... nous étions si peu de chose... nés de la rosée du matin et fauchés le soir même... encore que la métaphore soit hardie, mais le colonel comprendrait ce qu'elle voulait dire... et que c'était si réconfortant de pouvoir se convaincre qu'il y avait quelqu'un sur qui l'on pouvait compter. Miss Lessing était, certes, pleine de bonnes intentions et d'une extrême efficacité, mais elle était, hélas, tout sauf sympathique et avait souvent tendance à prendre un petit peu trop de choses sous son bonnet... George s'en était d'ailleurs toujours, à son humble avis à elle, Lucilla, *beaucoup trop* remis à cette fille pour les décisions importantes, et elle avait même eu une fois très peur qu'il ne soit sur le point de commettre une bêtise, ce qui aurait été infiniment dommageable d'autant qu'elle lui en aurait probablement fait voir de toutes les couleurs une fois qu'ils auraient été mariés. Bien sûr, elle, Lucilla, avait flairé ce qui se mijotait. Cette chère petite Iris était tellement candide, et c'était merveilleux — le colonel n'était-il pas de cet avis ? — que les jeunes filles demeurent ainsi chastes et pures. Iris avait toujours été très jeune pour son âge, et remarquablement réservée — les trois quarts du temps, on ne savait même pas ce qu'elle pensait. Ravissante et brûlant la chandelle par les deux bouts, Rosemary n'avait jamais pu tenir en place, tandis qu'Iris passait des heures à rêvasser, ce qui n'était pas réellement conseillé pour les jeunes filles : elles devraient suivre des cours — cours de cuisine et peut-être même de couture. Rien de tel pour vous occuper l'esprit — et qui sait si cela ne se révélera pas utile plus tôt qu'on ne le pense ? Ç'avait vraiment été une bénédiction qu'elle, Lucilla, ait été libre de venir s'installer ici après la mort de la pauvre Rosemary — cette horrible grippe, d'une forme tout à fait inhabituelle, d'après ce qu'en avait dit le Dr Gaskell. Un homme tellement intelligent, aux manières d'une telle gentillesse et d'une si extraordinaire délicatesse.

Elle aurait voulu qu'Iris aille le consulter, cet été. La pauvre petite était toujours si pâle... si abattue...

— Mais pour tout dire, colonel, je suis persuadée que c'était la situation de la maison. Dans un *bas-fond*, voyez-vous, *détrempé*, tout imprégné de *miasmes* en fin de journée.

Ce pauvre George l'avait achetée sur un coup de tête, sans demander l'avis de personne — si ce n'était pas malheureux ! Il voulait paraît-il que ce soit une surprise, mais il aurait vraiment mieux valu qu'il prenne l'avis d'une femme d'âge et d'expérience. Les hommes n'y connaissaient rien en maisons. George aurait dû comprendre qu'elle, Lucilla, se serait volontiers mise en quatre. Car, après tout, à quoi rimait désormais sa vie ? Son cher mari, mort il y avait de cela des années, et Victor, son fils bien-aimé, loin d'elle, au fin fond de l'Argentine — ne voulait-elle pas plutôt dire du Brésil ou était-ce bien l'Argentine ? Un fils si beau, si affectionné.

Le colonel Race confirma qu'il avait entendu dire qu'elle avait un fils à l'étranger.

Pendant un quart d'heure, il fut régalé du récit complet des innombrables activités de Victor. Un garçon si doué, tellement désireux de s'essayer à tout

— suivait l'énumération de ses mille et un métiers. Un si brave enfant, jamais méchant, incapable de faire du mal à quelqu'un.

— Il n'a cessé de jouer de malchance, colonel Race. Il a été mal jugé par ses professeurs et je considère que les autorités d'Oxford l'ont traité de façon scandaleuse. Personne n'a jamais paru comprendre qu'un garçon doué pour les arts graphiques pourrait trouver qu'imiter une signature au bas d'un chèque était la meilleure des plaisanteries. Il avait fait ça pour épater la galerie — et absolument pas pour de l'argent.

Quoi qu'il en soit, il s'était toujours montré excellent fils et n'avait jamais manqué de prévenir sa mère chaque fois qu'il avait des ennuis, ce qui — le colonel n'en convenait-il pas ? — était bien la plus belle des marques de confiance. On pouvait seulement s'étonner — n'est-ce pas ? — de ce que les emplois qu'on lui trouvait semblaient si souvent l'obliger à s'expatrier. Comment se retenir de penser qu'un poste convenable, à la Banque d'Angleterre par exemple, lui permettrait de se stabiliser ? Il pourrait peut-être même vivre en banlieue et avoir une petite voiture.

Il s'écoula bien vingt minutes avant que le colonel Race, désormais au fait de toutes les vertus et de toutes les infortunes de Victor, ne parvienne à détourner Lucilla du vaste sujet du fils pour l'aiguiller sur le non moins épineux chapitre des domestiques.

Oui, ce qu'il disait n'était que trop vrai : le modèle des domestiques à l'ancienne n'existait plus. Les problèmes qu'on pouvait avoir de nos jours ! Non qu'elle eût à se plaindre, car elle était somme toute toujours bien tombée. Mrs Pound, en dépit d'une regrettable surdité, était une excellente personne. Oh, ses gâteaux étaient bien parfois un peu indigestes et elle pourrait avoir la main plus légère lorsqu'il s'agissait de poivrer le potage, mais elle était globalement fiable... et extrêmement économe. Elle était dans la maison depuis le mariage de George et n'avait pas fait d'embarras pour les suivre cette année à la campagne, ce qui n'avait pas été le cas des autres : la femme de chambre était même allée jusqu'à donner ses huit jours... mais là, ç'avait été plutôt une bonne chose... une impertinente qui non contente de répondre avait en outre cassé six des plus beaux verres à vin, et pas un de temps en temps comme cela pouvait arriver à n'importe qui, mais tous à la fois — ce qui trahissait une négligence coupable, le colonel Race n'était-il pas du même avis ?

— Une grande négligence, en effet.

— C'est ce que je lui ai dit. Et j'ai ajouté que je serais obligée d'en faire état sur son certificat — car j'estime qu'on a des *devoirs*, colonel Race. Je veux dire par là qu'on ne doit pas induire les gens en erreur. Les défauts doivent être mentionnés au même titre que les qualités. Mais cette fille s'est montrée... vraiment... euh... vraiment très *insolente* et m'a répondu que, pour sa prochaine place, elle espérait ne pas tomber dans le genre de maison où les gens se font « buter » — effroyable expression populaire entendue, j'imagine, au cinéma et grotesquement inappropriée étant donné que cette pauvre Rosemary s'est suicidée — en état d'irresponsabilité passagère comme l'a si justement souligné le coroner — et que cette effroyable expression se réfère, si je ne me trompe, aux gangsters américains qui s'entretuent à la mitraillette. Je remercie d'ailleurs le ciel que nous ne connaissions pas de telles atrocités en Angleterre. Aussi, disais-je, ai-je signifié dans son certificat que Betty Archdale s'acquittait convenablement de ses devoirs de femme de chambre, qu'elle était sobre et honnête, mais qu'elle avait une propension à casser plus que de raison et que ses manières n'étaient pas toujours aussi respectueuses qu'on était en droit de l'attendre. Et, personnellement, si j'avais été Mrs Rees-Talbot, j'aurais lu entre les lignes et je ne l'aurais pas engagée. Mais, de nos jours, les gens sautent sur la première venue et prennent parfois à leur service des filles qui ont fait trois places en moins d'un mois.

Le temps que Mrs Drake reprenne haleine, le colonel Race s'empressa de lui demander s'il ne s'agissait pas de Mrs *Richard* Rees-Talbot ? Si oui, il l'avait connue aux Indes.

— Je ne saurais vous dire. C'était une adresse à Cadogan Square.

— Alors, il s'agit bien de mes amis.

Lucilla fit remarquer que le monde était bien petit, n'était-il pas vrai ? Et qu'avoir de vieux amis, il n'y avait rien de mieux au monde. L'amitié, c'était un sentiment merveilleux. Elle n'avait jamais cessé de se répéter qu'il y avait eu un lien tellement romantique entre Viola et Paul. Chère Viola, ç'avait été une fille ravissante et qui traînait tous les cœurs après soi, mais... oh, mon Dieu ! dire que le colonel Race ne savait même pas de qui elle parlait ! C'était une pente si fatale que d'évoquer le passé ! On se laissait aller... aller...

Le colonel la supplia de poursuivre et, pour fruit de sa courtoisie, eut droit à l'histoire inexpurgée de la vie d'Hector Marle, qu'elle avait élevé comme seule peut le faire une sœur, à l'énumération de ses singularités et de ses faiblesses, et, finalement, alors que le colonel Race l'avait presque oubliée, à son mariage avec la belle Viola.

— Elle était orpheline, voyez-vous, et pupille de l'État.

Il apprit comment Paul Bennett, surmontant l'atroce déception causée par la volte-face de Viola, était passé de l'état de soupirant à celui d'ami de la famille et n'ignora bientôt plus rien de sa tendresse pour sa filleule, Rosemary, des détails de sa mort et des termes de son testament.

— Ce que j'ai toujours trouvé d'un romantisme *bouleversant*... Une fortune aussi phénoménale !... Non, bien évidemment, que l'argent soit tout... oh ! non, bien au contraire. Il suffit de penser à la fin tragique de cette pauvre Rosemary. Et même à la situation présente de cette chère Iris...

Race l'enveloppa d'un regard interrogateur.

— Je trouve que j'ai là une responsabilité écrasante. Qu'elle soit riche héritière est bien évidemment une réalité connue de tous. Je tiens à l'œil les jeunes gens du genre indésirable mais que peut-on au juste, colonel Race ? Surveiller de nos jours les jeunes filles comme on le faisait autrefois n'est plus possible. Iris a des amis dont j'ignore quasiment tout. « Invite-les à la maison, ma chérie », voilà ce que je ne cesse de lui dire, mais j'ai l'impression que certains de ces garçons ne veulent rien savoir. Pauvre George, il se faisait du souci, lui aussi. Au sujet d'un certain Anthony Browne. Je ne l'ai moi-même jamais vu, mais j'ai l'impression qu'Iris et lui sont inséparables. Et il est permis de penser qu'elle aurait mieux à faire. George ne l'aimait pas du tout, j'en mettrais ma main au feu. Et j'ai toujours été d'avis, colonel Race, que les hommes sont meilleurs juges dès lors qu'il s'agit de jauger leurs pareils. Ça me rappelle le colonel Pusey, un de nos marguilliers, un homme charmant, mais que mon mari tenait à distance et avec lequel il m'avait enjointe d'en faire autant... eh bien figurez-vous qu'un dimanche, alors qu'il présentait le plateau de l'offertoire, il s'est écroulé... ivre mort, semble-t-il. Et, après coup comme il se doit — on découvre toujours ce genre de choses après coup, comme si ça ne serait pas mieux de le faire avant —, on s'est avisé que les cadavres de douzaines de bouteilles de brandy s'entassaient toutes les semaines dans sa poubelle ! C'était vraiment navrant car, bien que flirtant un peu avec l'évangélisme réformé, il était d'une grande piété. Feu mon mari et lui s'étaient livré des batailles acharnées à propos du service de la Toussaint. Oh, mon Dieu, la Toussaint ! Dire qu'hier était le Jour des Morts !

Un léger bruit fit regarder Race, par-dessus la tête de Lucilla, en direction de la porte qui venait de s'ouvrir. Il avait déjà vu Iris — à Little Priors. Il eut néanmoins l'impression de la découvrir. L'extrême tension qui transparaissait sous son calme de façade le frappa. Et, quand leurs regards se croisèrent, il sentit passer un message dont il aurait dû saisir le sens mais qui lui échappa.

À son tour, Lucilla Drake tourna la tête :

— Iris, ma chérie, je ne t'ai pas entendue entrer. Tu connais le colonel Race ? Il se montre d'une exquise gentillesse.

Iris vint lui serrer gravement la main. Sa robe noire la faisait paraître plus pâle et plus mince que dans son souvenir.

— J'étais venu voir si je pouvais vous être d'un secours quelconque, dit Race.

— Merci. C'est très gentil à vous.

Elle n'avait manifestement pas encore surmonté le choc. Était-elle si attachée à George que sa mort puisse à ce point l'affecter ?

Elle se tourna vers sa tante et Race s'avisa qu'elle la fixait d'un œil méfiant :

— Vous parliez de quoi... à l'instant, quand je suis entrée ?

Lucilla s'empourpra et donna quelques signes de panique. Race en conclut qu'elle n'avait qu'une envie : éviter toute allusion au jeune et bel Anthony Browne.

— Voyons, que je réfléchisse..., pépia Lucilla. Ah, oui ! Nous parlions de la Toussaint... et du fait qu'hier était le Jour des Morts. Le Jour des Morts... je trouve ça tellement *étrange*... c'est le genre de coïncidence rigoureusement incroyable dans la vie quotidienne.

— Tu veux dire par là, murmura Iris, que Rosemary serait revenue hier histoire de récupérer George ?

Lucilla poussa des cris d'orfraie :

— Iris, je t'en prie ! Quelle pensée abominable... tellement païenne !

— Pourquoi païenne ? C'était le Jour des Morts. C'était leur fête. Quand j'étais à Paris, j'ai remarqué que la plupart des gens vont au cimetière pour déposer des fleurs sur les tombes.

— Oh, je sais, ma chérie, mais après tout les Français donnent dans le *catholicisme*, non ?

L'ombre d'un sourire retroussa les lèvres d'Iris. Puis elle attaqua bille en tête :

— Je m'étais dit que vous étiez peut-être en train de parler d'Anthony... d'Anthony Browne.

— Eh bien...

Le pépiement de Lucilla grimpa dans l'aigu et, plus que jamais, évoqua l'oiseau effarouché :

— Eh bien... en réalité, nous y avons fait *allusion*. Simplement *allusion*. Il se trouve que je me suis laissée aller à dire, vois-tu, que nous ne savions *rien* — ce qui s'appelle *rien* — sur son compte...

Iris la coupa d'un ton âpre :

— Pourquoi faudrait-il que tu saches quoi que ce soit à son sujet ?

— Ça ne me regarde pas, ma chérie, tu as cent fois raison. Mais je me dis que... tout de même... ce serait... tellement mieux, non ?

— Les occasions de te renseigner ne vont bientôt pas te manquer, figure-toi. Et ce, pour l'excellente raison que je vais l'épouser dès qu'il en manifestera à nouveau l'envie.

— Oh, Iris !

L'exclamation de Lucilla se situait entre le bêlement et le gémissement d'agonie :

— Ne fais pas de coup de tête... Je veux dire... On ne peut prendre aucune décision pour le moment...

— La décision est prise, et bien prise, tante Lucilla.

— Non, ma chérie, on ne peut parler mariage alors que l'enterrement n'a pas encore eu lieu. Ce ne serait pas convenable. Et puis il y a cette horrible enquête et tout ce qui s'ensuit. Et puis, vraiment, Iris, je ne crois pas que George aurait approuvé. Il n'aimait pas ce Mr Browne.

— C'est exact, admit Iris, ça n'aurait pas été du goût de George qui détestait Anthony, mais cela ne change rien à rien. Il s'agit de ma vie, pas de celle de George... et d'ailleurs George est mort...

Mrs Drake gémit de plus belle :

— Iris, Iris ! Mais qu'est-ce qui t'arrive ? Tu n'as donc pas de cœur ?

— Excuse-moi, tante Lucilla, dit la jeune fille d'une voix infiniment lasse. C'est l'impression que ça a dû donner, mais je me suis mal exprimée. Je voulais simplement dire que George repose en paix dans son coin et qu'il n'a plus à se soucier de moi et de mon avenir. Mes décisions, c'est moi qui dois désormais les prendre.

— Tu dis des bêtises, ma chérie. Encore une fois, rien ne peut être réglé à un moment pareil — ce serait de la dernière inconvenance. La question ne se pose même pas.

Iris laissa échapper un rire bref.

— Elle s'est pourtant posée. Avant que nous quittions Little Priors, Anthony m'a demandé de l'épouser. Il voulait que je rentre à Londres avec lui et que je l'épouse le lendemain sans en souffler mot à personne. Je donnerais n'importe quoi pour l'avoir fait.

— Il faut bien admettre que c'était quand même de sa part une curieuse exigence, commenta à mi-voix le colonel Race.

Elle le foudroya du regard :

— Absolument pas. Et ça aurait évité des tas d'ennuis. Pourquoi ne lui ai-je pas fait confiance ? Il m'a demandé de lui faire confiance et j'ai passé outre. En tout cas, ce qu'il y a maintenant de sûr et certain, c'est que je l'épouserai dès qu'il en aura envie.

Lucilla se répandit en protestations aussi variées qu'incohérentes. Ses bonnes joues rondes en tremblèrent et ses yeux ne tardèrent pas à ruisseler de larmes.

Le colonel Race s'empressa de reprendre la situation en main :

— Miss Marle, pourrions-nous échanger quelques mots avant que je ne me retire ? À titre strictement professionnel.

Prise de court, la jeune fille balbutia un « oui » et se dirigea sans broncher vers la porte. Comme elle passait le seuil, Race s'adressa en aparté à Mrs Drake :

— Ne vous tracassez pas, chère madame. Moins on en dit, mieux c'est. Nous verrons ce que nous pouvons faire.

La laissant tant soit peu rassurée, il rejoignit Iris qui le guida vers un boudoir donnant sur l'arrière de la maison et d'où l'on voyait, par la fenêtre, un platane mélancolique perdre ses dernières feuilles.

Race ne se répandit pas en circonlocutions :

— Ce que je tenais à ce que vous sachiez, miss Marle, c'est que l'inspecteur Kemp est de mes amis et que je suis certain qu'il saura se montrer on ne peut plus aimable et courtois. Sa tâche est ingrate, mais je ne doute pas qu'il soit capable de la mener à bien avec tout le tact souhaitable.

Elle le dévisagea un instant sans rien dire, puis demanda tout à trac :

— Pourquoi n'êtes-vous pas venu nous rejoindre hier soir comme George nous l'avait annoncé ?

Il secoua la tête :

— George ne m'attendait pas.

— Mais il nous a affirmé le contraire.

— Peut-être l'a-t-il prétendu en effet, mais c'était faux. George savait pertinemment que je ne viendrais pas.

— Mais alors cette chaise vide... c'était pour qui ?

— Pas pour moi.

Ses paupières se fermèrent à demi et elle chuchota, soudain blême :

— C'était pour Rosemary... Je comprends tout... C'était pour Rosemary...

Il crut qu'elle allait tourner de l'œil et se précipita pour la soutenir et la forcer à s'asseoir :

— Ne vous mettez pas dans des états pareils.

— Ça va mieux, exhala-t-elle dans un souffle. Seulement je ne sais ce que je dois faire... Je ne sais pas ce que je dois faire...

— Je peux peut-être vous aider ?

Elle leva vers lui un regard morne :

— Il faut que je clarifie les choses. Il faut que je classe les événements dans leur suite logique, ajouta-t-elle en tâtonnant de la main dans le vide. Primo, George était persuadé que Rosemary ne s'était pas suicidée... mais qu'on l'avait assassinée. Il le croyait à cause de ces fameuses lettres. Colonel Race, qui a écrit ces lettres ?

— Je ne sais pas. Personne n'en sait rien. Vous-même, vous avez une idée ?

— Je nage en plein brouillard. Quoi qu'il en soit, George croyait ce qu'elles racontaient et c'est pour ça qu'il a organisé ce dîner... pour ça qu'il a fait placer cette chaise vide... parce que c'était la Toussaint, le Jour des Morts — un jour où l'esprit de Rosemary aurait pu revenir... revenir pour lui révéler la vérité.

— Ne vous laissez pas emporter par votre imagination.

— Mais j'ai moi-même senti sa présence... je l'ai à plusieurs reprises sentie toute proche. Je suis sa sœur... et je suis persuadée qu'elle essayait de me dire quelque chose.

— Calmez-vous, Iris.

— Il *faut* que je parle de ça. George a bu à la mémoire de Rosemary et il... il est mort. Peut-être que... peut-être qu'elle est revenue le chercher.

— Les esprits ne mettent pas de cyanure de potassium dans les coupes de champagne, mon petit.

Ces mots l'aidèrent à recouvrer son sang-froid.

— Mais c'est tellement incroyable ! poursuivit-elle sur un ton redevenu normal. George a été assassiné... oui, *assassiné*. C'est ce que croit la police, et ça doit être vrai. Pour la bonne raison qu'il n'y a pas d'autre explication. Et pourtant, c'est absurde.

— Vous trouvez ça absurde ? Si Rosemary a effectivement été assassinée et si George s'était mis à soupçonner quelqu'un...

Elle le coupa :

— Oui, mais Rosemary *n'a pas* été assassinée.

C'est pour ça que rien ne tient debout. Si George croyait à ces lettres grotesques, c'est en partie parce qu'une « dépression nerveuse consécutive à une forte grippe » n'est pas une raison suffisante pour se tuer. Seulement, question raison, elle en avait bel et bien une autre. Ne bougez pas, je vais vous montrer !

Elle sortit en courant et revint en brandissant une lettre pliée en quatre qu'elle lui jeta presque dans les mains :

— Lisez ça ! Vous verrez bien !

Il déplia la feuille légèrement froissée.

Mon Léopard bien-aimé...

Il la lut une seconde fois avant de la lui rendre.

— Vous voyez ? lança-t-elle avec fougue. Elle était malheureuse... elle avait le cœur brisé. Elle n'avait plus envie de continuer à vivre.

— Vous savez à qui cette lettre était adressée ?

Iris hocha la tête :

— À Stephen Farraday. Pas à Anthony. Elle était amoureuse de Stephen et il la faisait souffrir. Alors elle est arrivée au restaurant avec le poison, et elle l'a bu devant lui pour qu'il la voie mourir... Peut-être qu'elle espérait lui donner des remords.

Race hocha à son tour la tête, pensivement, sans souffler mot.

— Quand avez-vous trouvé cette lettre ? s'enquit-il au bout d'un moment.

— Il y a de ça environ six mois. Au fond de la poche d'une vieille robe de chambre.

— Vous ne l'avez pas montrée à votre beau-frère ?

— Comment aurais-je pu ? s'écria Iris au comble de l'indignation. Oui, comment aurais-je pu ? Rosemary était ma sœur. Comment aurais-je pu la dénoncer auprès de George ? Il était tellement sûr qu'elle l'aimait. Comment aurais-je pu lui montrer ça après qu'elle soit morte ? Il comprenait tout de travers, mais je ne pouvais pas le lui prouver, pas à *lui*. Seulement ce que je veux savoir, c'est ce que je dois faire *maintenant*. Je vous ai montré cette lettre parce que vous étiez l'ami de George. Est-ce que l'inspecteur Kemp doit être mis au courant, lui aussi ?

— Oui. Il faut la lui remettre. C'est une preuve, voyez-vous.

— Mais alors, on va la... on va sans doute la lire au cours du procès ?

— Pas nécessairement. Ce n'est pas automatique. L'enquête porte sur la mort de George. Rien ne sera rendu public qui ne concerne pas directement cette mort. Le mieux serait que vous me la remettiez tout de suite.

— Très bien.

Elle la lui donna et l'accompagna jusqu'à la porte. Comme il s'apprêtait à franchir le seuil, elle lui dit à brûle-pourpoint :

— Cette lettre prouve bien que la mort de Rosemary est indéniablement un suicide, non ?

— Ce qu'il y a de sûr, c'est qu'elle prouve indéniablement que votre sœur avait un motif de se tuer.

Elle poussa un long soupir.

Il descendit les marches du perron. Tournant la tête pour lui adresser un dernier salut, il la vit qui s'encadrait dans l'embrasure de la porte et qui le suivait des yeux tandis qu'il traversait le square.

7

Mary Rees-Talbot accueillit le colonel Race par un cri de surprise incrédule :

— Très cher, je ne vous ai pas revu depuis le jour où vous vous êtes si mystérieusement volatilisé d'Allâhâbâd ! Quel bon vent vous amène ? Pas le simple désir de me revoir, je n'en croirais pas un mot : vous ne faites jamais de visites de courtoisie. Allons, allons, mon bon, crachez le morceau, comme dit le populaire, et au diable la diplomatie !

— User de diplomatie ici serait temps perdu, Mary. Ce qui m'a toujours stupéfié en vous, c'est le côté rayons X de votre matière grise.

— Assez tourné autour du pot, mettez enfin les pieds dans le plat, mon tout bon.

Race sourit.

— La femme de chambre qui m'a introduit, c'est bien Betty Archdale ? s'enquit-il.

— Alors c'est donc ça ! Ne venez pas me dire que cette fille, une cockney de la plus belle eau, serait en réalité une célèbre espionne européenne parce que je refuserais tout bonnement de vous croire.

— Non, non, rien de tel.

— Et ne me racontez pas non plus qu'elle œuvre pour l'Intelligence Service, je ne vous croirais pas davantage.

— Et vous auriez bien raison. Cette fille n'est ni plus ni moins qu'une innocente femme de chambre.

— Et depuis quand vous intéressez-vous aux innocentes femmes de chambre ? Encore que Betty n'ait pas grand-chose d'innocent — ce serait plutôt roublardise et compagnie.

— J'ai idée, expliqua le colonel Race, qu'elle pourrait me fournir un certain nombre de renseignements.

— Pour peu que vous le lui demandiez gentiment ? Je ne serais pas surprise que vous soyez dans le vrai. C'est une remarquable adepte de l'oreille-collée-au-trou-de-serrure-dès-qu'il-se-passe-quelque-chose. Mais que fait « M », dans tout ça ?

— « M » me propose fort civilement un verre et sonne Betty pour la prier de me l'apporter.

— Et quand Betty l'apportera ?

— D'ici là, « M » aura eu la gentillesse de se retirer.

— Pour coller à son tour son oreille au trou de serrure, par exemple ?

— Si ça lui chante.

— Après quoi, je serai un réceptacle ambulant

d'informations confidentielles sur la dernière crise européenne ?

— Je vous garantis bien que non. La situation politique n'a pas sa place dans le cas qui m'occupe.

— Vous me décevez ! Tant pis. Je joue le jeu !

Mrs Rees-Talbot, piquante fausse brune de quarante-neuf ans, sonna sa femme de chambre — créature pas désagréable du tout à regarder — et lui demanda d'apporter un whisky-soda au colonel Race.

Quand Betty Archdale revint avec le verre sur un plateau, Mrs Rees-Talbot se tenait sur le seuil de son boudoir.

— Le colonel Race a quelques questions à vous poser, signala-t-elle avant de s'éclipser.

Betty leva vers la haute silhouette martiale des yeux effrontés au fond desquels on pouvait lire une certaine appréhension. Race prit le verre et sourit :

— Vous avez lu les journaux, ce matin ?

— Oui, monsieur, répondit Betty avec circonspection.

— Vous avez vu que Mr George Barton est mort hier soir au restaurant de l'hôtel *Luxembourg* ?

— Oh, oui, monsieur !

Les yeux de Betty brillèrent de plaisir au seul énoncé d'un fait divers aussi scabreux :

— C'est affreux, des horreurs pareilles !

— Vous avez servi chez les Barton, n'est-ce pas ?

— Oui, monsieur. Je les ai quittés l'hiver passé, après la mort de Madame.

— Elle est morte au *Luxembourg*, elle aussi.

Betty hocha la tête :

— D'un sens, c'est drôle, pas vrai, monsieur ?

Race ne trouvait pas ça drôle du tout, mais comprenait ce qu'elle avait voulu dire.

— Je constate que vous ne manquez pas de jugeote, fit-il avec le plus grand sérieux. Vous savez qu'un et un font deux.

Betty joignit les mains et jeta discrétion et réserve aux orties :

— Il s'est fait zigouiller, lui aussi ? Les journaux ne précisent pas.

— Pourquoi dites-vous « lui aussi » ? Pour la mort de Mrs Barton, l'enquête avait conclu au suicide.

Elle était présentement fort occupée à le détailler du coin de l'œil.

« Vieux comme c'est pas permis, songeait-elle, mais encore bel homme. Du genre à pas être embêtant. Un homme du monde, quoi ! Un de ces hommes du monde qui vous auraient filé un jaunet — une pièce d'or, quoi ! — du temps de leur jeunesse. C'est drôle, je sais même pas à quoi ça peut ressembler, un jaunet. Mais il cherche quoi, au juste ? »

— Oui, monsieur, fit-elle, très sainte nitouche.

— Mais peut-être n'avez-vous jamais cru qu'il pouvait s'agir d'un suicide ?

— Eh bien non, monsieur. Je n'y ai jamais cru... pas vraiment.

— Voilà qui est très intéressant... vraiment très intéressant. Pourquoi n'y avez-vous pas cru ?

Elle hésita et entreprit de triturer son tablier entre ses doigts.

— Je vous en prie, dites-le moi. Cela peut revêtir une importance extrême.

C'était si gentiment dit, et avec une si belle voix grave. Ça vous donnait l'impression d'être soudain quelqu'un, et comme une envie de l'aider. Avec ça qu'elle avait eu le nez creux, pour ce qui est de la mort de Rosemary Barton. On ne la lui faisait pas, à elle !

— Elle s'est faite zigouiller, hein, monsieur, pas vrai ?

— Il n'est pas exclu que ce soit effectivement le cas. Mais comment en êtes-vous venue à penser ça ?

— Ben..., hésita Betty. C'est à cause d'un truc que j'ai entendu un beau jour.

— Oui ?

Son ton incitait à la confidence.

— La porte était pas fermée ni rien. Je veux dire, je suis pas le genre à écouter aux portes — c'est pas

199

des choses à faire, se récria vertueusement Betty. Mais je traversais le hall avec l'argenterie sur un plateau pour aller la ranger dans la salle à manger et ils parlaient tout fort. Madame était en train de dire à Mr Browne comme quoi Anthony Browne était pas son vrai nom. Ce qui l'a fichu en pétard, Mr Browne. Même que j'aurais jamais cru ça de lui, si joli garçon et toujours si poli et tout. Il a dit comme ça qu'il allait lui ratatiner la gueule — ouille, ouille, ouille ! Et puis il a dit aussi que si elle faisait pas ce qu'il lui disait de faire, elle risquait de se faire descendre. Textuel ! J'en ai pas entendu plus parce que miss Iris s'est pointée en haut de l'escalier.

» Sur le coup, faut bien dire que j'ai pas été chercher midi à quatorze heures. Mais après tout ce tintouin comme quoi elle se serait suicidée à ce dîner et que j'ai entendu causer qu'il était là quand ça s'est passé... y a pas à tortiller, ça m'a fait froid dans le dos, et pas qu'un peu !

— Et pourtant vous n'avez pas soufflé mot ?

La fille secoua la tête :

— Ça me disait pas grand-chose d'avoir affaire à la police... et puis je savais rien... j'étais pas sûre. Et puis peut-être que si j'avais causé, je me serais fait supprimer moi aussi. Qu'on m'aurait emmenée faire une petite balade — comme ils disent.

— Je comprends.

Race se tut un instant avant de demander de son ton le plus égal :

— Ce qui fait que vous vous êtes contentée d'envoyer une lettre anonyme à Mr George Barton ?

Elle lui jeta un regard ébahi dans lequel il ne lut ni gêne ni culpabilité — rien que de la stupéfaction :

— Moi ? Écrire à Monsieur ? Jamais de la vie !

— Allons, n'ayez pas peur de m'en parler. C'était une excellente idée. Elle avait le mérite de le mettre au courant sans vous trahir pour autant. C'était extrêmement futé de votre part.

— Mais je l'ai pas fait, monsieur. J'y ai même jamais pensé. Vous voulez dire écrire à Monsieur pour le prévenir que sa femme s'était faite zigouiller ? Bon sang, l'idée m'en serait jamais passée par la tête !

Elle était si ferme dans ses dénégations que Race en fut malgré tout ébranlé. Et pourtant tout aurait si bien concordé, tout aurait si bien pu s'expliquer pour peu que Betty ait été l'auteur de ces lettres. Cependant elle continuait de nier, sans se troubler, sans se mettre en colère — avec la sérénité de l'innocence. À son corps défendant, il se mit à la croire.

Il modifia son angle d'attaque :

— Vous avez raconté tout ça à qui ?

Elle secoua encore une fois la tête :

— Je l'ai raconté à personne. Je vous l'avoue franchement, monsieur, j'avais la frousse. Je me disais que je ferais pas mal de la boucler. J'ai essayé de plus y penser. La seule fois où j'ai ressorti l'histoire, c'est quand j'ai donné mes huit jours à Mrs Drake — toujours à vous chercher des poux dans la tête, qu'elle était, y a pas une fille qui l'aurait supportée comme je l'ai supportée... avec ça qu'elle voulait tout d'un coup m'obliger à aller m'enterrer au fin fond de la campagne où c'est qu'y avait même pas une ligne de bus ! Et là-dessus la voilà qui se met à devenir chienne question références et qui écrit sur mon certificat comme quoi j'avais tendance à casser — je vous demande un peu ! Alors j'ai fait ni une ni deux et je lui ai balancé dans les gencives que ce serait bien le diable si je trouvais pas une place où les patrons se faisaient pas zigouiller... seulement c'est sûr qu'après coup, j'ai eu les foies — mais je crois qu'elle avait pas fait attention. Peut-être que j'aurais dû vider tout le paquet sur ma lancée, mais ça coinçait quelque part. Et puis qui sait si tout ça était pas de la blague ? Les gens en débitent tellement des vertes et des pas mûres, et puis Mr Browne était toujours si gentil, et jamais le dernier à avoir le mot pour rire, alors comment voulez-vous que j'aille raconter tout ça ? Y avait pas moyen, monsieur, z'êtes pas de mon avis ?

Race convint qu'il n'y avait pas moyen. Puis il enchaîna :

— Mrs Barton a dit que Browne n'était pas son vrai nom. Est-ce qu'elle l'a mentionné, le vrai ?

— Oui. Même qu'il a hurlé : « Oubliez Tony... » Allons bon ! c'était comment, au juste ? Tony quelque chose... Ça m'a fait penser à la confiture de cerises que la cuisinière venait de faire.

— La confiture de cerises ?

— Oui, un nom qui sortait de l'ordinaire. Par un M, que ça commençait. Et puis ça sonnait genre étranger.

— Ne vous mettez pas martel en tête. Ça vous reviendra sans doute. Auquel cas, faites-le moi savoir. Voici ma carte. Si jamais vous le retrouvez, écrivez-moi à cette adresse.

Il lui tendit sa carte, plus un billet de banque.

— J'y manquerai pas, monsieur, merci monsieur.

« Un homme du monde, se dit-elle en dévalant les marches de l'escalier. Un billet d'une livre, et pas dix shillings. Ça devait être chouette, quand c'est qu'il y avait des jaunets. »

Mary Rees-Talbot réintégra le salon :

— Alors ? Succès sur toute la ligne ?

— Presque. Il ne subsiste plus guère qu'une inconnue. Votre génie naturel saura-t-il m'en fournir la solution ? Pourriez-vous me citer un nom évoquant la confiture de cerises ?

— Vous avez de ces questions !

— Réfléchissez, Mary. Je suis peu versé dans les arts ménagers. Pensez confitures — et confiture de cerises en particulier.

— On ne fait pas souvent de la confiture de cerises.

— Pourquoi ?

— Eh bien, mais parce qu'elle a tendance à cristalliser — à moins qu'on n'utilise des griottes... des morelli, si vous préférez.

Race poussa un rugissement de triomphe :

— C'est ça ! Je parie que c'est ça ! Au revoir, Mary. Je vous ai une infinie reconnaissance. Vous permettez que je sonne la femme de chambre afin qu'elle me reconduise ?

Mrs Rees-Talbot se pencha sur la rampe d'escalier tandis qu'il le dévalait quatre à quatre pour se ruer dans le vestibule :

— Ingrat ! Sagouin ! Ne pourriez-vous pas me dire de quoi il retourne ?

— Je reviendrai vous raconter le tout par le menu, répondit-il sans se retourner.

— Tu parles ! marmonna Mrs Rees-Talbot.

Au pied de l'escalier, Betty l'attendait avec son chapeau et sa canne.

Il la remercia et passa la porte. Sur le seuil, il s'immobilisa :

— Au fait, ce nom, ce n'était pas Morelli ?

Le visage de Betty s'éclaira :

— Si, c'était bien ça, monsieur ! Tony Morelli, c'est le nom qu'il lui avait dit d'oublier. Et il a dit aussi qu'il avait fait de la prison.

Race avait le sourire aux lèvres en descendant le perron.

Il appela Kemp depuis la cabine téléphonique voisine.

La conversation ne s'éternisa pas :

— J'envoie immédiatement un câble, dit Kemp. On devrait être fixé par retour. J'avoue que je me sentirais soulagé si vous aviez tapé dans le mille.

— Je crois que c'est le cas. Je commence à voir clair dans ce qui s'est passé.

8

L'inspecteur Kemp était d'humeur morose.

Il venait d'interroger pendant une bonne demi-heure une malheureuse bleusaille effarouchée de seize ans qui, en vertu de l'éminente position de son oncle Charles, ambitionnait les sommets — à savoir être à même de prétendre à la dignité de serveur en titre au *Luxembourg*. En attendant, il faisait partie des six souffre-douleur qui voltigeaient entre les tables avec des tabliers autour de la taille pour les différencier de l'élite du métier et dont le rôle essentiel consistait à encaisser invectives et injures à propos de tout et de rien, à s'activer sans trêve ni repos, à ravitailler tout un chacun en petits pains et en coquilles de beurre, et à se faire unanimement houspiller en français, en italien, voire même, à l'occasion, en anglais. Charles, comme il sied à un homme de son rang, bien loin de privilégier les liens du sang, l'invectivait et le couvrait d'injures plus encore que les autres. Ce traitement de faveur n'empêchait pas Pierre d'aspirer de toute son âme à connaître un jour, dans un lointain avenir, la consécration : devenir à son tour maître d'hôtel d'un restaurant *chic*.

Pour l'heure, sa carrière se trouvait cependant remise en question et il avait l'impression très nette qu'on le soupçonnait d'être ni plus ni moins qu'un assassin.

Kemp avait eu beau cuisiner le gamin, force lui avait été de se rendre à l'évidence : il n'avait fait ni plus ni moins que ce qu'il avait dit — à savoir, ramasser un sac à main tombé par terre et le replacer à côté de l'assiette de sa propriétaire.

— C'était comme que j'apportais vite fait la sauce à m'sieur Robert qui commençait déjà à trépigner et la p'tite dame elle avait fait tomber son sac en s'levant pour aller danser alors j'l'ai ramassé et j'l'ai r'mis sur la table et puis j'ai filé à cause que m'sieur

Robert y m'faisait des signes frénétiques. C'est tout, m'sieur.

Et c'était tout, en effet. Écœuré, Kemp ne le retint pas davantage et réprima son envie de le sermonner d'un « Et que je ne t'y reprenne plus jamais » passablement hors de propos.

Le sergent Pollock créa une diversion en signalant qu'on venait de lui téléphoner pour le prévenir qu'une jeune personne demandait à voir Kemp, ou plus précisément l'officier chargé de l'enquête sur l'affaire du *Luxembourg*.

— C'est comment, son nom ?

— Il s'agit d'une certaine miss Chloé West.

— Faites-la monter, soupira Kemp, résigné. Je peux lui accorder dix minutes. Après ça, j'ai Mr Farraday. Oh, et puis, après tout, ça ne le tuera pas que je le fasse lanterner un peu, celui-là. Ça a même toujours du bon : ça leur file les chocottes.

Dès que miss Chloé West pointa le bout de son nez, Kemp eut l'impression qu'il la connaissait déjà. Mais cette impression ne dura guère. Non, il n'avait jamais rencontré cette fille, il en était sûr et certain. Il ne parvenait néanmoins pas à se défaire du sentiment qu'elle lui rappelait vaguement quelqu'un.

Grande, brune, très jolie fille, miss West devait avoir dans les vingt-cinq ans. Elle avait une diction étudiée et montrait des signes évidents de nervosité.

— Eh bien, miss West, que puis-je pour vous ? interrogea Kemp sans perdre un instant.

— J'ai lu dans les journaux ce qui s'est passé au *Luxembourg*... et qu'un homme y était mort.

— Mr George Barton ? C'est ça ? Vous le connaissiez ?

— En fait, non, pas exactement. À dire vrai, je ne le *connaissais* pas au sens propre du terme.

Kemp, qui la dévisageait, écarta la première hypothèse qui serait venue à l'esprit de tout un chacun.

Non, Chloé West respirait la distinction et la vertu — une vertu farouche, même. Il opta pour la courtoisie :

205

— Puis-je avoir en premier lieu vos noms et adresse, je vous prie, afin d'être à même de vous situer ?

— Chloé Elizabeth West. 15 Merryvale Court, Maida Vale. Je suis comédienne.

Kemp la regarda de nouveau du coin de l'œil et se dit qu'elle ne le menait pas en bateau. Répertoire classique, se laissa-t-il à conjecturer. En dépit de sa beauté, elle devait donner dans le genre sérieux.

— Je vous écoute, miss West.

— Dès que j'ai appris la mort de Mr Barton et le fait que la... la police enquêtait, je me suis dit que je ferais peut-être bien de venir vous signaler quelque chose. J'en ai parlé à mon amie, et elle s'est montrée du même avis. Je ne vais pas jusqu'à imaginer que cela ait réellement à voir avec la suite des événements, mais...

Elle laissa sa phrase en suspens.

— À nous d'en juger, mondanisa Kemp, affable. Racontez-moi plutôt.

— En ce moment, je ne joue pas, expliqua miss West.

L'inspecteur Kemp faillit lâcher le mot « relâche » pour montrer qu'il connaissait les termes du métier, mais préféra s'abstenir.

— Je ne joue pas mais j'ai mon nom chez tous les agents, et ma photo dans *Spotlight*. C'est là, je présume, que Mr Barton l'a remarquée. Il a pris contact avec moi et m'a expliqué ce qu'il souhaitait que je fasse.

— Oui ?

— Il m'a dit qu'il donnait un dîner au *Luxembourg* et qu'il souhaitait faire une surprise à ses invités. Il m'a montré une photographie et m'a demandé de forcer ma ressemblance avec l'original. Je n'étais, d'après lui, pas vraiment le contraire.

Kemp eut une illumination. La photographie de Rosemary qui trônait sur le bureau de George à Evalston Square ! Voilà ce à quoi lui avait fait penser cette fille. Elle ressemblait à Rosemary Barton

— peut-être pas à s'y méprendre, bien sûr, mais l'allure générale et les principaux traits étaient similaires.

— Il m'a en outre fourni la robe que je devrais porter — je l'ai ici et je vais vous la remettre. Une robe de soie gris-vert. Je devais me coiffer comme le modèle de la photo — une photo en couleurs —, et accentuer la ressemblance grâce au maquillage. J'étais ensuite censée arriver au restaurant pendant les premières attractions et m'asseoir à sa table où une chaise vide était réservée à mon intention. Il m'avait préalablement emmenée déjeuner sur place pour me montrer l'emplacement de la table en question.

— Et pourquoi n'êtes-vous pas venue au rendez-vous, miss West ?

— Pour la bonne raison qu'à 8 heures ce soir-là, quelqu'un — Mr Barton — m'a prévenue par téléphone que l'affaire était remise à plus tard. Il a ajouté qu'il me recontacterait le lendemain pour me préciser la nouvelle date fixée. Sur quoi, le lendemain matin, j'ai appris sa mort par les journaux.

— Et vous avez eu le grand bon sens de venir nous trouver, la félicita Kemp. Je vous en remercie infiniment, miss West. Vous avez éclairci pour nous un mystère : le mystère de la chaise vide. Au fait, vous avez commencé par dire il y a deux secondes « quelqu'un » avant de préciser « Mr Barton ». Pourquoi ?

— Parce que j'avais commencé par croire que ce n'était *pas* Mr Barton. Sa voix sonnait différemment.

— C'était quand même bien une voix d'homme ?

— Oh oui, j'en ai... oui, l'intime conviction — une voix assez enrouée, comme s'il avait un rhume.

— Et c'est tout ce que cette voix a dit ?

— C'est tout.

Kemp poussa un peu plus loin l'interrogatoire, sans être autrement avancé pour autant.

Dès qu'elle fut partie, il confia au sergent :

— Ainsi, c'était ça, le fameux « plan » de George

Barton. Je comprends maintenant pourquoi ils ont tous dit qu'il n'avait pas cessé de fixer la chaise vide après le spectacle et qu'il avait l'air bizarre et apparemment la tête ailleurs. Son merveilleux plan était tombé à l'eau.

— Vous ne pensez pas un instant que c'est lui qui l'a décommandée ?

— Jamais de la vie. Et je parie que ce n'était pas un homme qui parlait au téléphone. Faire semblant d'être enroué, c'est encore le meilleur truc pour déguiser sa voix. Enfin, bref, nous allons de l'avant. Si Mr Farraday est là, envoyez-le moi.

9

C'est en affichant la plus parfaite impassibilité que Stephen Farraday, qui aurait en réalité donné n'importe quoi pour se faufiler dans le premier trou de souris venu, avait pénétré dans les locaux de Scotland Yard. Il avait l'impression que le ciel lui était tombé sur la tête. Dire que, le matin même, tout avait semblé tellement bien se passer ! Pourquoi l'inspecteur Kemp avait-il si lourdement insisté pour qu'il se présente à son bureau ? Que pouvait-il savoir ou à tout le moins soupçonner ? Ça *pouvait* n'être qu'un vague soupçon. La chose à faire ? Ne pas perdre les pédales et tout nier en bloc.

Sans la présence de Sandra à ses côtés, il se sentait étrangement vulnérable et solitaire. C'était comme si, lorsqu'ils affrontaient main dans la main un péril, le danger était divisé par deux. Ensemble, ils étaient forts, courageux, invincibles. Seul, il était zéro, moins que zéro. Et Sandra, est-ce qu'elle éprouvait la même sensation ? Est-ce qu'elle était en train d'afficher en silence, sous les lambris de Kidderminster House, son fameux air de réserve hautaine alors qu'en son for intérieur, elle sentait le sol s'ouvrir sous ses pieds ?

L'inspecteur lui réserva un accueil courtois mais solennel. Un policier en uniforme était assis à une table, muni d'un stylo et d'un bloc de papier. Après avoir invité Stephen à s'asseoir, Kemp s'adressa à lui en termes ostensiblement officiels :

— Je me propose, Mr Farraday, de recueillir votre déposition. Ladite déposition sera consignée par écrit et il vous sera demandé de la lire et de la signer avant de vous retirer. Il est de mon devoir de vous prévenir cependant que vous êtes libre de refuser de faire une telle déposition et que vous êtes en droit de requérir la présence de votre avocat si vous en éprouvez le désir.

Si Stephen fut abasourdi, il n'en laissa rien paraître. Il arbora un sourire polaire :

— Vous ne faites pas dans la dentelle, inspecteur.

— Nous tenons à ce que ne subsiste aucune ambiguïté quant à nos positions respectives, Mr Farraday.

— Tout ce que je dirai pourra être retenu contre moi, c'est bien ça ?

— Je récuse le « contre », Mr Farraday. Tout ce que vous direz sera susceptible d'être utilisé au titre de témoignage, point final.

— Je vous suis parfaitement, acquiesça Stephen sans se troubler, mais ce que je ne parviens pas à comprendre, inspecteur, c'est que vous puissiez avoir besoin d'un témoignage supplémentaire de ma part. Vous avez entendu ce matin tout ce que j'avais à dire.

— Il ne s'agissait là que d'une sorte de réunion informelle, utile en tant que point de départ, en tant qu'entretien préliminaire. Il est en outre certains points, Mr Farraday, dont je ne doute pas que vous préfériez les aborder en privé. Pour tout ce qui ne touche pas directement à notre affaire, nous nous efforcerons de nous montrer aussi discrets que faire se pourra sans entraver l'action de la justice. J'imagine que vous voyez à quoi je fais allusion ?

— Alors là, absolument pas.

L'inspecteur Kemp poussa un profond soupir :

— Tout bonnement à ceci : vous étiez dans les termes les plus intimes avec feu Mrs Rosemary Barton...

Stephen l'interrompit :

— Qui vous a dit ça ?

Kemp se pencha pour cueillir sur son bureau un document dactylographié :

— Ceci est la copie d'une lettre trouvée parmi les affaires de feu Mrs Barton. L'original, classé au dossier, nous a été remis par miss Iris Marle qui a déclaré que l'écriture en était bien celle de sa sœur.

Stephen lut :

Mon Léopard bien-aimé...

Il fut saisi d'une sorte de nausée. La voix de Rosemary... argumentant, suppliant... Le passé ne mourrait-il donc jamais ? ne consentirait-il jamais à se laisser ensevelir ?

Se reprenant, il regarda Kemp en face :

— Peut-être êtes-vous dans le vrai lorsque vous attribuez cette lettre à Mrs Barton... mais rien n'indique qu'elle m'ait été destinée.

— Niez-vous avoir payé le loyer du 21 Malland Mansions, à Earl's Court ?

Ainsi, ils savaient ! Il se demanda s'ils étaient au courant depuis le début.

Il haussa les épaules :

— Vous m'avez l'air fort bien renseigné. Pourrais-je savoir pourquoi ma vie privée devrait être soumise aux feux des projecteurs ?

— Elle ne le sera pas, à moins qu'elle n'ait un rapport avec la mort de George Barton.

— Si je comprends bien, vous insinuez que j'aurais commencé par le cocufier avant de l'assassiner.

— Allons, Mr Farraday, jouons franc-jeu. Il fut un temps où Mrs Barton et vous étiez... très proches. Et puis vous aviez fini par rompre avec elle — parce que ça vous arrangeait et sans tenir compte de ses vues sur la question. Sur ce, elle s'était mis dans la tête — cette lettre le prouve — de vous compliquer l'existence. Avouez que sa mort ne pouvait mieux tomber.

— Elle s'est suicidée. À la rigueur, je veux bien endosser une certaine part de responsabilité. Je veux bien battre ma coulpe, mais la justice n'a rien à voir dans ce qui ne concerne que ma conscience.

— Peut-être s'est-elle suicidée... et peut-être ne l'a-t-elle pas fait. George Barton penchait pour la seconde hypothèse. Il a entrepris de chercher le fin mot de l'histoire... et il est mort. Troublant, comme enchaînement, non ?

— Je ne vois pas ce qui vous pousse à... à me tomber dessus.

— Reconnaissez que la mort de Mrs Barton est survenue à point nommé ! Un scandale, Mr Farraday, aurait été hautement préjudiciable à votre carrière.

— Il n'y aurait pas eu de scandale. Mrs Barton aurait fini par entendre raison.

— J'en doute ! Votre femme était au courant de votre liaison, Mr Farraday ?

— Bien évidemment non.

— Vous êtes parfaitement sûr de ce que vous affirmez ?

— Oui, je vous le garantis. Ma femme ne soupçonne pas un instant qu'il ait pu y avoir autre chose que de l'amitié entre Mrs Barton et moi. Et j'espère qu'elle ne l'apprendra jamais.

— Votre femme serait-elle jalouse, Mr Farraday ?

— Pas le moins du monde. Elle n'a jamais montré la moindre jalousie en ce qui me concerne. Elle est beaucoup trop intelligente pour ça.

L'inspecteur s'abstint de tout commentaire. Au lieu de quoi il posa une question :

— Avez-vous jamais, au cours de l'année dernière, eu du cyanure de potassium en votre possession, Mr Farraday ?

— Non.
— Mais vous en avez toujours en réserve dans votre maison de campagne ?
— Le jardinier, c'est bien possible. Moi, ce n'est pas de mon ressort.
— Vous n'en avez jamais personnellement acheté dans une pharmacie ?
— Non.
— Pour faire de la photographie, par exemple ?
— Je ne connais rien à la photographie, et je vous répète que je n'ai jamais acheté de cyanure.

Kemp le harcela encore un moment avant de finir par lui rendre sa liberté.

À son subordonné, il confia alors, songeur :

— Étonnant, l'acharnement que ce type mettait à nier que sa femme était au courant de sa liaison. Pourquoi diable ? c'est ça qui me chiffonne.

— Probable qu'il a la trouille qu'elle l'apprenne, patron.

— C'est bien possible. Mais je l'aurais cru assez futé pour se rendre compte que si sa femme ne se doutait de rien et risquait de sauter au plafond, cela lui donnait une raison supplémentaire de souhaiter réduire Rosemary Barton au silence. Pour sauver sa peau, il devrait nous avouer que sa femme était plus ou moins au courant mais qu'elle préférait fermer les yeux.

— Probable qu'il n'a pas pensé à ça, patron.

Kemp secoua la tête. Stephen Farraday n'avait rien d'un imbécile. Il était astucieux, savait jauger une situation. Or, il avait fait appel à toute sa force de persuasion pour convaincre l'inspecteur que Sandra ignorait tout.

— Bah ! fit Kemp, le colonel Race a l'air tout content de la piste qu'il a dénichée et, s'il ne s'est pas fourré le doigt dans l'œil, les Farraday sont hors de cause — l'un comme l'autre. Je serais le premier à m'en réjouir. Ce type m'est sympathique. Et, personnellement, je me refuse à croire que c'est un meurtrier.

Ouvrant la porte du petit salon, Stephen souffla :
— Sandra ?
Elle vint à lui dans la pénombre et, posant les mains sur ses épaules, l'étreignit :
— Stephen...
— Pourquoi es-tu dans le noir ?
— Je ne supportais pas la lumière. Raconte-moi.
Il avoua :
— Ils savent.
— Au sujet de Rosemary ?
— Oui.
— Et qu'est-ce qu'ils pensent ?
— Ils constatent, bien entendu, que j'avais un mobile... Oh, ma chérie, tu vois dans quoi je t'ai entraînée ? Tout ça, c'est de ma faute. Si seulement j'avais fichu le camp après la mort de Rosemary... si j'avais quitté le pays... si je t'avais rendu ta liberté... pour qu'au moins *toi*, tu ne sois pas mêlée à une affaire aussi sordide...
— Non, pas ça... Ne t'éloigne jamais de moi... ne t'éloigne jamais... jamais... jamais...
Elle s'agrippait à lui, hoquetante. Ses joues ruisselaient de larmes. Et il percevait les frissons qui lui parcouraient le corps :
— Tu es ma vie, Stephen, toute ma vie... ne t'éloigne jamais de moi...
— Tu m'aimes aussi fort que ça, Sandra ? Et dire que je ne m'en étais pas rendu compte...
— Je ne voulais pas que tu le saches. Mais maintenant...
— Oui, maintenant... Nous sommes ensemble pour affronter le monde, Sandra... nous ferons face ensemble... quoi qu'il advienne... tous les deux !
Une énergie nouvelle les emplit alors qu'ils s'étreignaient dans les ténèbres.
— Pas question que cette histoire nous détruise, décréta soudain Sandra avec détermination. Pas question. Pas question !

Anthony Browne jeta un œil à la carte de visite que le petit groom lui tendait.

Il fronça les sourcils, puis haussa les épaules.

— C'est bon, dit-il au gamin. Fais-le monter.

Lorque le colonel entra, Anthony se tenait planté devant la fenêtre et un rayon de soleil oblique lui barrait l'épaule.

Il vit un homme de haute taille — allure martiale, visage hâlé, buriné, cheveux gris fer —, un homme qu'il avait déjà côtoyé, mais plus depuis des années, et sur lequel il en savait long.

Race, quant à lui, n'entraperçut qu'une élégante silhouette en contre-jour et la découpe d'une tête bien faite. Une voix aux intonations nonchalantes l'accueillit :

— Colonel Race ? Je sais que vous étiez un ami de George Barton. Il nous a parlé de vous, au cours de cette dernière soirée. Une cigarette ?

— Volontiers, merci.

— Vous étiez l'invité surprise qui n'est jamais venu, poursuivit Anthony en lui tendant du feu. Grand bien vous en a pris.

— Là, vous faites erreur. Le siège vide ne m'était pas destiné.

Les sourcils d'Anthony grimpèrent d'un cran :

— Vraiment ? Barton nous a pourtant dit...

— C'est peut-être bien ce qu'il vous a dit, le coupa Race. Il n'en reste pas moins que ses projets étaient tout différents. Cette fameuse chaise, Mr Browne, était destinée à être occupée, dès qu'on aurait fait le noir dans la salle, par une comédienne, Chloé West.

Anthony écarquilla les yeux :

— Chloé West ? Jamais entendu parler. Qui est-ce ?

— Une débutante pas très connue mais qui ressemble vaguement à Rosemary Barton.

Anthony émit un sifflement :

— Je commence à comprendre.

— Elle s'était vu remettre une photographie de Rosemary, afin de pouvoir s'inspirer de son style de coiffure, ainsi que la robe que Rosemary portait le soir de sa mort.

— Alors c'était ça le « plan » de George ! On rallume les lumières et hop ! debout les morts ! Clameurs et cris d'effroi face au déferlement du surnaturel : *Rosemary est revenue* ! Le coupable halète : « C'est moi... j'avoue... c'est moi qui ai fait le coup. »

Il marqua un temps avant d'ajouter :

— Minable, même pour un crétin comme ce pauvre vieux George.

— Je ne suis pas certain d'être d'accord avec vous.

Anthony sourit de toutes ses dents :

— Allons donc, cher monsieur ! Un criminel endurci ne va pas se comporter comme une fillette hystérique. Si quelqu'un a empoisonné Rosemary Barton de sang-froid et s'apprête à administrer le même bouillon d'onze heures à George, ce quelqu'un n'a pas les nerfs fragiles. Qu'il soit mâle ou femelle, il aurait fallu plus qu'une actrice déguisée en Rosemary pour lui faire cracher le morceau.

— Macbeth qui, rappelez-vous, n'avait rien d'un tendre, s'est effondré à la vue du spectre de Banco.

— Ah, mais ce qu'a vu Macbeth, c'était bel et bien un authentique fantôme ! Pas un cachetonneur affublé de la défroque de Banco ! Je vous accorde volontiers qu'un véritable spectre aurait pu nous apporter l'atmosphère de l'au-delà. En fait, je ne suis pas loin d'admettre que je crois aux fantômes... J'y ai cru tout au long de ces six derniers mois... à un fantôme bien précis.

— Vraiment ? Et le fantôme de qui ?

— De Rosemary Barton. Riez si ça vous chante. Je ne l'ai pas vu, mais j'ai senti sa présence. Pour une raison qui nous échappe, Rosemary, pauvre âme tourmentée, ne peut demeurer dans le royaume des morts.

— À ça, je suis à même de fournir une explication.

— Elle ne peut trouver le repos parce qu'elle a été assassinée ?

— Pour employer un terme plus argotique, parce qu'elle s'est fait « descendre ». *Qu'en dites-vous, Mr Tony Morelli ?*

Il y eut un silence. Anthony s'assit, balança sa cigarette dans la cheminée et en alluma une autre.

— Comment avez-vous appris ça ? demanda-t-il.

— Vous reconnaissez que vous êtes Tony Morelli ?

— Je ne vais tout de même pas perdre mon temps à le nier. Je parie que vous avez câblé en Amérique et qu'on vous a affranchi.

— Et vous reconnaissez également que, lorsque Rosemary Barton a découvert votre véritable identité, vous l'avez menacée de la « descendre » si elle ne tenait pas sa langue ?

— J'ai fait tout ce que j'ai pu pour lui flanquer la frousse et l'obliger à la boucler, admit Tony de bonne grâce.

Le colonel Race était la proie d'un sentiment étrange. Cette entrevue ne se déroulait pas comme elle l'aurait dû. Étudiant attentivement le personnage assis en face de lui dans son fauteuil, il fut soudain envahi par une curieuse impression de familiarité.

— Faut-il que je récapitule tout ce que je sais sur votre compte, Morelli ?

— Ça pourrait nous distraire.

— Vous avez été déclaré coupable, aux États-Unis, de tentative de sabotage sur les chantiers aéronautiques Ericsen et condamné à une peine d'emprisonnement. Après avoir purgé cette peine, vous avez disparu et les autorités vous ont perdu de vue. Lorsque enfin vous avez refait surface, c'était à Londres où vous résidiez au *Claridge* et où vous vous faisiez appeler Anthony Browne. Là, vous vous êtes démené pour vous attirer les bonnes grâces de lord Dewsbury et, par lui, vous avez pu entrer en contact avec plusieurs magnats de l'armement. Lord Dewsbury vous a, en outre, reçu chez lui où, mettant à profit votre position d'hôte, vous vous êtes fait montrer des choses que vous n'auriez jamais dû voir ! C'est quand même une curieuse coïncidence, Morelli, qu'une série d'accidents inexplicables, dont certains auraient pu tourner au désastre, soient survenus peu après vos visites de différents ateliers et chaînes de montage.

— Les coïncidences, philosopha Anthony, sont bien souvent des phénomènes qui passent l'entendement.

— Au bout du compte, après une nouvelle éclipse, vous réapparaissez à Londres où vous renouez avec Iris Marle et où vous multipliez les prétextes pour refuser ses invitations à la voir chez elle, afin que sa famille ne puisse mesurer votre degré d'intimité. Enfin, pour couronner le tout, vous vous efforcez de la convaincre de vous épouser dans le plus grand secret.

— Je n'en reviens pas de la somme de ce que vous avez découvert sur mon compte, s'émerveilla Anthony. Je ne parle pas des affaires d'armement — mais des menaces que j'ai proférées à l'encontre de Rosemary, et des mots doux que j'ai susurrés à Iris. Ne me dites pas que ces renseignements-là émanent des Services de Sécurité !

Race lui lança un regard acéré :

— Vous allez avoir à vous expliquer sur pas mal de sujets, Morelli.

— Pas du tout. Admettons que vos histoires soient exactes, qu'est-ce que je risque ? J'ai purgé ma peine de prison. Je me suis fait pas mal d'amis intéressants. Je suis tombé amoureux d'une fille ravissante et je brûle tout naturellement de l'épouser.

— Vous en brûlez si fort que vous souhaiteriez vous marier avant que sa famille ne découvre vos antécédents. Iris Marle est une très riche héritière.

Anthony hocha gaiement la tête :

— Je sais. Dès qu'il y a de l'argent, les familles ont tendance à être abominablement tatillonnes. Or, Iris ignore tout de mon passé douteux. Et, pour être franc, j'aimerais autant qu'elle continue de l'ignorer.

— J'ai peur qu'elle ne soit amenée à en savoir long sur le sujet.

— Dommage, soupira Anthony.

— Sans doute ne vous rendez-vous pas compte...

Anthony l'interrompit d'un éclat de rire :

— Inutile de me mettre les points sur les *i*. Rosemary Barton connaissait mon passé criminel, alors je l'ai tuée. George Barton commençait à me soupçonner, alors j'ai remis ça ! À présent, c'est à la fortune d'Iris que j'en ai ! Tout ça est bel et bon et tient parfaitement sur ses pieds... seulement voilà, vous n'avez pas l'ombre d'une preuve.

Race le détailla un long moment. Puis il se leva :

— Tout ce que je viens de dire est exact. *Et en même temps j'ai tout faux.*

Anthony ne le quittait pas des yeux :

— Qu'est-ce qui est faux ?

— Vous. C'est là qu'il y a maldonne.

Race se mit à faire les cent pas dans la pièce :

— Tout collait parfaitement jusqu'à ce que je vous voie — mais à présent que je vous ai vu, *rien ne va plus. Vous n'êtes pas un salopard.* Et si vous n'êtes pas un salopard, c'est que vous êtes *des nôtres.* Est-ce que je me trompe ?

Anthony le dévisagea un instant en silence avant de se fendre d'un large sourire. Puis il se mit à fredonner :

— « *For the colonel's lady and Judy O'Grady are sisters under the skin.* » Ôtez la carapace et vous verrez qu'on est faits de la même chair... Oui, c'est drôle comme on sait reconnaître ses pairs. C'est d'ailleurs la raison pour laquelle j'ai tout fait pour vous éviter. Il était impératif que personne ne soit au courant — impératif jusqu'à hier au soir. Maintenant, Dieu merci, le problème est réglé. Le gang international des saboteurs est tombé dans les mailles du filet. Trois ans, voilà ce que m'a demandé cette mission. J'ai fréquenté des meetings, créé de l'agitation ouvrière, peaufiné ma réputation. Finalement, on m'a confié un coup important à l'issue duquel je devais m'arranger pour être condamné. Il fallait que l'affaire ne soit pas du chiqué, histoire de bien afficher ma « bonne foi ».

» Quand je suis sorti de prison, les choses ont commencé à bouger. Petit à petit, je me suis infiltré au cœur d'un puissant réseau international dont le siège se trouvait en Europe centrale. C'est en tant que *leur* agent que j'ai débarqué à Londres et me suis installé au *Claridge*. J'avais ordre de me lier avec lord Dewsbury... ma spécialité, c'était jouer les papillons de nuit ! C'est comme jeune bellâtre traînant dans les soirées mondaines que j'ai fait la connaissance de Rosemary. Un jour, j'ai découvert avec horreur qu'elle savait que j'avais fait de la prison en Amérique sous le nom de Tony Morelli. J'ai paniqué pour *elle* ! Les gens pour lesquels je travaillais l'auraient supprimée sans l'ombre d'une hésitation s'ils avaient appris qu'elle était au courant. J'ai fait de mon mieux pour lui flanquer la frousse et l'inciter à se taire, mais je ne me berçais pas d'illusions. Rosemary était une cancanière congénitale. Alors je me suis dit que le mieux était que je file en douce... et c'est à ce moment-là que j'ai aperçu Iris qui descendait l'escalier, ce qui fait que je me suis juré qu'une fois ma tâche terminée, je reviendrais pour l'épouser.

» Dès que la phase active de ma mission a été bouclée, je suis revenu à Londres et me suis mis à fréquenter Iris, tout en restant à l'écart de chez elle et en gardant mes distances avec sa famille car je me doutais bien qu'ils voudraient prendre des renseignements sur mon compte alors que de mon côté je devais rester à couvert pendant quelque temps encore. Mais je me faisais du mauvais sang pour elle. Elle avait l'air souffrante, terrorisée, et George Barton avait un comportement bizarre. Je l'ai pressée de partir avec moi et de m'épouser. Elle a refusé. Peut-être a-t-elle eu raison. Et puis je me suis fait piéger pour ce dîner. C'est quand nous sommes passés à table que George a annoncé que *vous* alliez nous rejoindre. Aussitôt, j'ai balbutié que je venais de me casser le nez sur une vieille connaissance et que je serais obligé de me retirer de bonne heure. À vrai dire, j'avais effectivement croisé un type qui m'avait été présenté en Amérique — un certain Coleman, dit l'Entourloupe pour ses intimes — et, bien qu'il ne m'ait même pas reconnu, je tenais à mettre cet alibi en avant afin de parvenir à vous éviter. Ma mission n'était pas encore tout à fait terminée.

» La suite, vous la connaissez... George est mort. Je n'ai rien à voir avec sa mort, pas plus qu'avec celle de Rosemary. À l'heure qu'il est, je ne sais toujours pas qui l'a tué.

— Vous n'avez pas même une idée ?

— C'est forcément soit le serveur, soit une des cinq personnes qui se trouvaient à table. Je ne crois pas qu'il s'agisse du serveur. Ce n'est pas Iris, et ce n'est pas moi. Il est possible que Sandra Farraday ait fait le coup, ou que Stephen Farraday l'ait fait, ou encore qu'ils s'y soient mis à deux pour le faire. Mais je parierais quand même pour Ruth Lessing.

— Vous avez un élément qui accrédite cette thèse ?

— Non. Elle me paraît faire le coupable le plus vraisemblable... mais je n'arrive absolument pas à imaginer comment elle a pu s'y prendre. Lors du premier drame comme lors du second, elle était placée de telle façon qu'il lui était concrètement impossible de tripoter la coupe de champagne. Pour ne rien arranger, plus je réfléchis à ce qui s'est passé ce dernier soir, et plus il me semble également impossible que George ait été empoisonné — ce qui est pourtant bien le cas.

Anthony s'interrompit un instant avant de conclure :

— Et il y a encore un truc qui me turlupine... avez-vous enfin démasqué l'auteur des lettres anonymes qui ont lancé George sur le sentier de la guerre ?

Race secoua la tête :

— Je croyais le savoir, mais je faisais fausse route.
— Parce que le problème, c'est qu'il y a *quelqu'un, quelque part*, qui sait que Rosemary a été assassinée, ce qui revient en gros à dire que, si vous n'êtes pas vigilant, cette personne sera la prochaine victime !

11

Suite à une communication téléphonique, Anthony savait que Lucilla Drake sortirait sur le coup de 5 heures pour aller prendre le thé chez une de ses vieilles amies. Compte tenu des impondérables — oubli du porte-monnaie, long débat intérieur pour savoir s'il convenait ou non de prendre un parapluie afin de conjurer le sort, à quoi s'ajoutaient les ultimes papotages de la commère sur le pas de la porte —, Anthony programma son arrivée à Elvaston Square pour 5 h 25 précises. C'était Iris qu'il voulait voir, pas sa tante. Or, si par malheur il advenait qu'il croise Lucilla, il n'aurait plus guère, à en croire les mauvaises langues, que très peu de chance d'avoir jamais une conversation suivie avec la dame de ses pensées.

La femme de chambre — à qui manquaient les mines effrontées de Betty Archdale — lui signala que miss Marle venait de rentrer et se trouvait dans le boudoir.

— Ne vous dérangez pas, lui répondit Anthony en l'écartant avec son plus beau sourire et en s'engageant dans le corridor. Je trouverai mon chemin.

Lorsqu'il entra dans la pièce, Iris se retourna d'un bond :

— Oh, c'est vous !

Il se précipita auprès d'elle :

— Qu'est-ce qui ne va pas, mon amour ?
— Rien.

Elle se mordit les lèvres. Puis, sur un ton saccadé :
— Rien. Si ce n'est que j'ai failli me faire écraser. Oh, c'était de ma faute : je devais être noyée dans mes pensées et totalement dans la lune. J'ai traversé sans regarder et une voiture qui tournait le coin sur les chapeaux de roue m'a manquée de justesse.

Il la chapitra gentiment :
— Ce n'est pas une façon de se conduire, Iris. Je me fais du mauvais sang à votre sujet — oh, pas parce que vous avez échappé par miracle aux roues d'un chauffard, mais parce que vous rêvassiez au milieu de la chaussée. Qu'est-ce qui ne va pas, mon amour chéri ? Il y a quelque chose qui vous tracasse, c'est ça ?

Elle hocha la tête. Les yeux rougis de larmes qu'elle levait vers lui semblaient plus sombres encore que de coutume et comme agrandis par l'angoisse. Il en déchiffra le message avant même qu'elle ne lui avoue, d'une voix basse et précipitée :
— *J'ai peur.*

Anthony retrouva son calme et son sourire. Il s'assit à côté d'Iris sur un grand canapé.
— Allons, l'encouragea-t-il, confiez-moi vos soucis.
— J'aime autant ne pas le faire, Anthony.
— Minute, papillon, ne soyez pas comme ces héroïnes de romans-feuilletons qui commencent, dès le premier chapitre, à trimbaler de lourds secrets qu'elles ne peuvent à aucun prix révéler, et ce dans le seul but de fourrer le héros dans le pétrin et de permettre à l'auteur de tartiner trois cent cinquante mille signes supplémentaires.

Elle eut un semblant de sourire :
— Je voudrais pouvoir tout vous dire, Anthony, mais je ne sais pas ce que vous en penseriez... je ne sais pas si vous croiriez...

Anthony leva la main et commença à compter sur ses doigts :
— Un : vous êtes fille-mère. Deux : votre amant vous fait chanter. Trois...

— Bien sûr que non ! l'interrompit-elle avec indignation. Il ne s'agit de rien de tout ça !

— Vous m'ôtez un poids. Continuez, ma gourde chérie.

Le visage d'Iris se rembrunit de nouveau :

— Il n'y a pas de quoi rire. C'est à propos de l'autre soir.

— Oui ? fit-il d'une voix soudain tendue.

— Ce matin, fit-elle, vous étiez à l'enquête... et vous avez entendu...

Elle s'interrompit.

— Ce que j'ai entendu ou rien..., commenta Anthony. Le médecin légiste nous a asséné un laïus archi technique sur les effets de l'acide cyanhydrique en général et du cyanure de potassium en particulier, le tout assaisonné de digressions sur la fâcheuse conjonction cyanure-George. Le rapport de police a suivi, servi par le premier inspecteur — pas Kemp, celui à la moustache fringante qui a été le premier à débouler au *Luxembourg* et qui a pris l'affaire en main au départ. Ensuite, identification du cadavre par le plus vieil employé de George. L'enquête a été ajournée à huitaine par un coroner on ne peut plus à la botte.

— C'est à cet inspecteur-là que je pense, murmura Iris. Il a expliqué qu'il avait trouvé sous la table un petit sachet de papier ayant contenu du cyanure et...

Anthony hocha la tête :

— En effet. Manifestement, la personne qui a versé le poison dans la coupe de George s'est débarrassée du sachet en le jetant sous la table. C'était le plus simple. L'assassin ne pouvait pas courir le risque qu'on le retrouve sur lui.

À la stupeur d'Anthony, Iris fut prise d'un violent tremblement :

— Non, Anthony ! Oh non, ce n'est pas du tout comme ça que ça s'est passé.

— Que voulez-vous dire, mon cœur ? Qu'est-ce que vous en savez ?

Iris avoua :

— Ce sachet, c'est *moi* qui l'ai jeté sous la table.

Il haussa les sourcils.

— Écoutez, Anthony... Vous vous rappelez comment George a bu son champagne et comment s'est déroulée la suite ?

Il opina du bonnet.

— Ç'a été horrible, reprit Iris. Un vrai cauchemar. Ça s'est passé au moment précis où tout semblait rentrer dans l'ordre. Les attractions venaient de se terminer, les lumières étaient revenues... je recommençais seulement à respirer. Parce que, l'autre fois, c'était à ce *moment-là*, rappelez-vous, qu'on avait découvert que Rosemary était morte, et que, sans trop savoir pourquoi, je m'étais fourré dans la tête que ça allait se reproduire... qu'on allait encore une fois la retrouver morte, là, affalée sur la table...

— Ma chérie...

— Oh, je sais, c'était les nerfs, sans plus. Enfin, bref, il ne s'était rien passé et il me semblait soudain que le cauchemar était enfin terminé et qu'on pouvait... comment dire ?... qu'on pouvait *recommencer à vivre*. C'est pour ça que j'ai dansé avec George, pour ça que je me suis laissée aller à m'amuser pour de bon, sur quoi nous sommes revenus à la table. Et puis George a évoqué Rosemary et proposé qu'on boive à sa mémoire et... et alors c'est *lui* qui est mort et le cauchemar a recommencé.

» Je me sentais comme paralysée. Et je suis restée plantée là à trembler comme une feuille. Vous vous êtes précipité vers George et moi j'ai reculé d'un pas pour vous laisser passer, et puis les serveurs sont accourus et quelqu'un a réclamé un médecin. Et pendant tout ce temps je suis restée figée sur place. Et puis j'ai soudain senti une boule se former dans ma gorge et des larmes ruisseler sur mes joues, et j'ai ouvert mon sac pour prendre mon mouchoir. J'ai dû farfouiller dedans parce que j'avais les yeux brouillés et j'ai fini par sortir mon mouchoir mais quelque chose est venu avec... un carré de papier plié, du genre qui enveloppe certaines poudres pharmaceutiques. Seulement, voyez-vous, Anthony, *ce sachet n'était pas dans mon sac quand j'ai quitté la maison.* Il n'y avait jamais été ! Mon sac avant ça était vide. Et c'est moi qui y avais mis tout ce dont je pouvais avoir besoin : un poudrier, un bâton de rouge à lèvres, un mouchoir, mon peigne du soir dans son étui et un peu de monnaie. *Quelqu'un a donc mis ce sachet dans mon sac,* c'est impossible autrement. Et je me suis aussitôt rappelée qu'on avait retrouvé le même dans le sac du soir de Rosemary, après sa mort, et qu'il avait lui aussi contenu du cyanure. Alors j'ai eu peur, Anthony, atrocement peur. Mes doigts sont devenus gourds, le sachet s'est échappé du mouchoir et a voleté sous la table. J'ai laissé faire. Et je n'ai rien dit. J'étais bien trop paniquée. Quelqu'un essayait de faire croire que c'était *moi* qui avais tué George, or *ce n'est pas vrai.*

Anthony laissa échapper un long sifflement.

— Et personne ne vous a vu faire ? interrogea-t-il.

Iris hésita.

— Je n'en jurerais pas, répondit-elle lentement. Je crois que Ruth l'a remarqué. Mais elle avait l'air tellement hagarde que je ne sais pas si elle l'a vraiment *remarqué* ou si elle me fixait tout bonnement sans me voir.

Anthony émit un nouveau sifflement.

— Il ne nous manquait plus que ça !

— C'est vrai, tout va de mal en pis, murmura Iris. J'ai eu si peur que la police ne découvre ce qui s'est passé.

— Ce qui me chiffonne, c'est qu'on n'ait pas retrouvé vos empreintes sur le papier. La première chose qu'a dû faire la police, c'est d'y relever les empreintes.

— J'imagine que c'est parce que je tenais le sachet à travers mon mouchoir.

Anthony hocha la tête :

— Vous êtes une sacrée veinarde, dans votre genre.

— Mais qui aurait bien pu l'avoir mis dans mon sac ? Je ne l'ai pas lâché de la soirée !

— Ça n'a peut-être pas été aussi sorcier que vous le pensez. Quand vous êtes allée danser, après les attractions, vous avez laissé votre sac sur la table. Quelqu'un a pu le tripatouiller à ce moment-là. Et puis n'oublions pas l'épisode du vestiaire. Pouvez-vous vous lever et me donner un aperçu du comportement féminin habituel dans les toilettes pour dames ? Vous comprendrez que la chose me soit étrangère. Étiez-vous en formation serrée ou bien chacune se tenait-elle au contraire devant un miroir différent ?

Iris réfléchit deux secondes :

— Nous étions toutes groupées devant la même coiffeuse — une sorte de longue tablette surmontée d'un miroir rectangulaire. Nous y avions posé nos sacs et nous nous regardions dans la glace... vous savez ce que c'est.

— Absolument pas. Mais continuez quand même.

— Ruth s'est poudré le bout du nez et Sandra s'est tapoté les cheveux et y a replanté deux ou trois épingles. Moi, pendant ce temps-là, j'étais en train d'ôter ma cape de renard et de la confier à la dame du vestiaire quand je me suis avisée que j'avais une éclaboussure de boue sur la main. Ce qui fait que j'ai obliqué vers le lavabo.

— En abandonnant votre sac sur la coiffeuse ?

— Oui. Et je me suis lavé les mains. Je crois que Ruth était encore affairée à retoucher son maquillage et que Sandra s'est levée pour se débarrasser de son manteau avant de retourner devant la glace. Sur quoi Ruth est venue se laver les mains à son tour, tandis que je retournais devant le miroir pour me donner un dernier coup de peigne.

— Ce qui fait que chacune des deux femmes aurait pu glisser quelque chose dans votre sac du soir sans que vous vous en rendiez compte ?

— Oui, mais je ne peux pas croire que Ruth ou Sandra aient jamais pu faire une chose pareille.

— Vous idéalisez trop vos contemporains. Sandra est le type même de ces créatures d'un autre âge qui n'hésitaient pas une seconde, à l'époque médiévale, à envoyer leurs ennemis au bûcher. Quant à Ruth, elle possède toutes les qualités requises pour être l'empoisonneuse la plus redoutable que la terre ait jamais portée.

— Si c'était Ruth, pourquoi ne se serait-elle pas empressée de dire qu'elle m'avait vue me débarrasser du sachet ?

— Là, vous m'avez au tournant. Si Ruth s'était donné le mal de vous mouiller dans l'affaire, elle aurait veillé à ce que vous ne vous débarrassiez pas du sachet compromettant. D'où il ressort que ça ne devait apparemment pas être elle. En fait, le coupable le plus vraisemblable reste toujours le serveur. Le serveur, le serveur ! Si encore on avait affaire à un type qu'on ne connaît ni d'Ève ni d'Adam, un extra tout frais débarqué, embauché pour la soirée ! Au lieu de quoi nous avons Giuseppe et Pierre, et, tant pour l'un que pour l'autre, ça ne colle pas.

Iris poussa un soupir :

— Je suis contente de m'être confiée à vous. Personne n'en saura jamais rien, n'est-ce pas ? Juste vous et moi ?

Anthony la regarda d'un air embarrassé :

— Ce n'est pas tout à fait comme ça que ça va se passer, Iris. Vous allez m'accompagner en taxi chez le père Kemp. On ne peut pas passer cette histoire sous silence.

— Oh, non Anthony ! Ils vont croire que c'est moi qui ai assassiné George !

— C'est s'ils venaient à découvrir tout seuls que vous êtes restée bouche cousue qu'ils en seraient sans l'ombre d'un doute convaincus ! Et, à ce moment-là, vous justifier ne serait pas une mince affaire. En revanche, si vous faites le premier pas, il n'est pas exclu qu'ils vous croient.

— Je vous en prie, Anthony !

— Écoutez, Iris, vous êtes dans un fichu pétrin.

Mais indépendamment de toute autre considération, il y a une chose qui s'appelle la *vérité*. Vous n'avez pas le droit de vous enfouir la tête dans le sable et de ne penser qu'à votre peau alors que la justice est en cause.

— Oh, Anthony, vous ne croyez pas que vous en rajoutez un peu ?

— Ça, fit-il, je ne l'ai pas volé ! N'empêche que nous allons filer voir Kemp ! Et tout de suite !

À contrecœur, elle le suivit dans le vestibule. Son manteau était posé sur une chaise et il l'aida à le passer.

Il avait beau la sentir rebelle et apeurée, il ne se laissa pas attendrir :

— Nous prendrons un taxi de l'autre côté du square.

Comme ils marchaient vers la porte, la sonnette retentit.

— J'avais oublié ! s'exclama Iris. C'est Ruth ! Elle avait prévu de passer en sortant du bureau pour organiser les obsèques. Elles auront lieu après-demain. Je m'étais dit qu'il valait mieux régler les détails en l'absence de tante Lucilla. Elle a le chic pour tout compliquer.

Anthony ouvrit la porte, devançant la femme de chambre qui montait précipitamment de l'entresol.

— Inutile de vous déranger, Evans, dit Iris à la jeune fille, qui redescendit comme elle était montée.

Ruth avait le cheveu en bataille et la mine harassée. Elle transportait sous son bras un lourd porte-documents :

— Désolée d'arriver en retard, mais le métro était bondé, ensuite de quoi trois bus complets me sont passés sous le nez et il n'y avait pas un taxi à l'horizon.

Se chercher des excuses ne ressemblait guère à la secrétaire modèle et Anthony s'en fit la réflexion. Preuve supplémentaire de ce que la mort de George avait réussi à ébranler l'efficacité incarnée.

— Je ne peux pas vous accompagner, Anthony, dit

aussitôt Iris. Ruth et moi avons des affaires importantes à régler.

Anthony ne se laissa pas impressionner :

— Ce qui nous occupe est bien plus important encore. Je suis navré, miss Lessing, de vous enlever miss Marle, mais il s'agit d'un cas de force majeure.

— Ce n'est pas tragique, Mr Browne, s'empressa de préciser Ruth. J'arrangerai tout avec Mrs Drake dès qu'elle sera de retour.

Elle eut une ébauche de sourire :

— Je sais assez bien me débrouiller avec elle, ne vous inquiétez pas.

— Je vous crois capable de vous débrouiller avec n'importe qui, la congratula Anthony.

— Peut-être avez-vous des consignes particulières à me laisser, Iris ? s'enquit Ruth.

— Aucune. J'avais seulement suggéré que nous fassions ça ensemble parce que tante Lucilla change d'avis toutes les deux minutes et que ça risquait de vous être pénible. Vous avez déjà eu tant à faire. Autrement de quoi, je n'ai pas d'idée arrêtée sur le style de l'enterrement ! Tante Lucilla *raffole* des enterrements, mais moi, j'ai horreur de ça. Il va de soi qu'il faut enterrer les gens, mais je ne vois pas pourquoi on en ferait tout un plat. Ça les avance à quoi, les morts ? Ils s'en fichent pas mal, de tout ça. Ils ne reviennent pas, les morts.

Ruth ne faisant pas de commentaire, Iris répéta sur un ton d'étrange défi :

— Non, les morts ne reviennent pas !

— Partons, dit Anthony en l'entraînant vers le perron.

Un taxi en maraude passait justement par là. Anthony le héla et aida Iris à s'asseoir.

— Dites-moi, merveille de ma vie, murmura-t-il après avoir demandé au chauffeur de les mener à Scotland Yard. Quelle présence ressentiez-vous dans le hall pour avoir jugé nécessaire de répéter que les morts sont bien morts et qu'ils ne reviennent pas ? Celle de George ou celle de Rosemary ?

— De personne ! Je ne ressentais la présence d'absolument personne ! J'exècre les enterrements, un point c'est tout.

— Dans ce cas, soupira Anthony, c'est moi qui dois être médium !

12

Les trois hommes étaient réunis autour d'un petit guéridon à dessus de marbre.

Le colonel Race et l'inspecteur Kemp engloutissaient tasse sur tasse d'un thé noir, riche en tanin. Anthony buvait ce que les Anglais considèrent comme un bon café. Ça ne correspondait en rien à l'idée que lui-même s'en faisait, mais il évitait de manifester ostensiblement sa désapprobation, trop heureux de se voir admis sur un pied d'égalité à cette conférence au sommet. Après vérification exhaustive de ses états de service, l'inspecteur Kemp avait accepté de le considérer comme un collègue à part entière.

— Si vous voulez mon avis, décréta l'inspecteur en laissant tomber plusieurs morceaux de sucre dans son noir breuvage qu'il se mit à remuer, cette affaire ne passera jamais en jugement. Et ce pour la bonne raison que nous n'aurons jamais de quoi soutenir l'accusation.

— Vous croyez que nous manquerons de preuves ? s'étonna Race.

Kemp hocha la tête et sirota avec un plaisir manifeste une généreuse gorgée de thé :

— Notre seul espoir, c'était de pouvoir prouver sans discussion possible que l'un des cinq invités avait détenu ou acheté de l'acide cyanhydrique. Nous avons fait chou blanc sur toute la ligne. Et nous nous trouvons devant une de ces affaires où l'on *sait* qui est le coupable sans être fichu de le prouver.

— Parce que vous savez qui a fait le coup ? demanda Anthony en le dévisageant avec intérêt.

— Pour moi, le doute n'est guère permis : lady Alexandra Farraday.

— Ainsi c'est sur elle que vous misez, fit Race. Vos raisons ?

— Vous allez les avoir. Je la crois capable de jalousie dévastatrice. Et elle n'a rien d'une tiède. Elle ressemble à cette reine... Éléonore de Je-ne-sais-plus-trop-quoi qui, convaincue de s'être fait avoir par la belle Rosamund Bower, lui offrit le choix entre la dague et le poison.

— Dans le cas qui nous occupe, fit remarquer Anthony, la belle Rosemary n'a pas eu le choix.

L'inspecteur poursuivit :

— Un quidam tuyaute Barton. Il devient soupçonneux et je crois même que ses soupçons sont assez précis. Il n'aurait jamais été jusqu'à acheter cette maison en rase campagne s'il n'avait pas eu l'idée d'avoir l'œil sur les Farraday. Et quand il les a harcelés pour qu'ils assistent à cette soirée, elle a dû voir clair dans son jeu. Sa devise n'étant pas « Du calme, temporisons ! » elle a prouvé son absence de tiédeur en s'en débarrassant illico ! Ça, vous allez me dire qu'il s'agit de spéculation gratuite, fondée sur la seule psychologie du personnage. À quoi je rétorquerai que la *seule* personne qui ait eu la moindre opportunité de verser quelque chose dans la coupe de Barton juste avant qu'il boive ne pouvait être que sa voisine de droite.

— Et personne n'y aurait vu que du feu ? protesta Anthony.

— Exactement. Tout un chacun aurait pu voir... mais pas un chat ne l'a vue. Mettons, si vous voulez, qu'elle s'est bien débrouillée.

— Une véritable illusionniste.

Race toussota. Il sortit sa pipe et entreprit de la bourrer :

— Rien qu'un détail mineur. En admettant que lady Alexandra soit de nature despotique, d'une jalousie morbide et qu'elle soit passionnément éprise de son mari, en admettant qu'elle n'ait pas reculé devant le meurtre, la croyez-vous femme à dissimuler des preuves accablantes dans le sac d'une gamine ? D'une jeune fille innocente qui ne lui a jamais fait le moindre mal ? Est-ce que vous croyez que ce soit dans le droit fil de la tradition Kidderminster ?

L'inspecteur Kemp se tortilla sur sa chaise et baissa le nez sur sa tasse de thé.

— Les femmes ne jouent pas au cricket, elles ne sont pas « sport » pour deux sous, marmonna-t-il. Si c'est toutefois ce que vous avez en tête.

— En réalité, bon nombre d'entre elles y jouent, objecta Race avec le sourire. Mais je me réjouis de vous voir dans l'embarras.

Soucieux de trouver une échappatoire, Kemp s'adressa à Anthony sur un ton aimablement protecteur :

— Au fait, Mr Browne — je continue à vous appeler comme ça si vous n'y voyez pas d'inconvénient —, je vous sais infiniment gré de la célérité avec laquelle vous m'avez tout à l'heure amené miss Marle afin qu'elle me raconte sa petite histoire.

— Il fallait que je fasse vite, expliqua Anthony. Si j'avais tardé, je n'aurais sans doute jamais réussi à la traîner jusqu'à vous.

— Elle n'avait, bien évidemment, aucune envie de venir, dit Race.

— Elle avait une frousse de tous les diables, la pauvre gosse, confia Anthony. Compréhensible, non ?

— Tout ce qu'il y a de compréhensible, voulut bien admettre l'inspecteur en se resservant une tasse de thé.

Anthony but une gorgée de café du bout des lèvres.

— Quoi qu'il en soit, fit Kemp, je crois que nous

lui avons ôté un poids : elle est repartie chez elle le cœur léger.

— Après les obsèques, enchaîna Anthony, j'espère qu'elle ira se reposer à la campagne. Vingt-quatre heures de paix et de tranquillité, loin de ce moulin à paroles qu'est Lucilla Drake, lui feront le plus grand bien.

— Ce moulin à paroles a son utilité, fit remarquer Race.

— Personnellement, je vous le laisse, dit Kemp. Encore heureux que je n'ai pas jugé utile de faire sténographier sa déposition. Le pauvre bougre qui l'aurait transcrite serait à l'hôpital avec la crampe de l'écrivain.

— Pour en revenir à ce que vous disiez, inspecteur, intervint Anthony, je vous crois dans le vrai : cette affaire ne passera pas en jugement. Mais, en fait d'épilogue, c'est bien décevant. Et puis une inconnue demeure : qui peut bien être l'auteur des lettres adressées à Barton pour lui signaler que sa femme avait été assassinée ? Nous n'en avons toujours pas la moindre idée.

— Vos soupçons se portent toujours dans la même direction, Browne ? demanda Race.

— Ruth Lessing ? Oui, je continue à en faire ma candidate de prédilection. Vous m'avez dit qu'elle vous avait avoué être amoureuse de George Barton. Rosemary était une épine dans sa chair. Gageons qu'elle a sauté sur la première occasion de s'en débarrasser, sachant pertinemment qu'une fois Rosemary hors d'état de nuire, elle serait à même d'épouser George en moins de deux.

— Tout cela, je vous l'accorde, reconnut bien volontiers Race. J'admets que Ruth Lessing possède tout le sang-froid et toute l'intelligence pratique indispensables à la réussite d'un beau meurtre et qu'elle ignore jusqu'à l'existence même du sentiment de compassion, qui n'est après tout qu'un fruit de l'imagination. Oui, je le répète, je vous accorde le premier meurtre. En revanche, je la vois mal

— sinon pas du tout — commettre le second. Je la vois mal paniquer au point d'empoisonner l'homme qu'elle aimait et qu'elle était fermement décidée à épouser ! Autre détail qui milite contre votre théorie : pourquoi retenir sa langue quand elle a vu Iris laisser tomber sous la table le sachet qui avait contenu le cyanure ?

— Peut-être, après tout, ne l'a-t-elle pas vue faire, hasarda Anthony sans trop de conviction.

— Moi, je suis au contraire persuadé qu'elle a vu la scène comme je vous vois, affirma Race. Quand je l'ai interrogée, j'ai eu l'impression très nette qu'elle me cachait quelque chose. Et puis Iris Marle elle-même est persuadée que Ruth Lessing l'a vue faire.

— Allons, colonel, crachez le morceau ! lança Kemp. Vous avez manifestement une idée derrière la tête, non ?

Race opina du bonnet.

— Alors ne nous faites pas languir ! Vous avez écouté nos laïus. Et vous ne vous êtes pas privé d'exprimer vos objections. À votre tour d'étaler votre jeu.

Le regard de Race passa, songeur, du visage de Kemp à celui d'Anthony pour s'attarder enfin sur ce dernier.

Anthony haussa les sourcils :

— Ne venez pas me dire que vous me considérez toujours comme le « salaud de la pièce » ?

Lentement, très lentement, Race secoua la tête :

— Je ne vois aucune raison valable pour que vous ayez tué George Barton. Je crois en revanche savoir qui a commis ce crime... et qui a également tué Rosemary.

— Et il s'agirait de... ?

— Curieux, fit Race d'un ton rêveur, comme nos soupçons à tous trois se portent sur des femmes. Parce que, moi aussi, j'en soupçonne une.

Il s'interrompit, puis reprit avec un calme olympien :

— La coupable, en ce qui me concerne, c'est Iris Marle.

Anthony repoussa sa chaise avec fracas. Le sang lui était monté au visage, mais, au prix d'un effort surhumain, il parvint à recouvrer son empire sur lui-même. Et lorsqu'il prit la parole, même si sa voix tremblait un peu, elle avait retrouvé ses intonations gouailleuses :

— Que voici donc un fascinant postulat qu'il convient de discuter dans ses plus infimes détails, fit-il d'un ton léger. Pourquoi Iris Marle ? Et si elle est coupable, pourquoi m'aurait-elle avoué, sans que rien l'y oblige, avoir laissé tomber l'enveloppe du cyanure sous la table ?

— Pour l'excellente raison, rétorqua Race, qu'elle savait que Ruth Lessing l'avait vue faire.

La tête penchée de côté, Anthony pesa cet argument avant d'acquiescer :

— Soit. Seulement allez encore un peu plus de l'avant. Qu'est-ce qui fait que vous l'avez soupçonnée d'entrée de jeu ?

— Son mobile, expliqua Race. Rosemary Barton avait hérité d'une fortune colossale sans que la moindre miette en soit adjugée à Iris. Comment ne pas imaginer qu'elle n'ait pas remâché pendant des années un sentiment d'injustice ? Elle savait fort bien, de surcroît, qu'au cas où son aînée viendrait à décéder sans enfant, tout cet argent lui reviendrait aussitôt. Or, Rosemary était malheureuse, déprimée, à plat après une grippe carabinée — providentielle conjugaison de circonstances qui ferait qu'une enquête avait toutes les chances de conclure au suicide.

— Ne vous gênez pas, faites de cette gosse un monstre ! se révolta Anthony.

— Un monstre ? Pas vraiment, rectifia Race. Et je m'explique : si je la soupçonne, c'est que j'ai une autre bonne raison de la soupçonner — et ce, même si la raison en question vous paraît tirée par les cheveux. Cette raison, c'est Victor Drake.

— Victor Drake ? répéta Anthony, abasourdi.

— Le sang maudit. L'hérédité chargée. Vous voyez, ce n'est pas pour rien que j'ai écouté Lucilla Drake. La famille Marle n'a plus de secrets pour moi. Victor Drake : moins un faible qu'un parfait vaurien. Sa mère : une gourde, incapable d'aligner deux idées à la suite. Hector Marle : un pauvre type, doublé d'un pervers et d'un ivrogne. Rosemary : une instable, une psychopathe. Les traits caractéristiques de la parentèle : veulerie, vice et instabilité maladive. Un atavisme accablant.

Anthony alluma une cigarette. Ses mains tremblaient :

— Ne croyez-vous pas qu'une fleur parfaite puisse parfois éclore sur un tronc dégénéré ?

— Bien sûr que si. Mais je ne jurerais pas certain que votre Iris Marle mérite le qualificatif de fleur parfaite.

— Et, sous prétexte que je suis amoureux d'elle, murmura lentement Anthony, ce que je peux en dire ne pèsera d'aucun poids dans la balance. George lui aura montré ces fameuses lettres, elle aura eu la frousse de son existence et elle l'aura tué ? C'est bien comme ça que vous voyez la suite des événements ?

— Oui. Dans son cas, la panique ne pouvait que prendre le dessus.

— Au fait, comment a-t-elle versé le poison dans la coupe de son beau-frère ?

— Ça, je vous confesse bien volontiers que je l'ignore.

— Je vous sais infiniment gré qu'il existe des détails que vous ignoriez, grinça Anthony.

Il fit basculer sa chaise en arrière, puis en avant. Ses yeux brillaient de rage contenue :

— Dire que vous trouvez le culot de me débiter tout ça à moi !

— Je sais, rétorqua Race, placide. Que voulez-vous, il fallait que ces choses-là soient dites.

Se gardant bien d'intervenir, Kemp observait les

deux hommes avec intérêt et remuait son thé comme si l'avenir du monde en dépendait.

— Très bien, décréta Anthony qui s'était ressaisi. La situation se présente tout à coup sous un jour nouveau. Il ne s'agit plus désormais de rester assis autour d'une table à ingurgiter des boissons immondes et à se perdre en élucubrations sans fin. J'*exige* que toute la lumière soit faite sur cette affaire. J'*exige* que des réponses satisfaisantes soient apportées à toutes les questions et que la vérité soit enfin découverte. J'*exige* que l'on parvienne enfin à un résultat. Je suis prêt à aller jusqu'à en faire une affaire personnelle et à atteindre mon but quels que soient les moyens à mettre en œuvre. Je suis prêt à me colleter moi-même avec les obstacles qui nous barrent encore le chemin et je vous fiche mon billet qu'une fois supprimées les inconnues, la solution du problème nous apparaîtra dans toute sa clarté.

» Pour commencer, je repose le problème : qui savait que Rosemary avait été assassinée ? Qui a écrit à George pour l'en avertir ? Et pourquoi l'avoir fait ?

» Et maintenant considérons les meurtres eux-mêmes. Laissons de côté le premier, il est trop ancien et nous ignorons comment les choses se sont au juste déroulées. Mais le second a eu lieu sous mes propres yeux. J'en ai été le *témoin visuel*. Je devrais donc *savoir* comment ça s'est passé. Le moment idéal pour verser le cyanure dans la coupe de George était incontestablement celui des attractions — seulement tel n'a pas été le cas. À preuve le fait que George a bu sitôt après sans qu'il se passe rien. *Je l'ai vu boire.* Après qu'il a bu, tout le monde a dansé, personne n'a rien mis dans sa coupe. Personne n'a *touché* à sa coupe... et cependant, quand il a porté un toast en levant à nouveau la coupe en question et qu'il l'a bue, celle-ci était bourrée de cyanure. Il *était exclu* qu'on ait pu y introduire du poison et pourtant il y en avait ! Il y avait du cyanure dans sa coupe, *mais personne n'avait pu l'y mettre* ! Estimez-vous que nous progressons ?

— Non, répondit l'inspecteur Kemp.
— Et pourtant si, rétorqua Anthony. Nous savons à présent que nous sommes plongés jusqu'au cou dans le domaine de la prestidigitation et des manifestations occultes. La théorie que je vais avancer sera donc tout naturellement une théorie métapsychique. Pendant que nous dansions, le fantôme de Rosemary s'approche de la coupe de George et y verse du cyanure fort habilement matérialisé — à partir de deux doigts d'acide cyanhydrique à l'état ectoplasmique, n'importe quelle créature de l'au-delà est capable de produire du cyanure. George revient, lève sa coupe au souvenir de ladite créature et... nom de Dieu !

N'en croyant ni leurs yeux ni leurs oreilles, Race et Kemp le dévisageaient. Hagard, la tête entre les mains, il se balançait d'avant en arrière et manifestait tous les signes du trouble le plus profond.

— C'est ça..., dit-il enfin, c'est bien ça... le sac... le serveur...

— Le serveur ? bondit Kemp, prêt à faire interpeller aussitôt l'intéressé.

Anthony secoua la tête :

— Non, non. Ce n'est pas du tout ce que vous croyez. J'avais effectivement pensé à un moment donné que ce dont nous avions besoin c'était d'un serveur qui ne serait pas un serveur mais un illusionniste — un extra engagé la veille. Au lieu de quoi nous avions un serveur patenté plus un apprenti serveur, digne rejeton d'une noble lignée de serveurs... l'angelot des serveurs... un serveur au-dessus de tout soupçon. Au-dessus de tout soupçon, il l'est toujours — même s'il se trouve qu'il a bel et bien joué un rôle dans le tour de passe-passe ! Oh, oui, bon sang de bonsoir ! Un premier, tout premier rôle !

Il dévorait ses compagnons des yeux :

— Vous ne comprenez pas ? *Un* garçon aurait pu empoisonner le champagne mais *le* garçon ne l'a pas fait. Personne n'a touché à la coupe de George et pourtant George a été empoisonné. *Un*, article indéfini. *La*, article défini. La coupe de George ! George !

Deux entités distinctes. Et puis la fortune, l'argent... des masses et des masses d'argent ! Et, qui sait ?... peut-être l'amour pour couronner le tout ? Ne me regardez pas comme si j'étais devenu cinglé. Venez avec moi, je vais vous montrer.

Repoussant sa chaise, il bondit sur ses pieds et empoigna Kemp par le bras :

— Venez avec moi.

Kemp jeta un coup d'œil morose à sa tasse encore à demi pleine.

— Il faudrait payer l'addition, bougonna-t-il.

— Non, non, nous allons revenir tout de suite. Venez. Il faut qu'on sorte pour que je puisse vous montrer ce que je veux dire. Venez, Race !

Repoussant le guéridon, il les pilota vers le hall :

— Vous voyez cette cabine téléphonique ?

— Oui, et alors ?

Anthony fouilla dans ses poches :

— Bon sang, je n'ai pas de monnaie. Aucune importance. Tout compte fait, je préfère agir autrement. Retournons à nos places.

Ils réintégrèrent le café, Kemp en tête, suivi de Race qu'Anthony tenait par le bras.

Le front barré d'un pli soucieux, Kemp s'assit et sortit sa pipe. Après avoir méthodiquement soufflé dans le tuyau, il entreprit de le curer à l'aide d'une épingle à cheveux pêchée dans la poche de son gilet.

Race, quant à lui, fronçait les sourcils et dévisageait Anthony d'un œil perplexe. Il se cala sur son siège, reprit sa tasse et la vida d'un trait.

— Crénom de nom ! s'étrangla-t-il. C'est bourré de sucre !

Il vit, en face de lui, la bouche d'Anthony s'épanouir en un large sourire.

— Ça, par exemple ! s'exclama Kemp qui venait à son tour d'ingurgiter le fond de sa tasse. Qu'est-ce que c'est que cette saloperie ?

— Du café, fit Anthony, ravi. Et j'ai comme l'impression que vous le trouvez infect. Tout autant que je l'ai fait.

À l'éclair qui brilla soudain dans les yeux de ses deux compères, Anthony fut heureux de constater qu'ils avaient compris le sens de sa démonstration.

Le plaisir qu'il en retira ne fut cependant que de courte durée car une nouvelle pensée vint le frapper avec la force d'un coup de massue.

— Bon Dieu !... cette *voiture* ! vociféra-t-il.

Il bondit sur ses pieds :

— Imbécile, que je suis ! Espèce de triple buse ! Elle m'a dit qu'une voiture avait failli lui passer dessus et je l'ai à peine écoutée. Venez, vite !

— En quittant le Yard, elle a dit qu'elle rentrait directement chez elle, précisa Kemp.

— Je sais bien. Pourquoi ne l'ai-je pas raccompagnée ?

— Il y a quelqu'un là-bas ? demanda Race.

— Ruth Lessing y était quand nous sommes partis. Elle attendait Mrs Drake. Il est possible qu'elles soient encore en train de discuter des obsèques.

— Ou de la pluie et du beau temps, telle que je connais Mrs Drake, fit Race.

Soudain, il demanda tout à trac :

— Iris Marle... elle a d'autres parents ?

— Pas que je sache, non.

— Je crois voir vers quelle solution vous mène votre réflexion, et je partage votre inquiétude. Mais... est-ce matériellement possible ?

— J'en suis persuadé. Songez à ce que nous avons tenu pour acquit *sur la déposition d'un seul témoin*.

Kemp réglait l'addition.

— Vous pensez qu'il y a du danger ? s'inquiéta-t-il alors que tous trois se précipitaient vers la sortie. Du danger pour miss Marle ?

— Oh ! oui, je le crois.

Jurant entre ses dents, Anthony héla un taxi. Les trois hommes s'y engouffrèrent et prièrent le chauffeur de rallier Elvaston Square sur les chapeaux de roue.

— Je n'entrevois encore que les grandes lignes de votre théorie, marmonna Kemp. Mais elle blanchit intégralement les Farraday.

— Oui.

— Tant mieux, c'est déjà ça. Mais vous croyez vraiment à une nouvelle tentative... si tôt ?

— Pour l'assassin, le plus tôt sera le mieux, dit Race. En tout cas avant que nous n'ayons flairé la bonne piste. Au troisième coup l'on gagne, voilà la morale de l'histoire.

Il sourit à Anthony :

— Au fait, Browne, Iris Marle m'a dit, en présence de Mrs Drake, qu'elle vous épouserait aussitôt que vous en manifesteriez le désir.

Le chauffeur suivant à la lettre les instructions reçues et se faufilant avec un enthousiasme manifeste dans le flot des voitures, ils ne parlaient que par bribes, brinquebalés qu'ils étaient à chaque coup de volant.

Effectuant une entrée en trombe dans Evalston Square, le taxi pila devant la maison.

Le quartier tout entier n'avait jamais paru plus paisible.

Recouvrant avec effort son flegme coutumier, Anthony eut un petit rire :

— On se croirait au cinéma. Ça vous fait vous sentir un tantinet ridicule, d'une certaine façon.

Mais, tandis que Race réglait la course et que Kemp lui emboîtait le pas, lui, il avait déjà escaladé le perron et était suspendu à la sonnette.

La femme de chambre vint ouvrir.

— Est-ce que miss Marle est rentrée ? l'interrogea-t-il d'une voix pressante.

Evans parut quelque peu perplexe :

— Oh ! oui, monsieur. Depuis une bonne demi-heure déjà.

Anthony poussa un soupir de soulagement. Tout dans la maison paraissait si calme, si normal qu'il eut honte de ses récentes angoisses, après tout bien mélodramatiques :

— Où est-elle ?

— Je la crois avec Mrs Drake dans le petit boudoir du premier.

Anthony hocha la tête et s'élança dans l'escalier à grandes enjambées, Race et Kemp sur ses talons.

Dans la petite pièce sur l'arrière de la maison, éclairée par une lampe à la lumière tamisée, Lucilla Drake fouillait les mille et un tiroirs de son secrétaire avec l'obstination d'un terrier au beau milieu d'une garenne tout en s'admonestant à mi-voix

— Seigneur Jésus, mais où ai-je donc bien pu mettre la lettre de Mrs Marsham ? Voyons un peu par là...

— Où est Iris ? interrogea Anthony sans préambule.

Lucilla se retourna et écarquilla les yeux :

— Iris ? Elle est... mais enfin, jeune homme, où vous croyez-vous ?

Elle se rengorgea :

— Et puis-je vous demander qui vous êtes ?

Race pointa le bout de son nez et le visage de Lucilla s'éclaira aussitôt. Elle n'avait pas encore noté la présence de l'inspecteur Kemp, dernier à entrer.

— Oh, très cher colonel ! Comme c'est gentil à vous d'être venu ! Mais quel dommage que vous ne l'ayez pas fait un tout petit peu plus tôt... j'aurais *tellement* aimé vous consulter au sujet des funérailles... l'avis d'un homme, quelle bénédiction... et je suis dans un tel état, comme je l'ai d'ailleurs dit à miss Lessing, que j'en avais le cerveau irrémédiablement *vide*... je me dois de reconnaître à ce sujet que, pour une fois, miss Lessing s'est montrée merveilleusement compréhensive et qu'elle est allée jusqu'à me décharger au maximum... tout en me faisant à juste titre remarquer que j'étais la mieux placée pour savoir quels étaient les cantiques favoris de notre pauvre George... non qu'à la vérité j'en aie la *moindre* idée — George, hélas, n'allait pas très souvent à l'église —, mais il va de soi qu'en tant qu'épouse d'ecclésiastique — en tant que veuve d'ecclésiastique, veux-je dire — je suis on ne peut mieux placée pour savoir ceux qu'il est *de bon ton* de jouer en la circonstance...

Race profita d'une reprise de souffle pour placer sa question :

— Où est miss Marle ?

— Iris ? Elle est rentrée depuis un petit moment. Elle a dit qu'elle avait la migraine et qu'elle montait droit dans sa chambre. Ces jeunes filles, vous le savez comme moi, n'ont plus guère aujourd'hui de ressort... elles ne mangent pas assez d'épinards... et Iris ne supporte absolument pas d'entendre discuter du bon déroulement des obsèques, or il faut pourtant bien que *quelqu'un* prenne sur soi d'en régler les moindres détails... il faut pouvoir se dire que tout a été fait pour le mieux et que le défunt s'est vu traiter avec tout le respect qui lui est dû... non que j'aie jamais jugé les corbillards automobiles suffisamment *solennels* en la circonstance — si vous voyez ce que je veux dire —, on est loin des chevaux avec leurs longs panaches noirs... mais je me suis bien évidemment inclinée et Ruth — j'ai fini par l'appeler Ruth, et non plus miss Lessing —... et Ruth et moi, disais-je, nous sommes admirablement entendues, ce qui fait que notre petite Iris pouvait nous laisser nous débrouiller sans crainte.

— Miss Lessing est partie ? s'enquit Kemp.

— Oui, tout était réglé et miss Lessing est partie il y a dix minutes environ. Elle a emporté avec elle l'avis de décès à faire paraître dans les journaux. Pas de fleurs, étant donné les circonstances... et le chanoine Westbury pour assurer le service...

Comme son flot de paroles reprenait de plus belle, Anthony s'éclipsa discrètement. Il venait de quitter la pièce lorsque Lucilla, s'interrompant brusquement, demanda au colonel :

— Qui est donc *au juste* ce jeune homme qui est arrivé avec vous ? Je n'avais pas saisi que c'était *vous* qui l'aviez amené. Je le prenais pour un de ces abominables journalistes. Ils nous ont *tellement* causé de tracas.

Anthony gravissait lestement l'escalier. Entendant des pas dans son dos, il tourna la tête et adressa à l'inspecteur Kemp un sourire de connivence :

— Vous aussi, vous avez déserté ? Pauvre vieux Race !

— Il fait ça si bien, marmotta Kemp. Les ronds de jambes, moi, ce n'est pas mon emploi.

Ils avaient atteint le second étage et s'apprêtaient à grimper au troisième lorsque Anthony entendit un pas furtif. Quelqu'un descendait l'escalier. Il propulsa Kemp dans une salle de bains adjacente et s'y dissimula avec lui derrière la porte entrebâillée.

Le pas décrut jusqu'au rez-de-chaussée.

Bondissant alors de sa cachette, Anthony escalada quatre à quatre la dernière volée de marches. La chambre d'Iris, il le savait, était au fond du corridor. Il toqua doucement à la porte :

— Hé... Iris !

Pas de réponse. Il frappa un peu plus fort et réitéra son appel. Puis il abaissa la poignée... pour s'apercevoir qu'on avait donné un tour de clé.

Affolé, il se mit à tambouriner contre le panneau de chêne :

— Iris !... Iris !...

Au bout de deux secondes, il renonça et regarda par terre. Un bourrelet de laine — un de ces bourrelets à l'ancienne que l'on calait devant les portes d'entrée pour éviter les courants d'air — était disposé tout contre le battant. Il l'écarta du pied. Le jour, sous la porte, était assez large — on avait dû, sans mener le projet jusqu'à exécution, prévoir l'installation d'une moquette.

Il se pencha pour regarder par le trou de serrure. Impossible de voir quoi que ce soit. Mais il se redressa soudain et se mit à renifler. Puis il se jeta à plat ventre et colla les narines contre le jour en bas de la porte.

Bondissant sur ses pieds, il se mit alors à hurler :
— Kemp !

L'inspecteur ne se manifestant pas, Anthony vociféra de plus belle.

Ce fut cependant le colonel Race qui déboucha en trombe sur le palier. Anthony ne lui laissa pas le temps d'ouvrir la bouche :

— Le gaz !... Il se répand à flots. Il va falloir qu'on enfonce la porte.

Race était d'une force physique peu commune. Anthony et lui eurent tôt fait de venir à bout de l'obstacle. Dans un craquement sinistre, la serrure céda.

Pris à la gorge par l'odeur, les deux hommes reculèrent un instant. Puis Race s'écria :

— Elle est là, près de la cheminée. Je fonce casser un carreau. Vous, occupez-vous d'elle.

Iris était affalée près du radiateur, la bouche et le nez au niveau de la sortie de gaz ouverte à fond.

Quelques instants plus tard, toussant et suffoquant, Anthony et Race allongeaient la jeune fille inanimée dans un courant d'air, à même le parquet du palier.

— Je m'occupe d'elle, lança Race à Anthony. Appelez un médecin en vitesse !

Anthony dévala l'escalier. La voix de Race lui parvint à mi-course :

— Pas de panique. Je crois qu'elle s'en tirera. Nous sommes arrivés à temps.

Dans le vestibule, Anthony composa un numéro et parla dans le récepteur sur fond de jérémiades et de piaillements : Lucilla Drake entendait participer aux événements, quels qu'ils soient.

Quand il raccrocha, il poussa un soupir de soulagement :

— J'ai réussi à le joindre ! Il habite en face. Il arrive.

— ... mais j'*insiste* pour savoir ce qui se passe ! Iris est malade ?

— Elle était dans sa chambre, répondit Anthony.

Porte fermée à double tour, nez sur le radiateur et gaz ouvert en grand.

— Iris ? s'égosilla Mrs Drake. Iris a tenté de se *suicider* ? Je ne peux pas croire une chose pareille ! C'est au-dessus de mes *forces*, je ne *peux pas* y croire !

L'ombre du sourire d'antan revint flotter sur les lèvres d'Anthony :

— Ne vous forcez pas trop à essayer d'y parvenir. Parce que ce n'est pas le cas.

14

— Et maintenant, Tony, consentirez-vous enfin à tout me raconter ?

Iris était allongée sur un canapé et un vaillant petit soleil de novembre rassemblait tout son courage pour briller à travers les vitres de Little Priors.

Anthony quêta du regard l'approbation du colonel Race, qui s'était assis sur le rebord de la fenêtre, et arbora son sourire le plus éblouissant :

— J'avoue sans fausse honte aucune, Iris, que ça fait déjà trop longtemps que j'attends ce moment. Si je tarde encore tant soit peu à exposer au monde à quel point j'ai su me montrer génial, je crois que je vais éclater. La modestie n'aura pas sa place dans cet exposé des faits. Ce sera sans la moindre vergogne que j'emboucherai les trompettes de ma Propre Renommée et que je m'interromprai de-ci de-là, le temps que vous puissiez balbutier, extatique : « Anthony, ce que vous pouvez être intelligent ! » ou « Tony, mais c'est fabuleux ! » ou encore toute autre phrase de la même eau qui ne saura manquer de vous venir fort naturellement à l'esprit. Hum ! La représentation va maintenant commencer. Allons-y, c'est parti !

» L'affaire, grosso-modo, *paraissait* simple comme

bonjour. Ce que j'entends par là, c'est que les relations de cause à effet s'imposaient. La mort de Rosemary, assimilée à l'époque à un suicide, n'était pas un suicide mais un meurtre. Commençant donc à nourrir des soupçons, George avait entrepris une enquête, approchait vraisemblablement de la vérité et, au moment précis où il allait démasquer le meurtrier, était à son tour assassiné. L'enchaînement logique, si je peux m'exprimer ainsi, semblait évident.

» Seulement quelques contradictions évidentes sont presque aussitôt apparues. Telles que : *a*) George n'a pas *pu* être empoisonné — *b*) George *a été* empoisonné. Et : *a*) personne n'a *touché* à la coupe de George — *b*) quelqu'un a *fourré du poison* dans la coupe de George.

» En réalité, je négligeais un élément capital — à savoir les divers degrés marquant les relations d'appartenance. « L'oreille *de* George » est incontestablement l'oreille de George, pour l'excellente raison qu'elle fait partie intégrante de sa tête et ne peut en être détachée sans intervention chirurgicale ! Mais par « la montre *de* George », je me borne à désigner la montre que porte George — il est loisible de se demander si elle lui appartient ou si elle lui a été prêtée par un tiers. Et quand j'en arrive à « la coupe *de* George », ou à « la tasse à thé *de* George », je commence à me rendre compte que l'appartenance évoquée recouvre une réalité des plus vagues. Tout ce que j'ai exprimé, en réalité, c'est qu'il s'agit de la coupe ou de la tasse dans lesquelles George vient de boire... et que rien ne différencie des autres coupes ou tasses du même type.

» Afin d'illustrer mon propos, j'ai tenté une expérience. Race buvait du thé très noir sans sucre, Kemp buvait du thé très noir avec sucre, et moi une sorte de lavasse qui se voulait du café noir. À vue de nez, les trois liquides étaient donc de couleur à peu près similaire. Nous étions attablés autour d'un guéridon à dessus de marbre parmi d'autres guéridons à dessus de marbre. Prétextant qu'une idée géniale venait de me traverser l'esprit, j'ai pressé mes deux compagnons de se lever en hâte — ce qui a eu pour effet de leur faire violemment repousser leur chaise — et de me suivre tambour battant dans le hall — ce qui m'a permis, dans l'agitation du moment, de subtiliser la pipe de Kemp, abandonnée près de son assiette, afin de la placer en douce à côté de la mienne dans une position rigoureusement identique. À peine étions-nous sortis que j'ai invoqué le premier prétexte venu pour que nous retournions dans la salle tout en faisant en sorte que Kemp ouvre la marche. Il a tiré la chaise et s'est installé face à l'assiette désignée par la pipe qu'il avait abandonnée en partant. Race s'est placé à sa droite, comme précédemment, et moi à sa gauche — *oui, mais notez bien sur quoi débouchait mon subterfuge* : sur une nouvelle contradiction entre a et *b* ! En effet : *a*) la tasse de Kemp contenait du thé sucré — *b*) la tasse de Kemp contenait du café. Deux propositions antagonistes qui ne *pouvaient* être vraies toutes deux... Et qui pourtant l'étaient bel et bien. Le terme générateur d'erreur est la préposition *de* : « la tasse *de* Kemp ». La tasse de Kemp lorsqu'il a *quitté* la table et la tasse de Kemp quand il est *revenu* à table n'étaient *pas les mêmes*.

» Et ça, Iris, *c'est ce qui s'est passé au* Luxembourg *le soir où George Barton est mort*. À la fin des attractions, quand nous sommes tous allés danser, vous avez laissé tomber votre sac. Un garçon l'a ramassé, non pas *le* garçon qui servait à notre table et qui connaissait votre place, mais *un* garçon, un petit serveur anxieux, pressé, harcelé de toutes parts, courant avec la saucière et qui s'est baissé à toute vitesse, a ramassé le sac et l'a placé à côté d'une assiette — en fait près de l'assiette qui se trouvait à gauche de la vôtre. George et vous êtes revenus les premiers, et vous êtes allée tout droit à la place indiquée par votre sac — exactement comme Kemp l'a fait avec sa pipe. Quant à George, il a pris ce qu'il croyait être sa place, à votre droite. Et lorsqu'il a proposé un toast au souvenir de Rosemary, il a bu dans ce qu'il croyait être *sa* coupe mais qui en réalité était *votre coupe* — coupe dans laquelle le poison avait facilement pu être versé sans qu'il faille en appeler à l'au-delà ou à la prestidigitation... et ce pour la bonne raison que l'unique personne qui n'a *pas* bu après les attractions était nécessairement celle dont on fêtait l'anniversaire et *à la santé de laquelle on buvait* !

» Ceci posé, reconsidérez l'affaire et vous verrez que la face des choses s'en trouve changée du tout au tout ! La victime désignée, Iris, ce n'était pas George, c'était *vous* ! Et George, en la circonstance, il semble bien qu'on s'en soit *servi*. Quelle aurait été, si les choses n'avaient pas mal tourné, la version de l'affaire sur laquelle les foules se seraient unanimement mises d'accord ? Qu'il s'agissait d'une réédition de la soirée organisée l'année précédente — que c'était la réplique du suicide de Rosemary. Pas de doute, aurait colporté la rumeur, il y a dans cette famille une propension certaine à l'autodestruction ! Un sachet de papier ayant contenu de l'acide cyanhydrique a été trouvé dans votre sac ? C'est clair comme de l'eau de roche ! La pauvre petite n'a jamais digéré la mort de sa sœur. C'est triste, c'est moche... mais ces gosses de riches sont parfois diablement névrosées !

Iris l'interrompit.

— Mais pourquoi aurait-on voulu m'assassiner ? s'insurgea-t-elle avec véhémence. Pourquoi ? *Pourquoi ?*

— À cause de tout ce bel argent, mon ange. L'argent, l'argent, l'argent ! À sa mort, la fortune de Rosemary vous revenait. Supposons à présent que vous veniez à mourir... célibataire. Qu'adviendrait-il de cet argent ? La réponse est qu'il irait à votre parent le plus proche — en l'occurrence votre tante, Lucilla Drake. D'après tout ce que l'on peut savoir de cette excellente personne, j'imagine mal Lucilla Drake dans le rôle de l'*Assassin n° 1*. Mais n'y a-t-il personne d'autre qui s'en trouverait du même coup bénéficiaire ? Bien sûr que si : Victor Drake. Si Lucilla se retrouvait à la tête d'une telle fortune, c'était exactement comme si Victor lui-même en héritait — le bougre en faisait son affaire ! Il a toujours su soutirer à sa mère tout ce dont il avait besoin. Et alors là, rien de plus facile que d'imaginer Victor en *Assassin n° 1*. On n'arrête pas, depuis le tout début de l'affaire, de mentionner Victor, de faire allusion à Victor. Il n'a cessé de faire partie du décor, de s'y promener comme une ombre — une ombre immatérielle et maléfique.

— Mais Victor est en Argentine ! Ça fait un an qu'il est parti pour l'Amérique du Sud.

— Vous en mettriez votre jolie tête à couper ? Non. Et nous en arrivons à ce qui constitue la substance même de toute littérature, bonne ou mauvaise. « C'est l'amour qui mène le monde ! » Lorsque Ruth Lessing a croisé le regard de Victor, le drame que nous venons de vivre s'est noué. Lui, il lui a joué le grand jeu de la séduction. Quant à elle, ç'a été le coup de foudre, la passion dévorante instantanée. Ces femmes de tête, froides, posées et soucieuses du qu'en-dira-t-on sont susceptibles de s'emballer pour les pires des voyous.

» Réfléchissez deux secondes et vous admettrez avec moi que la seule preuve que nous ayons de la prétendue présence de Victor Drake en Amérique du Sud, c'est la parole de Ruth Lessing. Personne n'a jamais songé à vérifier car il ne s'agissait que d'un détail annexe. C'est *Ruth* qui a affirmé avoir vu Victor s'embarquer sur le *San Cristobal* avant la mort de Rosemary ! C'est encore *Ruth* qui a suggéré de passer un coup de fil à Buenos Aires le jour de la mort de George et qui a aussitôt après congédié la standardiste qui aurait pu, par inadvertance, laisser échapper que cet appel téléphonique n'avait jamais eu lieu.

» Bien sûr, une fois qu'on sait la vérité, vérifier les détails point par point ne pose plus guère de problème ! Victor Drake est arrivé à Buenos Aires à bord d'un transatlantique qui avait quitté l'Angleterre le *lendemain* de la mort de Rosemary, il y a un an de cela. Ogilvie, qui, lui, vit bien à Buenos Aires, n'a pas reçu d'appel téléphonique de Ruth au sujet de Victor Drake le jour de la mort de George. *Et Victor Drake a quitté Buenos Aires pour New York il y a de cela quelques semaines.* Pas bien sorcier pour lui que de se débrouiller pour qu'un câble signé de son nom soit expédié un jour donné — un de ces éternels câbles réclamant de l'argent et qui serait censé prouver qu'il se trouvait à des milliers de kilomètres. Au lieu de quoi...

— Oui, Anthony ?

— Au lieu de quoi, répéta Anthony, ménageant ses effets pour en arriver au point culminant de son récit, il était assis à la table voisine de la nôtre au *Luxembourg* avec une blonde pas si gourde que ça !

— Cet horrible rastaquouère au teint olivâtre ?

— Se maquiller histoire d'avoir le teint olivâtre et l'œil injecté de sang n'est pas compliqué, et c'est le genre de truc qui vous rend méconnaissable. En réalité, de tous les invités, c'est moi qui étais le seul (si l'on excepte Ruth Lessing) à avoir jamais vu Victor Drake... encore que ce n'était pas sous ce nom-là que j'avais fait sa connaissance ! En tout état de cause, je m'escrimais à lui tourner le dos. J'avais en effet bien cru reconnaître, en traversant le bar avant que nous ne passions à table, un type que j'avais connu du temps de mes séjours variés en prison — un dénommé Coleman. Et comme je menais désormais une existence éminemment respectable, je n'avais pas la moindre envie qu'il me reconnaisse. Pas un instant je n'aurais été imaginer que Coleman l'Entourloupe ait quoi que ce soit à voir avec ce crime... et à plus forte raison que Victor Drake et lui ne faisaient qu'un.

— Ce que je ne vois toujours pas, c'est comment il a pu faire son coup !

Ce fut au tour du colonel Race de prendre le relais des explications :

— Comment il a pu faire son coup ? Mais de la manière la plus facile du monde. Durant les attractions, Drake est sorti pour téléphoner, et il est passé devant notre table. Il lui était arrivé de « faire l'acteur » et il avait surtout exercé un métier secondaire beaucoup plus important en l'occurrence — celui de *serveur*. Pour un comédien, se grimer et jouer le rôle de Pedro Morales n'était qu'un jeu d'enfant, mais se mouvoir avec aisance autour d'une table, servir le champagne, en un mot posséder le geste et le maintien d'un véritable *professionnel* est une autre paire de manches. Tout geste maladroit, tout mouvement déplacé, aurait attiré l'attention, mais un *authentique* serveur, qui irait le remarquer ? Distraits qui plus est par les attractions, vous ne vous intéressiez pas à ce qui dans tout restaurant fait partie des meubles : le garçon !

— Et Ruth, dans tout ça ? s'enquit Iris d'une voix qui tremblait un peu.

— C'est elle, bien évidemment, répondit Anthony, qui a glissé dans votre sac le sachet ayant contenu le cyanure ; elle a probablement fait ça au vestiaire, au début de la soirée. Technique identique à celle dont elle avait usé une année plus tôt avec Rosemary.

— J'avais toujours trouvé bizarre, fit-elle encore, que George n'ait jamais parlé des lettres à Ruth. Il éprouvait toujours le besoin de la consulter sur tout.

Anthony eut un petit rire :

— Bien sûr que si, il lui en a parlé — et dès réception de la première. Et c'est bien parce qu'elle savait qu'il le ferait qu'elle les lui avait adressées. Il ne lui restait plus, dès lors — et après l'avoir travaillé au corps — qu'à mettre sur pied pour lui le fameux « plan de George ». Car c'est bien elle qui a planté le décor et peaufiné la mise en scène du suicide n° 2. Et que George choisisse ensuite de croire que vous aviez tué Rosemary et que vous vous suicidiez par remords ou par terreur de vous savoir percée à jour... alors là, vraiment, c'était le dernier de ses soucis.

— Et dire que je l'aimais bien... que je l'aimais beaucoup, même ! Et qu'en fait je souhaitais qu'elle se marie avec George !

— Elle aurait probablement fait pour lui une bonne épouse... si toutefois son chemin n'avait pas croisé celui de Victor, dit Anthony. Moralité : En toute jeune femme innocente sommeille une meurtrière potentielle.

Iris frissonna :

— Et tout ça pour de l'argent !

— Âme naïve, l'argent est le moteur universel ! Victor n'a très certainement agi que pour l'argent. Ruth, en partie pour l'argent, en partie pour l'amour de Victor et en partie, aussi, parce qu'elle haïssait Rosemary. Oui, ce n'est qu'au bout d'un long parcours de haine et de crime qu'elle est allée jusqu'à tenter de vous renverser en voiture et, ne reculant plus devant rien, qu'elle est montée dans votre chambre après avoir quitté Lucilla et fait semblant de claquer la porte d'entrée. Comment vous a-t-elle paru ? Exaltée ou d'un calme olympien ?

Iris réfléchit deux secondes :

— Je ne saurais dire. Elle s'est contentée de frapper à ma porte et d'entrer pour me dire que tout était réglé et qu'elle espérait que je me sentais bien. J'ai répondu que oui, que j'étais juste un peu lasse. Et puis elle a soulevé ma grosse lampe-torche à revêtement de caoutchouc, m'a dit à quel point elle la trouvait jolie... et après ça je ne me souviens plus de rien.

— Normal, mon amour. Et ce pour l'excellente raison qu'elle vous a asséné sur la nuque un joli petit coup, bien dosé, avec votre si jolie lampe-torche. Puis elle vous a artistement disposée près du radiateur, a fermé les fenêtres, ouvert le gaz en grand, fermé la porte à double tour, passé la clé sous la porte, pris bien soin d'appliquer le bourrelet contre le jour du bas de manière à empêcher toute arrivée d'air et redescendu l'escalier sur la pointe des pieds.

Kemp et moi nous étions à ce moment précis engouffrés dans la salle de bains. Sitôt sortis, moi, je me suis précipité vers votre chambre tandis que Kemp suivait en douce miss Ruth Lessing jusqu'à l'endroit où elle avait garé sa voiture. Soit dit au passage, j'avais sur le moment trouvé étrange l'insistance qu'elle avait mise à nous convaincre qu'il y avait foule et qu'elle était venue en métro puis en bus.

Iris réprima un frisson :

— C'est atroce... c'est atroce de se dire que quelqu'un a pu être à ce point décidé à vous tuer. Elle s'était mise à me détester, moi aussi ?

— Oh, je n'irais pas jusque-là ! Mais miss Ruth Lessing a toujours été une jeune femme d'une grande efficacité. Elle a déjà été complice de deux meurtres et ne souhaitait pas risquer la corde pour rien. Je ne doute pas un instant que Lucilla Drake lui ait fait part de votre décision de m'épouser dans les plus brefs délais — auquel cas elle n'avait pas de temps à perdre. Une fois mari et femme, votre plus proche parent n'était plus Lucilla — c'était moi.

— Pauvre Lucilla. J'ai beaucoup de peine pour elle.

— Je crois que nous en avons tous. C'est une pauvre créature crédule et sans défense.

— Victor Drake a été arrêté ?

Anthony se tourna vers Race, qui hocha la tête :

— Ce matin même, en débarquant d'avion à New York.

— Il avait vraiment l'intention d'épouser Ruth Lessing... une fois l'affaire tassée ?

— Ça, c'est ce que Ruth avait en tête. Et elle aurait sans doute fini par emporter la décision.

— Anthony... j'ai comme l'impression de ne guère aimer mon argent.

— Parfait, mon ange. Si tel est votre vœu, nous l'utiliserons à de nobles fins. J'en possède suffisamment moi-même pour vivre et assurer à ma femme un confort raisonnable. Votre héritage, nous le distribuerons si vous y tenez. Nous créerons des orphelinats, ou bien nous offrirons du tabac gratuit à tous les vieillards du pays, ou encore... au fait, que diriez-vous de subventionner une campagne pour obtenir qu'on serve enfin du meilleur café dans toute l'Angleterre ?

— J'en mettrai quand même un peu de côté, dit Iris. Comme ça, si jamais l'envie me prend de partir un jour en vous laissant choir, je pourrai le faire avec panache.

— Vous trouvez que c'est avec une telle mentalité qu'une jeune femme se prépare à convoler en justes noces ? Ça me fait d'ailleurs penser que vous ne vous êtes pas une seule fois écriée : « Tony, mais c'est fabuleux ! » ni même : « Anthony, ce que vous pouvez être intelligent ! »

Le colonel Race sourit et se leva.

— Je vais prendre le thé chez les Farraday, annonça-t-il bruyamment.

Une petite lueur malicieuse dansa dans ses yeux lorsqu'il ajouta à l'adresse d'Anthony :

— J'imagine que vous ne m'accompagnez pas ?

Anthony secoua la tête et Race se dirigea vers la porte. Parvenu sur le seuil, il s'immobilisa, le temps de lancer par-dessus son épaule :

— Pas mal, votre exposé !

— Ça, commenta Anthony tandis que la porte se refermait sur le colonel, c'est probablement la plus grande manifestation d'enthousiasme qu'un Britannique puisse se permettre.

— Il me croyait coupable, n'est-ce pas ? demanda Iris d'une voix calme.

— Il ne faut pas lui en vouloir. Il a croisé au cours de sa carrière tant de belles espionnes qui soutiraient des secrets d'État à de grands dadais de généraux que ça lui a aigri le caractère et perverti le jugement. Pour lui, le coupable, c'est forcément la plus jolie fille du lot.

— Et vous, pourquoi saviez-vous que ce n'était pas moi qui avais fait le coup, Tony ?

— C'est la faute à l'amour, j'imagine, répondit Anthony d'un ton léger.

Puis son visage changea, se fit sérieux. Il effleura un petit vase, posé à côté d'Iris et dans lequel ne baignait qu'une seule et unique brindille où s'épanouissait une fleurette mauve.

— Comment se fait-il que ça fleurisse encore à cette saison ?

— Ça arrive parfois... pour un tout petit brin... quand l'automne est doux.

Il ôta la brindille du vase et la pressa un moment contre sa joue. Les yeux mi-clos, il entrevit une chevelure châtain tirant sur l'acajou, de grands yeux bleus rieurs et une bouche cramoisie tout autant que gourmande...

D'un ton qui se voulait dépourvu d'émotion, il déclara :

— Elle ne rôde plus parmi nous, n'est-ce pas ?

— De qui parlez-vous ?

— Vous le savez très bien. De Rosemary... Je crois qu'elle savait, Iris, à quel point vous étiez en danger.

Il porta la brindille odorante à ses lèvres avant de la jeter par la fenêtre :

— Adieu, Rosemary, et merci...

— *C'est pour le souvenir...*, murmura Iris à son tour.

Et, plus doucement encore :

— *De grâce, mon amour, souviens-toi...*

Achevé d'imprimer en septembre 2008 en Espagne par
LITOGRAFIA ROSÉS S.A.
Gava (08850)
Dépôt légal 1ère publication : septembre 1997
Édition 04: septembre 2008
LIBRAIRIE GÉNÉRALE FRANÇAISE – 31, rue de Fleurus – 75278 Paris Cedex 06